10년 독서를 통해 꿈을 이룬 자기혁명기

꿈꾸는 얼음방

한상선 지음

꿈꾸는 얼음방

초판 1쇄 발행 2022년 1월 11일

지 은 이 한상선
발 행 인 권선복
편　　집 오동희
디 자 인 박현민
전 자 책 오지영
발 행 처 도서출판 행복에너지
출판등록 제315-2013-000001호
주　　소 (07679) 서울특별시 강서구 화곡로 232
전　　화 010-3267-6277
팩　　스 0303-0799-1560
홈페이지 www.happybook.or.kr
이 메 일 ksbdata@daum.net

값 15,800원
ISBN 979-11-5602-938-0　03810

Copyright ⓒ 한상선, 2021

도서출판 행복에너지는 독자 여러분의 아이디어와 원고 투고를 기다립니다. 책으로 만들기를 원하는 콘텐츠가 있으신 분은 이메일이나 홈페이지를 통해 간단한 기획서와 기획의도, 연락처 등을 보내주십시오. 행복에너지의 문은 언제나 활짝 열려 있습니다.

베이비부머 평균 자화상을 부순
≪꿈꾸는 얼음방≫

1. 주리판타카

빗자루를 가르쳐 주면 쓸고를 잊어버리고, 쓸고를 가르쳐주면 빗자루를 잊어버리는 천하에 바보가 있었다. 그러나 부처님은 내치지 않고 사원의 마당을 쓸게 했다. 수년간 묵묵히 마당만 쓸던 주라판타카는 진리를 깨달아 성자의 반열에 올랐다.

마음의 먼지-탐내고, 욕심내고, 성내고, 싫어하고 어리석은 생각을 지혜의 빗자루로 마당보다 깊은 그리고 넓은 마음을 쓸어낸 것이다.

56세, 잘 나가는 회사 상무이사가 직장폐업으로 실직 후 목욕탕에서 6년간 세신사가 되어 무슨 생각을 했을까?

고매한 경전 공부 대신에 하찮다 싶은 마당을 쓸며 지혜의 빗자루를 붙잡은 주라판타카 스토리가 겹쳐진다. 마당 먼지 같은 때를 밀면서도 1만 권 독서의 꿈 빗자루를 붙들었다. 놓지 않았다. 아니 가죽을 벗기듯 치열하게 자신을 혁신했다.

2. 개처럼 살자

광고인이자 〈책은 도끼다〉, 〈여덟 단어〉를 쓴 박웅현 저자의 말이다. 박경철씨와 인터뷰 도중 마지막 질문, "박CD님은 계획이 뭡니까?"라는 질문에 이렇게 대답했다. "없습니다. 개처럼 삽니다." "개는 밥을 먹으면서 어제의 공놀이를 후회하지 않고 잠을 자면서 내일의 꼬리치기를 미리 걱정하지 않는다." 라고 덧붙였다.

가족과 떨어져 혼자 지내며 새벽부터 목욕탕 세신사로 육체적, 정신적, 감정 노동자로 일했다. 밤늦게 청소까지 마치면 천근만근 물먹은 솜처럼 누웠을 것이다. 아니 쓰러졌을 것이다. 그러나 새벽 4시 30분에 새벽을 깨워 몸을 일으켰다. 새벽 명상을 하고 오전 7시 근무 전까지 독서와 필사를 필사적으로 했다. 대기시간 틈틈이 얼음방에 스스로를 가두고 치열하게 공부했다. 1년에 200권 (주 4권) 씩 5년간 1천 권의 목표를 세우고 실행했다. 개처럼! 결국 지난 10여 년간 2천권의 책을 읽고 필사하고 적용했다.

3. 희망의 증거

10여 년 전 강사와 수강생의 인연으로 시작된 한상선 저자와의 만남이 〈꿈꾸는 얼음방〉 멋진 책으로 열매를 맺었다. 갑자기 직장에서 떨려나 준비 없이, 세컨드 라이프, 대책 없는 은퇴를 맞이하는 것은 730만 명 베이비부머(1955~1963년생) 만의 문제가 아니다. 부모님이 돌아가셔야 만나게 되는 고교, 대학 동창들의 현실은 너무도 암담하다. 60도 안 됐는데 실직한지 10년이 넘은 친구며, 단기 알바를 전전하는 경우가 대부분이다. 무엇보다 당뇨 등 생활습관병(성인병)을 앓는 친구들이 70~80%에 이른다. 특별한 케이스가 아니라 보통의 베이비부머의 평균 자화상이다. 그 암울한 평균을 이 책의 저자는 통쾌하게 부수고 넘어섰다.

1) 폐업으로 실직을 했지만 지독한 편견의 벽을 부수고 넘어 2개월

간 학원과 스승을 찾아 창업에 성공했다.

2) 78kg 과체중, 복부 비만, 고혈압, 알코올성 지방간, 고지혈, 당뇨 전단계에서 65kg, 혈압과 혈당 등 모든 것이 정상이 되었다.

3) 가정경제 파탄 직전에서 회복되었다.

4) 인생과 가문의 영광인 책을 썼고 당연히 저자가 되었다.

5) 끊임없이 책을 읽고 글을 쓰며 나비독서모임에 참석하는 등 평생 학습자가 되었다. 사실 책 읽는 기쁨만 알아도 노후 준비의 절반을 끝낸 것이다.

알의 껍데기, 애벌레, 번데기를 깨고 허물을 벗고 화려한 나비로 변신하듯 만성 질병, 실직자 60대 중늙은이 껍질을 벗고 청년보다 더 젊게, 멋지게 변신한 저자는 무죄다.

아니다. 비전 제시도 못하는 정치가, 대통령 후보보다 세금 도둑질하는 여의도보다 진정한 애국자다. 그래서 희망의 증거가 되었다. 일독을 강권하고 열 권을 장만해 은퇴자나 은퇴준비자에 북 테라피(책으로 처방)를 경험하면 좋겠다. 선물처럼!

강규형_사단법인 대한민국 독서만세 회장
3P자기경영연구소 대표
독서포럼나비 회장

인생 2막을 준비하는 사람들에게 꿈과 희망을 주다

　백세 장수 시대에 진입하면서 경제적으로나 마음적으로 퇴직 준비가 되어 있는 사람은 많지 않다. 특히 베이비부머 세대가 퇴직하고 직장을 떠나면서 퇴직 이후의 삶은 더욱 중요한 문제가 되었다. 이 책의 저자 한상선 씨도 예외가 아니었다. 그는 중소기업에서 잘나가는 임원이었으나 56세에 회사가 갑자기 문을 닫는 바람에 실업자가 되었다. 더욱이 퇴직에 대한 아무런 대책도 없이 막연하게 어떻게 잘 되겠지 하는 희망 만을 가지고 살아 왔지만 실직이란 현실 앞에서 절망의 늪에 빠져들었다. 설상가상으로 건강에도 빨간불이 켜졌다. 각종 성인병을 달고 사는 그는 경제와 건강이라는 이중고를 겪었다.

　어떻게 극복했을까? 다른 직장을 구하기 위해 백방으로 노력했으나 원하는 직장에 취업하기란 불가능했다. 그동안 회사에 다니면서 가졌던 익숙한 것과 결별을 선언했다. 천신만고 끝에 사우나 세신사로 취직하여 가보지 않은 길을 걷게 되었다. "모든 것이 내 탓이다. 죽을 용기가 있으면 그 용기로 살아라!" 이렇게 외치면서 사우나에 마지막 베이스캠프를 치고 인생을 걸었다. 세신사로 전환하는 과정이 드라마처럼 극적인 대비가 되면서 감동으로 다가온다.

더욱이 뜨거운 사우나에서 '1만 권 독서'의 꿈을 꾸고 그곳에서 먹고 자면서 1년에 200권씩 5년 동안 1천 권의 책을 읽었다니 놀라울 따름이다. 세신사를 부끄럽게 생각하지 않고 오히려 감사한 마음을 가지고 열심히 자신의 일을 했다. 그 덕택에 경제적인 문제도 잃어버린 건강도 회복할 수 있었다. 또 사람들과 정다운 이야기를 나누면서 시간이 나는 대로 책을 읽고 또 읽었다. 그가 쓴 책의 내용은 자신이 읽었던 많은 책들을 인용하고 있어서 지식적으로도 많은 도움을 준다. 그가 밝힌 결심이 가슴을 뭉클하게 한다.

　"6년이 넘는 기간 동안 사우나에서 세신사로 삶의 가장 낮은 곳에서 비지땀을 흘리면서 생사를 넘나들며 치열하게 생존 독서를 하였습니다. 그리고 내 생에 마지막 꿈인 1만 권의 독서는 내가 살아 있는 한 기필코 이룰 것입니다. 살아가면서 어떠한 일이 있더라도 절대로 포기하지 않을 것입니다."

　저자는 사방이 막힌 얼음 방에서 꿈을 꾸고 그 꿈을 실천한 이야기를 편안하게 들려준다. 이 책은 저자가 세신사로 인생 2막을 살아가는 스토리가 실감나게 전개되고 있어 책을 읽으면서 스스로 자신을 돌아보고 용기를 주는 힘이 있다. 스토리가 드라마처럼 전개되고 있어 쉽게 읽을 수 있다. 이 책은 불안한 상황에 있는 사람들에게 "나도 할 수 있다"는 꿈과 희망과 용기를 주리라 믿는다. 퇴직을 앞둔 40~50대나, 베이비부머로서 퇴직 후 인생 2막을 시작하는 분들에게 일독을 권한다.

양병무_행복경영연구소 대표. 전 인천재능대 교수

자기혁명은 생각의 대전환으로 시작된다

사는 대로 생각하는 사람이 있는가 하면 생각한대로 사는 사람이 있다. 사실 사는 대로 생각한다는 것은 생각을 안하는 것과 다름이 없지만, 생각을 하고 그대로 살아내기 위해선 생각만 해선 절대 얻어질 수 없다는 사실을 우리는 잘 알고 있다. 그야말로 자기계발의 수준을 떠나 자기극복? 자기혁명에 다다르게 될 것이다. 누구나 어려움을 겪을 수 있다. 돈이나 일이나 건강이나 사람까지도 그 다양한 어려움들은 예측도 통제도 안된다. 다만 받아 들이고 나서 생각을 바꾸어야 할것이다. 저자는 그 생각에서 시작했다. 얼마든지 누구를 탓하고 세상을 원망하며 자책하는 생각에 빠질 수도 있으나 그는 모든 걸 받아들이고 "해결"을 선택했다. 그 해결을 위한 행동은 어쩌면 생각이라는 철로에 미끄러져가는 기차와도 같았을 것이다. 저자에게 문제는 이미 해결된 것과 다름이 없었으며 사우나 베이스캠프에서 시간을 즐거움으로 바꾸며 자기혁신을 감행했을 것이라고 감히 말해본다. 어려움의 크기와 종류는 각기 다를 수 있지만 본질은 그 어려움을 보는 관점과 생각일것이다 또 다른 어려움속에서 자신의 철로를 통해 해결의 기차를 질주하고 싶다면 저자의 철로에서 한 번 뛰어보기 추천한다.

김형환_스타트경영 캠퍼스 대표

얼음방의 기적

한상선 저자님을 다시 만난 건 사우나였다. 독서모임에 처음 나오셨을 때 기억이 난다 열정과 아이들을 위한 독서모임을 운영하시는 게 꿈이라는 이야기도 흘리듯 들었던 생각이 난다. 매주 토요일 한 주도 거르지 않고 독서모임에 참여하시고 늘 성실한 모습이 진심으로 멋져 보였다. 과연 나도 저럴 수 있을까? 그렇게 몇 년이 흘렀다.

인생을 먼저 살아온 선배님들은 앞으로 삶을 살아내야 할 후배들에게는 네비게이션 같은 이야기를 주로 해주신다. 성공담 위주의 이야기나 젊었을 때의 화려했던 이야기를 주로 듣는다. 물론 주옥같은 이야기를 놓칠세라 받아 적기도 하고 가슴에 새겨지는 내용도 많지만 벼랑 끝에서 자신의 인생을 180도 바꾸어 산다는 것 또한 만만치 않았을 거라는 생각이 든다.

자의든 타의든 바닥을 찍어보면 절박함이 나를 성찰하는 시간을 갖게 만든다. 하지만 바닥이 전부인 줄 알았다가 지하까지 경험해보면 삶의 소소함이 얼마나 감사한지 알게 된다. 한상선 저자님의 스토리를 사우나에서 들으며 지금까지 겪었을 어려움이 상상되었다.

물론 경험을 다 알 수 없었지만 간절함이 묻어나는 이야기에 가슴이 아려왔다.

　짧은 시간이었지만 많은 생각을 하게 해주었고 미래를 준비해야하는 후배로서 감사한 일이었다. 인생 지침서 같은 책으로 더 많은 후배들에게 도움이 됐으면 좋겠습니다. 병행경력을 생각하는 사람들과 인생2막을 준비하는 사람들에게 강추 합니다.

유성환_3P자기경영연구소 교육사업부 팀장

꿈이 있는 사람은 죽지 않는다

> "나의 미래는 지금 내가 무엇을 생각하고
> 무엇을 하고 있느냐에 따라 달라집니다.
> 나의 미래는 나의 미래가 결정짓는 게
> 아니라 나의 오늘이 결정짓습니다."
> ≪내 인생에 힘이 되어준 한마디≫ 정호승

저는 56살의 나이에 어느 날 갑자기 회사가 문을 닫아 버리는 바람에 날벼락을 맞고 절망의 늪으로 곤두박질치고 말았습니다. 더구나 퇴직에 대한 아무런 대책도 없이 막연하게 어떻게 잘 되겠지 하는 희망만을 가지고 살아온 저에게 직장폐업은 사형선고나 마찬가지였습니다. 저는 그때서야 '아! 잘못 살았구나' 하는 후회와 반성을 하였습니다. 내 주위를 아무리 둘러보아도 남은 것은 아무것도 없었습니다. 모아놓은 돈이라고는 겨우 몇 개월 목구멍에 풀칠할 정도의 돈밖에 없었습니다. 남아 있는 것은 오로지 나의 꿈인 1만 권의 독서와 초등학교 방과 후 교실 독서 논술 강의만이 남아 있었습니다. 저는 다시 한번 꿈과 독서의 소중함을 뼈저리게 깨달았습니다. 직장 폐업으로 모든 것이 순식간에 단절되고 사라져 버렸지만 꿈을 이루기 위해 노력했던 땀과 독서만큼은 제 머릿속에 고스란히 남아 있었습니다. 저는 그때 "꿈이 있는 사람은 죽지 않는다."라는 사실을 깨달았습니다.

독자 여러분! 여러분의 꿈은 무엇입니까? 아직 꿈을 찾지 못하신 분은 꼭 꿈을 찾으십시오. 그리고 그 꿈을 꼭 이루십시오. 꿈이 있는 사람은 하루하루가 가슴 뛰는 삶을 살아가지만 꿈이 없는 사람은 삶에 노예가 됩니다. 아울러 꿈이 있는 사람은 어떠한 고난과 역경도 헤쳐나갈 힘과 용기가 생기지만, 꿈이 없는 사람은 조그만 삶의 파도에도 휩쓸리고 좌초되고 맙니다. 저는 53살에 삶의 위기에서 발견한 꿈을 이루기 위해 매일매일 가슴 뛰는 삶을 살았습니다.

그런데 운명의 장난으로 56살에 마른하늘에 날벼락을 맞아 절망의 늪으로 곤두박질치고 말았습니다. 더구나 엎친 데 덮친 격으로 건강에도 빨간불이 켜지고 말았습니다. 건강검진 결과 키가 167㎝밖에 안 된 제가 체중이 무려 78.5㎏으로 복부비만에 과체중이었습니다. 아울러 정상이었던 혈압이 148/82, 공복혈당이 115로 당뇨전 단계로 나타났습니다. 뿐만 아니라, 알코올성지방간에 콜레스트롤, 헬리코박터, 고지혈증으로 모든 성인병은 다 가지고 있었습니다. 당시에 제 나이 58살로 건강을 잃으면 모든 것을 다 잃는다는 생각에 앞이 캄캄하고 하늘이 무너질 것만 같았습니다.

인생 2막을 위해 하루 속히 새로운 일을 찾아야 하는 마당에 건강 문제까지 겹쳐 저는 절망의 소용돌이 속으로 휘말려 들어가고 있었습니다. 그러던 어느 날 저는 동네 사우나에 갔다가 우연히 세신사라는 직업을 발견하였습니다. 그리고 저는 단숨에 학원으로 달려가 세신사 과정을 속성으로 배워 2개월 만에 창업을 하였습니다. 그러나 좋게 말해서 창업이지 잘나가던 회사 상무이사에서 하루아침에 사우나 세신사로 추락해버린 내 신세가 죽고 싶을 정도로 마음이 아프고 괴로웠습니다. 그러나 사랑하는 늦둥이 아들이 눈에 밟혀 차마 죽을 수도 없었습니다.

하루 아침에 천당에서 지옥으로 추락해버린 제 삶에 대해 화가 치밀어 올라 속이 터질 것만 같아서 사우나 옥상으로 올라가 어두운 밤하늘을 바라보며 절대자에게 소리쳤습니다. 내가 무엇을 잘못했기에 예순 살을 눈앞에 두고 있는 마당에 이런 벌을 내리시냐고 따졌습니다. 얼마나 울었을까? 실컷 울고 나니 터질 것만 같았던 가슴이 조금은 후련하였습니다. 그때 제 마음속 저 깊은 곳에서 "모든 것이 내 탓이다. 죽을 용기가 있으면 그 용기로 살아라!"는 외침이 올라왔습니다.

그래서 저는 절대 이대로 죽을 수는 없다는 각오로 사우나에 내 인생에 마지막 베이스캠프를 쳤습니다. 그리고 오로지 내가 이곳에서 살아나가는 방법은 '1만 권의 독서' 밖에 없다는 사실을 깨달았습니다. 따라서 일단 사우나에서 먹고 자면서 1년에 200권씩 5년 동안 1천 권의 독서를 목표로 정했습니다.

한마디로 이곳 사우나에서 세신사로 일하다가 늙어 죽을 것인가? 아니면 치열한 독서를 통해 자기혁명을 이루어 다시 살아날 것인가? 저는 살아남기 위해 생존 독서를 시작했습니다. 이렇게 세신사가 되어 사우나에서 꿈을 이루기 위해 베이스캠프를 치고 얼음방에서 독서를 하던 중 꿈을 쉽게 이룰 수 있는 '꿈의 사닥다리'를 발견하였습니다. 그리고 '꿈의 사닥다리'를 이용하여 한 단계, 한 단계 목표를 이루어 왔습니다. 하루아침에 천당에서 지옥으로 추락한 내가 다시 살아날 수 있는 유일한 방법은 꿈을 이루기 위해 모든 열정을 쏟아 붓는 방법 밖에는 없었습니다. 아울러 책을 통해 나 자신을 180도 바꾸는 혁명만이 유일한 길이었습니다.

정신과 전문의 이시형 박사는 자신의 저서 ≪공부하는 독종이 살아남는다≫에서 "나이 들어서 하는 공부가 진짜 공부라고 했다." 따라서 저는 오직, "공부하는 독종은 죽지 않는다"라는 말을 가슴에 새기고 독서를 하며 책에서 보고, 깨달은 내용을 삶에 적용하며 제 자신을 혁명하였습니다. 저는 매일 새벽 4시 20분에 일어나 뜨끈뜨끈한 물로 육신을 깨웁니다. 그리고 새벽 명상으로 마음과 영혼을 깨운 후 아침 7시까지 독서를 하였습니다. 그리고 간단하게 아침 식사를 한 후 일을 하다가 대기시간에 틈틈이 독서와 필사를 하면서 규칙적이고 반복적인 생활을 하다 보니 나쁜 습관은 하나, 둘 사라지고 좋은 습관이 몸에 배게 되었습니다.

이렇게 매일 창살 없는 감옥 얼음방에서 땀 흘려 일하면서 책을 읽고, 필사를 하고 삶에 적용하며 살았습니다. 그러다 보니 2년 만에 뱃살이 쫙 빠져 체중이 65kg으로 줄었습니다. 뱃살이 빠지고 나니 혈압도 120/80으로 정상을 되찾았습니다. 아울러 공복혈당도 85로 정상을 회복하였으며 지방간과 콜레스트롤, 헬리코박터는 깨끗하게 없어져 건강을 되찾았습니다. 이렇게 저는 회사가 갑자기 문을 닫아 버리는 바람에 날벼락을 맞아 정신을 잃었습니다. 더구나 엎친데 덮친 격으로 건강마저 빨간불이 들어 왔지만 1만 권의 독서라는 꿈이 있었기 때문에 좌절하지 않았습니다. 그리고 용기를 내어 세신사라는 일에 도전하여 건강을 되찾았습니다. 뿐만 아니라 인생 2막으로 세신사 일을 하면서 꿈까지 이루었습니다. 아울러 독서를 통해 제 자신을 혁명하였습니다.

이 책은 내가 삶의 위기를 맞아 나를 찾아 떠난 여행에서 책과 운명적으로 만나 '1만 권의 독서'라는 꿈을 발견하고 꿈을 이루기 위해 지난 10년 동안 약 2천 권의 책을 읽고 쓴 혁명기입니다. 따라서 이 책은 40~50대가 되었지만 아직도 자신의 꿈을 찾지 못한 분과 인생에 한 번쯤 자기 자신을 180도 확! 뜯어 고쳐 자기혁명을 꿈꾸는 분들에게 일독을 권하고 싶습니다. 아울러 퇴직을 한 후 노후 대책에 대해 아무런 준비도 하지 않은 채 어떻게 잘 되겠지 하는 막연한 희망만 가지고 하루하루 살아가는 모든 분들에게 일독을 권합니다. 또한, 베이비 붐 세대로서 인생 2막을 어떻게 살 것인가? 고민하고 계시는 분들께 일독을 권합니다. 우리 속담에 "하늘이 무너져도 솟아날 구멍이 있다"고 했습니다. 코로나19로 인하여 어떻게 살아야 할지 앞이 캄캄하고 막막한 분들에게도 일독을 권합니다. 그리고 하늘이 무너져도 절대로 좌절하지 마시고 마지막까지 꿈을 포기하지 마십시오. 꿈이 있는 사람은 절대로 죽지 않습니다. 아울러 다시한번 용기를 내어 여러분 인생에 마지막 베이스캠프를 치십시오. 꿈이 당신을 이끌 것입니다. 전시업계에 입문하여 처음부터 마지막 순간까지 부족한 저를 이끌어 주신 안용식 회장님께 온 마음을 다해 감사드립니다. 아울러 '1만 권의 독서'라는 꿈을 이룰 수 있도록 이끌어 주시고 3P 바인더라는 컨트롤시스템을 만들어 주신 나의 멘토 강규형 대표님께 진심으로 감사드립니다.

또한 항상 저에게 격려와 성원을 아끼지 않으신 도봉성결교회 조병재 목사님과 박출근 회장님, 최병환 회장님 그리고 설덕호 사장님, 이천하 사장님과 김운식 보좌관님 그리고 열정의 사나이 김병학 사장님께 진심으로 감사드립니다. 아울러 하늘에 계신 부모님과 사랑하는 나의 아내와 딸, 아들, 사위, 손주에게 이 책을 바칩니다.

목차

CHAPTER1
꿈은 꿈꾸는 자의 것이다

1

삶의 위기를 맞다

> "한 번 넘어졌을 때 원인을 깨닫지 못하면
> 일곱 번 넘어져도 마찬가지다. 가능하면
> 한 번만으로 원인을 깨닫는 사람이 되어야 한다."
> -'경영의 신' 일본 마스시타 고노스케-

마른 하늘에 날벼락

저는 전시연출 전문회사에서 이사로 근무하던 중 49살에 내 인생에 마지막 승부를 걸고 동종업계 상무이사로 스카우트되어 이직을 하였습니다. 따라서 저는 이직한 회사에 저의 모든 열정을 바쳐 회사를 성장시킨 후 퇴직을 하겠다는 각오를 하였습니다. 이런 나의 각오와 다짐이 통했는지 모든 임직원들이 노력한 결과 회사는 나날이 사세가 확장되고 성장하였습니다. 내 인생에 마지막 꽃을 피울수 있다는 기대에 부풀어 전국을 쫓아다니면서 일에 파묻혀 살았습니다. 그렇게 일에 빠져 지내다 보니 이직을 하고 4년이라는 세월이 눈 깜작할 사이에 흘렀습니다.

그런데 어느 날 경상북도 안동에 있는 현장 소장으로부터 다급한 목소리로 한 통의 전화가 걸려왔습니다. 현장 소장의 말에 의하면 발주처로 정체불명의 가압류 통지서가 날아와서 현장이 발칵 뒤집혔다는 것입니다. 현장 소장으로부터 팩스로 정체불명의 가압류 통지서를 받은 나는 대표이사에게 서류를 내 보이며 사건 경위를 물었습니다. 그러자 대표이사께서는 지금은 말할 수가 없으니까 며칠 시간을 달라고 말하고 자리를 피해버렸습니다. 그리고 며칠 후 전남 목포에 있는 현장 소장으로부터 또 동일한 내용의 전화가 걸려왔습니다. 나는 더 이상 기다릴 수 없다는 생각에 대표이사에게 사건의 경위를 또다시 물었습니다. 그러자 자초지종을 말하더니 더 이상 회사를 운영할 수가 없어서 회사 문을 닫겠다고 하였습니다. 순간적으로 나는 마른하늘에 날벼락을 맞은 기분이었습니다.

하늘이 노랗고 머릿속이 하얘졌습니다. 세상에 사업을 장난으로 하는 사람과 도원결의를 했단 말인가? 하는 생각이 들었습니다.

그렇다면 4년 전에 스카우트 제의를 받고 자리를 옮긴 내가 결정을 잘못한 내 책임이었습니다. 나의 잘못된 선택으로 내가 받아야 할 업보였습니다. 이유야 어찌 되었든 대표이사가 회사 문을 닫겠다고 선언한 이상 어떻게 할 수 있는 방법이 없었습니다. 아울러 현재 진행되고 있는 공사 현장을 어떻게 마무리해야 할 것인지 눈앞이 캄캄하였습니다.

더구나 모든 현장의 협력업체들이 저와 맺은 인간관계로 일을 해왔는데 공사대금 정산은 어떻게 해야 할지? 모든 것이 첩첩산중이었습니다. 협력업체에게 내가 해줄 수 있는 것이 아무것도 없었습니다. 일단 협력업체에서는 공사대금에 가압류를 하였습니다. 그리고 함께 근무했던 임직원들은 모두 각자 새로운 길을 찾아갔습니다. 그리고 나는 2개월 정도 일을 수습한 후 마지막으로 회사를 떠났습니다.

체면이 밥 먹여주냐?

하루아침에 날벼락을 맞은 나는 모든 삶의 의욕을 잃어버리고 말았습니다. 당시에 내 나이 53살! 그러나 퇴직에 대한 아무런 준비도 하지 않은 채 어떻게 잘 되겠지 하는 막연한 희망만을 가지고 살아온 저에게 직장폐업은 사망선고와 다름 없었습니다. 나는 아내가 충격을 받을까봐 아무런 말도 못하고 아무도 없는 텅 빈 사무실로 출근해서 몇 날 며칠을 고민했습니다. 그러나 아무리 머리를 쥐어 짜봐도 특별한 묘안이 떠오르지 않았습니다. 그런데 어느 날 뇌리를 스쳐 지나가는 한 분이 계셨습니다.

그분은 10년 전 퇴사했던 회사의 회장님이었습니다. 그러나 마음 한편으로는 "야! 너는 자존심도 없냐? 10년 전에 퇴사한 회사를 다시 찾아가 자리를 구걸할 것이냐?" 하면서 만류를 하였습니다.

반면 다른 한편으로 "야! 체면이 밥 먹여주냐? 지금 이 상황에 찬밥, 더운밥 가릴 것이냐? 자존심은 개에게나 던져주어라"라고 하는 것이었습니다. 나는 알량한 자존심이나 체면 따위를 따질 처지가 아니었기 때문에 10년 전에 퇴사했던 회사 회장님께 즉시 전화를 걸었습니다. 동시에 차를 몰아 회사가 소재한 영등포구 양평동 사무실로 달려갔습니다. 그리고 회장님을 뵙고 인사를 드린 후 현재 내가 처한 상황에 대해 솔직하게 말씀을 드렸습니다.

아울러 재입사 기회를 주신다면 최선을 다해 퇴직하는 날까지 열심히 근무하겠노라고 각오를 다짐했습니다. 좋게 말해 재입사 요청이지 한마디로 자리를 구걸하는 것이나 마찬가지였습니다. 내 이야기를 들은 회장님께서는 한마디로 어이가 없다는 표정이었습니다.

10년 전에 퇴직한 직원이 갑자기 찾아와 황당한 소리를 하니 어이가 없었을 것입니다.

그러나 회장님께서는 나의 무례한 행동에도 불구하고 웃으시면서 대표이사와 임원들이 있기 때문에 협의를 해야 하니까 며칠 동안 시간을 달라고 하였습니다. 나는 회장님의 입장을 충분히 이해할 뿐만 아니라 오히려 제가 무례한 부탁을 드리고 있다는 것을 알기 때문에 회장님 말씀에 흔쾌히 동의를 하였습니다. 아울러 바쁘신데도 불구하고 귀중한 시간을 내주시어 감사하다는 인사를 드리고 자리에서 일어났습니다. 그리고 지하 주차장으로 내려와 차를 몰고 주차장 밖으로 나온 나는 터질 것만 같은 가슴을 달래기 위해 근처에 있는 양화나루로 달려갔습니다. 양화나루 주차장에 차를 세우고 밖으로 나와 시원한 한강 바람을 쐬니 꽉 막혔던 가슴이 뻥 뚫려 살 것만 같았습니다.

생각교 교주

퇴사한지 10년이 지난 회사의 회장님을 찾아가 재입사 요청을 드리고 온 후 3일의 시간이 흘렀습니다. 다시 나는 아무도 없는 텅 빈 사무실에서 회장님께서 어떤 결정을 하실까? 하는 생각을 하면서 사물을 정리하고 있었습니다. 그런데 잠시 후 한 통의 전화가 걸려 왔습니다. 번호를 보니 회장님 전화였습니다. 잠시 후에 회사 근처에 있는 서교호텔 커피숍에서 만나자는 말씀이었습니다. 나는 즉시 자리에서 벌떡 일어나 약속 장소로 걸어갔습니다. 약속 장소에 먼저 도착한 나는 둘이서 대화를 나누기 적합한 자리를 잡고 앉았습니다. 그리고 잠시 후 회장님께서 커피숍으로 들어오셨습니다. 회장님 께서는 자리에 앉자마자 저의 재입사 안건으로 대표이사와 임원들에 게 들었던 의견을 설명해 주셨습니다.

그리고 다음 주 월요일부터 출근하라고 말씀하셨습니다. 순간적으로 나는 나 자신도 모르게 아, 살았구나! 하는 안도의 한숨을 쉬었습니다. 아울러 나머지 조건은 경영지원본부에 검토하라고 지시를 했으니까 그렇게 하자고 하신 후 다른 약속이 있어서 일어난다고 하시면서 먼저 자리에서 일어나셨습니다. 나는 자리에서 먼저 일어나 나가시는 회장님께 인사를 드린 후 자리에 덥석 주저앉아 바싹바싹 타들어 가는 목을 적시기 위해 생수를 벌컥벌컥 들이켜 마셨습니다.

이렇게 나는 53살에 직장폐업으로 삶의 위기를 맞았으나 '체면이 밥 안 먹여준다'는 생각으로 10년 전에 퇴사했던 회사를 다시 찾아 가 재취업에 성공하는 바람에 구사일생으로 살아났습니다. 우리 속담에 "두드려라 그러면 열릴 것이다."라는 말이 있습니다. 그렇습니다. 아무리 좋은 생각도 생각만 하고 행동으로 실천하지 않으면 아무런 소용이 없습니다.

생각이 생각으로 끝나지 않고 일단 행동으로 옮겨 10년 전에 퇴직한 회사 문을 두드리니 회장님께서는 10년 묶은 두터운 철문을 열어 주셨습니다. 그리고 퇴사 후 10년이 지난 회사에 재입사하는 기회를 주셨습니다. 만약 번쩍 생각이 떠올랐으나 "퇴사한 지 10년이 지난 회사를 찾아가 자리를 어떻게 구걸하냐? 너는 자존심도 없냐? 쪽팔리게 그런 짓을 어떻게 하냐?" 등 이런 생각 저런 핑계로 시간을 끌다가 행동으로 실천하지 않았다면 저는 기회를 잡을 수 없었을 것입니다. ≪포커스 리딩≫의 박성후 작가는 "생각으로는 단 1그램의 먼지도 옮길 수 없다"고 했습니다. 아울러 모든 일은 뒤로 미루지 말고 즉시 행동으로 옮겨야 한다고 했습니다. 즉시 행동으로 실천한 것만이 답입니다. 저는 이렇게 삶의 위기에서 순간적으로 떠오르는 생각을 즉시 행동으로 옮겨 구사일생으로 살아날 수 있었습니다.

뿐만 아니라, 실천의 중요성을 강조한 아주대학교 심리학과 교수이신 이민규 작가는 ≪실행이 답이다≫를 통해서 생각을 성과로 도출하기 위해서는 결심 단계−실천 단계−유지 단계 3단계를 거쳐야 한다고 말했습니다. 아울러 목적지를 확실히 결정하고 목표를 정했다면 머뭇거리지 말고 즉시 행동으로 옮기라고 했습니다.

특히, 가장 적당한 때는 지금이라고 강조합니다. 그러나 많은 사람들이 '나중에' '있다가' '다음에' 등을 이유로 뒤로 미룹니다. 이런 분들에게 변화는 절대로 일어나지 않습니다. 이런 분들은 생각으로만 변화하고 싶은 생각교 교주입니다. 아직은 절실하게 간절하지 않기 때문에 힘들고 귀찮은 것을 감수하면서 행동으로 실천하고 싶은 마음이 들지 않는 것입니다.

내 인생에 변곡점

이렇게 10년 전에 퇴직했던 회사를 찾아가 자리를 구걸하다시피 하여 간신히 삶의 위기를 모면한 나는 착잡한 마음을 달랠 길이 없었습니다. 따라서 나는 나 자신을 한 번 돌아보고 새로운 마음가짐으로 새 출발을 하기 위해 나를 찾아 여행을 떠났습니다. 나를 찾아 떠난 여행은 대학을 졸업하고 사회에 진출한 후 22년 만에 처음으로 나 자신을 성찰할 수 있는 좋은 기회가 되었습니다. 왜냐하면 태어나서 나는 나의 주인으로서 나 자신을 단 한 번도 찾아보지 못했기 때문입니다. 따라서 내가 내 삶을 살고 있는지? 타인의 삶을 살고 있는지? 구분하지도 못하고 그냥 생각 없이 남이 추는 장단에 춤을 추며 남의 인생을 보고 따라 흉내 내며 살아왔던 것이었습니다. 그런 삶을 살다 보니 가슴이 설레지 않았고 가슴이 뛰지 않았던 것입니다. 그렇다 보니 무슨 일이든 모든 열정을 다해 제대로 살아보지 못하고 적당하게 대충 살아왔던 것입니다.

더구나 내 인생에 있어서 내가 주인공이 되지 못하고 조연으로 살다 보니 가슴이 뛰지 않았던 것입니다. 한 번뿐인 인생인데 후회 없이 살아야 하지 않겠습니까?

독자 여러분께서도 나 자신에 대해서 한 번도 찾아본 경험이 없다면 나 자신을 꼭 한 번 찾아보시길 바랍니다. (나 자신을 찾는 구체적인 방법에 대해서는 뒤에 별도로 말씀드리겠습니다) 내가 나의 주인으로 나 자신을 잘 알아야 나를 제대로 잘 사용 할 수 있기 때문입니다. 나를 잘 모르기 때문에 나를 제대로 사용하지 못하는 것입니다. 나를 제대로 사용하지 못하니까 성과가 제대로 나오지 못하는 것입니다. 따라서 한 번뿐인 인생을 제대로 가슴 뛰게 살기 위해서는 나 자신을 찾으시고 나를 제대로 알아야 합니다. 그래야 제대로 살 수 있습니다. 제대로 살아야 모든 일이 즐겁고 행복한 것입니다.

그래야 내가 주인공이 되어 내가 주도적으로 나의 삶을 살아갈 수 있습니다. 아울러 내가 주인 된 삶을 살기 위해서는 항상 내가 깨어 있어야 합니다. 내가 깨어있지 않으면 어느 새 나도 모르게 나는 다른 사람의 삶의 들러리가 되어 살아갑니다. 깨어있는 삶을 살기 위해서는 항상 독서를 통해 지식을 습득하고 지혜를 쌓아야 합니다. 아울러 순간순간을 놓치지 않고 최선을 다하는 삶을 살아야 합니다. 그리고 나는 마침내 53년 동안 잠자고 있던 깊은 잠에서 깨어났습니다. 이렇게 나를 찾아 떠난 여행은 내 인생의 모든 것을 바꾸어 놓은 인생의 전환점이자 변곡점이 되었습니다.

2

어떻게 하면 제대로 살 수 있을까?

> "내가 헛되이 보낸 오늘 하루는 어제 죽
> 어간 이들이 그토록 바라던 하루다.
> 단 하루면 인간적인 모든 것을 멸망시킬 수
> 있고 다시 소생시킬 수도 있다."
> −소포클레스−

나는 도대체 누구지?

대부분의 사람들은 하루하루 주어진 일로 정신없이 바쁘게 살아가고 있습니다. 이렇게 바쁘게 살다 보니 삶의 노예가 되어 나 자신이 누구이며? 왜 사는지? 그 이유에 대해 한 번도 생각할 겨를 없이 앞만 보고 살아왔습니다. 그렇다 보니 나 자신이 무엇을 좋아하는지? 무엇을 잘하는지? 무엇을 싫어하는지? 잘 모릅니다. 따라서 매사에 하는 일이 가슴이 뛰지 않고 별로 재미가 없습니다.

≪삶은 속도가 아니라 방향이다≫의 저자 수영, 전성민은 "사람들은 대부분 자기 자신을 잘 모른다고 하면서 또한 자신에 대해 알려

고 노력하지도 않는다고 한다. 그저 남이 나를 향해 멋대로 판단하고 그려놓은 모습을 진짜 자기인 줄 착각하며 살기 일쑤라고 한다. 하지만 나 자신이 누구인지 아는 것이야말로 내 안의 숨겨진 진짜 나를 찾는 가장 중요한 일이라고 했다." 또한 읽는 만큼 나를 성장시키는 ≪생존독서≫의 저자 김은미 작가는 "우리는 스스로 자신이 누구이며, 무엇을 위해 이 땅에 태어났는지, 왜 이 시대를 택해 태어났는지? 왜 이와 같은 가족 환경 속에 있는지, 왜 이렇게 생겼고, 왜 어떤 것은 잘하고 어떤 것은 못 하는지, 무엇은 좋고 무엇은 싫은지 알아야 한다고 하면서 그래야 나 자신을 사랑할 수 있고 세상을 사랑할 수 있다."라고 했습니다. 두 작가의 말처럼 나도 53년 동안 단 한 번도 내가 누구인지? 에 대해 생각할 겨를이 없이 바쁘게만 살아왔습니다. 그렇기 때문에 나는 내가 무엇을 좋아하는지? 무엇을 잘하는지? 무엇을 싫어하는지? 내 자신에 대해 알지 못했습니다.

따라서 삶의 위기를 맞았다가 구사일생으로 살아난 후에야 53년 만에 처음으로 나를 찾아 여행을 떠났습니다.

그리고 본격적으로 나를 찾아 여행을 시작하였습니다. A4 용지를 이용해 내가 잘하는 것, 내가 못하는 것, 좋아하는 것, 내가 싫어하는 것 등 각 분야별로 무의식적으로 적어 내려갔습니다. 이때 작성 방법은 생각하지 말고 순간적으로 떠오르는 대로 멈추지 않고 적었습니다. 그리고 반대로 A4 용지에 적은 항목 중에서 한 분야에 3개 항목이 남을 때까지 하나, 둘 지워나갔습니다. 그런 후 매일 아침, 저녁으로 진정으로 내가 좋아하는 것과 싫어하는 것, 그리고 잘하는 것과 못하는 것에 대해서 진지하게 생각을 해 보았습니다. 그리고 최종적으로 이것은 아니다 싶은 항목은 빨간색 플러스 펜으로 과감하게 지웠습니다.

또한 나를 찾는 또 다른 방법으로 모닝 페이퍼가 있습니다. 매일 아침잠에서 깨어나자마자 잠자리에서 일어나지 않고 엎드린 채 하얀 종이 위에 생각나는 대로 써 내려 갔습니다. 이때도 쓰면서 멈추거나 생각하지 않고 연필을 종이 위에서 떼지 않은 채 무의식적으로 써 내려갔습니다. 이 방법은 나의 내면에 잠재되어 있는 무의식중의 나를 찾는 방법입니다. 마찬가지로 작성하다가 잠시 멈추거나 생각을 하면서 쓰지 않습니다. 무의식중에 잠재되어 있는 순수한 나의 내면의 소리를 알아보기 위해서는 무의식중에 순간적으로 떠오르는 생각을 즉시 글로 적어야 하기 때문입니다.

따라서 작성하기 시작하면 띄어쓰기도 오탈자도 신경 쓰지 말고 내면에서 올라오는 소리를 그대로 글로 옮겨 적어야 합니다. 이렇게 적다 보면 내가 무엇을 좋아하고, 무엇을 잘하고, 무엇을 하고 싶고, 내가 무엇을 간절히 원하는지 알 수 있습니다. 나는 이렇게 A4 용지와 모닝페이퍼를 통해 그동안 나 자신에 대해 전혀 알지 못했던 나 자신을 조금씩 찾을 수 있었습니다. 그런 다음에 성격유형검사(MBTI)와 애니어그램을 통해 나를 조금 더 깊이 있게 알고 이해할 수 있었습니다. 이렇게 해서 나는 태어나서 처음으로 53년 만에 도대체 내가 누구인지? 나에 대해서 찾고 또 찾아 전혀 몰랐던 나 자신에 대해 조금씩 알 수 있었습니다.

나를 찾아 삼만 리

A4용지와 모닝페이퍼 그리고 MBTI를 통해서 그동안 몰랐던 나자신에 대해 많은 것을 알게 되었습니다. 그러나 나는 이것으로 만족할 수가 없었습니다. 따라서 나는 나 자신에 대해 보다 더 깊이 알고 이해하고 싶어서 돈 리처드 리소 & 러스 허드슨 작가의 ≪애니어그램의 지혜≫을 여러 차례 읽고, 분석하고 적용해 보았습니다. 그리고 각 유형별로 특징을 파악한 후, 나 자신은 어떤 행동의 특징을 가지고 있으며 또 몇 번 유형에 해당되는지를 이해하고 나 자신을 성찰하면서 보다 나다운 삶을 살기 위해 노력을 해왔습니다.

저는 애니어그램 1번 유형으로서 행동 패턴을 보면 자기 원칙이 분명하고, 구체적이고 명확하게 말하는 과업 중심적인 사람입니다. 따라서 건강할 때는 완벽을 추구하고 잘못된 부분을 잘 찾아내고 직설적이며 분명하게 피드백을 합니다. 그러나 건강하지 못할 때는 비판을 하거나 지적을 잘합니다. 그리고 화를 내는 것 같이 목소리가 크고 가르치는 것처럼 말을 합니다. 그러면서 부드럽게 표현을 하지 못해 나 스스로 불편해 합니다. 그렇다 보니 나는 집에서 사랑하는 아내와 아이들에게 화를 내듯 목소리를 높여서 말을 하였습니다. 아내 입장에서는 남편이라는 사람이 자상하기는커녕 맨날 화만 버럭버럭 내고 고함만 치는 나쁜 남편으로 인식하고 말았습니다.

뿐만 아니라, 회사에서는 직원들이 실수를 하거나 잘못하면 위로와 격려보다는 잘못된 부분만 콕콕 집어서 지적하는 바람에 직원들에게 별로 인기가 없는 상사였습니다. 아울러 나는 애니어그램을 한 단계 더 깊이 공부하고 싶어 비즈니스 관계로 만나는 분들을 유심히 관찰해서 유형별 행동특성을 파악한 후 업무에 적용하여 많은 효과를 보았습니다. 아울러 사랑하는 우리 가족들도 각자의 행동 특성을 파악한 후 애니어그램을 통해 각자의 유형을 알아봤습니다. 그런 후 아내와 딸과 아들에 대한 사랑과 이해가 더욱 깊어졌습니다. 저는 이렇게 53년 만에 나를 찾아 떠난 여행에서 태어나서 처음으로 저를 찾은 후 애니어그램을 통해 저의 깊은 곳까지를 발견할 수 있었습니다. 그리고 내가 왜 그렇게 매사에 남의 일에 간섭을 하고 가르치려고 했으며 화를 내듯이 버럭버럭 목소리를 높여 말을 했는지 저 자신에 대해 이해할 수 있었습니다.

따라서 저는 회의를 하거나 대화를 할 때는 상대편이 의견을 다 말할 때까지는 절대로 중간에 말을 가로막고 끼어들지 않기 위해 어금니를 꼭 다물고 입에 자크를 채우기 위해 부단히 노력하였습니다. 또한 내 의견을 말하지 않기 위해 입을 꼭 다물고 하고 싶은 말을 참기 위해 끊임없이 노력했습니다.

≪아프니까 청춘이다≫의 저자 김난도 교수는 그의 저서에서 "자기를 발견해야 '올인' 할 수 있습니다. 자신에 대한 믿음이나 좋아하는 것을 발견하지 못하면 모든 것을 던질 수 없습니다.

결국 인생은 자기를 찾아 나가는 긴 과정입니다. 그 자기를 마흔에, 환갑에 찾을 수 있습니다. 중요한 것은 자기를 찾아 나가는 작업을 결코 중단하지 않는 것입니다."라고 했습니다. 그렇습니다. 나 자신을 모르고는 내 삶을 제대로 살 수는 없습니다. 나 자신을 아는 만큼 인생을 깊이 있게 제대로 살 수 있습니다. 그렇기 때문에 인생은 자기를 찾아 가는 긴 여행이라고 합니다. 아직도 나를 찾지 못한 독자분이라면 나를 찾아 삼만리 여행을 떠나십시오.

내 인생은 나의 것

자기 계발의 사전적 의미는 "잠재하는 자기의 슬기나 재능, 사상 따위를 일깨워 주는 것이다."라고 정의하고 있습니다. 따라서 자기 계발을 제대로 하기 위해서는 가장 먼저 '나' 자신을 알아야 합니다. 결국 '나' 자신을 제대로 알지 못한 상태에서 자기 계발을 한다는 것은 어불성설입니다. 저는 53살에 삶의 위기를 맞이하였으나 구사일생으로 살아 났습니다. 그러나 '사는 것이 이게 아닌 데' 하는 생각에서 벗어날 수 가 없었습니다. 53년 동안 살아오면서 단 한번도 경험해 보지 못한 소용돌이 속으로 깊이 빨려 들어갔습니다. 저는 53년 만에 저 자신을 찾기 위해 여행을 떠났습니다. 그리고 그동안 몰랐던 저 자신에 대해 많은 것을 알게 되었습니다. 아울러 53년 동안 내가 어떤 사람인지 전혀 몰랐던 '나' 자신을 찾고 보니 나는 나의 주인으로서 나 자신에게 한없이 미안하고 부끄러웠습니다.

내가 나 자신의 주인으로서 나 자신에 대해서 너무 모르고 53년이라는 세월을 살아왔던 것입니다. 그리고 나는 내가 주인이면서 나에게 육체적, 정신적으로 해로운 술을 마시고 담배를 피우고 몸에 해로운 음식을 먹어 내 몸을 나 자신이 스스로 망가뜨리는 어리석은 짓을 해왔다는 사실을 깨달았습니다.

이렇게 뒤늦은 나이에 '나' 자신을 발견한 후 나는 나쁜 습관을 하루 속히 근절하고 좋은 습관을 들이기 위해 '나' 자신과 투쟁을 시작했습니다. 따라서 내가 나 자신에 대해서 얼마나 잘 아는지 여부가 자기계발의 성패를 좌우하게 됩니다. 즉, 자기 자신에 대해서 잘 모르면 나쁜 습관을 근절하고 잠재되어 있는 자신의 장점과 능력을 잘 계발 하는 데 한계가 있습니다. 모든 것이 아는 만큼 보이듯이 나 자신도 내가 나 자신에 대해서 아는 만큼 나 자신의 능력을 최대한 계발할 수 있습니다. 아울러 자기 계발에 있어서 가장 중요한 핵심요소는 자기 주도적 인생관입니다. 내 인생의 주인은 나라는 사실과 내 인생은 내가 주도적으로 살고 책임진다는 각오를 가지고 자기계발을 해야 성공할 수 있습니다. 그리고 자기 계발을 통해 꿈을 이루고자 하는 사람은 삶에 적용을 하고 실천해서 습관이 되고 생활이 되어야 합니다.

그렇게 삶에 적용하고 실천하기 위해서는 자기주도적인 삶을 살아야 합니다. 이때 자기주도적인 삶을 살기 위해서는 타인의 말에 나 자신이 휘둘리지 말아야 합니다. 누가 뭐라고 해도 내 인생은 내가 주인공이며 따라서 내가 주도적으로 삶을 살겠다는 확고한 마음가짐이 있어야 내 삶을 살 수 있습니다. 그렇기 때문에 자기계발은 1~2년 동안 짧은 기간의 노력으로는 삶의 변화가 이루어지지 않습니다. 아무리 짧게 잡아도 3년 아니면 5년 이상 꾸준한 노력을 해서 임계점을 넘어야 조금씩 그 결과가 나타나기 시작합니다. 그러므로 조급한 마음으로 1~2년 짧은 기간에 자기계발을 해서 삶의 변화를 원하거나 원대한 꿈을 이루고자 한다면 그만큼 각오를 단단히 하셔야 꿈을 이룰 수 있을 것입니다.

3

내 생각이 나를 만든다

"꿈은 꿈꾸는 자의 것입니다. 꿈이 없는
삶은 날개가 부러져 땅바닥에 앉아 굶어
죽어가는 새와 같습니다."
≪내 인생에 힘이 되어준 한마디≫ 정호승

다시 찾은 꿈

대학 졸업 후 꿈을 이루기 위해 나의 모든 청춘을 받쳐 일을 했던 회사가 1997년 IMF 파고를 넘기지 못하고 부도를 맞고 말았습니다. 그런데 어찌 된 영문인지 회사가 부도를 난 후부터는 내 가슴에 뜨겁게 솟구치던 열정도 싸늘하게 식어 버렸습니다. 그리고 꿈도 목표도 일순간에 모두 사라져 버렸습니다. 그 후 53살에 삶의 위기를 당하기 전까지 그냥 하는 일이 좋고 먹고살기 위해 일을 했을 뿐 과거처럼 회사를 성장 발전시켜 튼튼한 중견기업으로 키우겠다는 허무맹랑한 꿈으로 가슴에서 뜨거운 열정이 솟아나지 않았습니다.

그렇다 보니 퇴직 후에 대한 아무런 준비도 하지 않은 채 어떻게 잘 되겠지 하는 막연한 희망만 가지고 살았습니다. 결국 직장폐업으로 삶의 위기를 당하고 나서야 아, 이게 아닌데! 하는 생각과 함께 내가 잘못 살았다는 것을 깨달았습니다. 따라서 잘못 살아온 세월에 대한 후회와 가슴 한 쪽이 텅 비어버린 것 같은 공허한 마음을 달래고 나 자신을 성찰하기 위해 나를 찾아 여행을 떠났습니다. 그리고 책을 운명적으로 만나 잃어버렸던 꿈을 다시 찾았습니다. 다시 찾은 꿈이 1만 권의 독서입니다. 이렇게 다시 찾은 꿈인 '1만 권의 독서'는 다시 내 가슴을 조금씩 뛰게 하였습니다. 그리고 그동안 잃고 살았던 삶에 대한 의욕과 열정이 솟구치기 시작했습니다. 아울러 그동안 삶의 방향을 잃고 좌절감에 빠져 허우적대고 있는 나를 올바른 방향으로 이끌어 주었습니다.

뿐만 아니라, 독서는 내가 새로운 마음가짐과 각오로 자신감을 가지고 새로운 일에 과감하게 도전할 수 있는 힘과 용기를 북돋아 주었습니다.

대한민국이 낳은 세계적인 발레리나 강수진은 ≪나는 내일을 기다리지 않는다≫에서 "꿈을 놓치지 마라. 꿈이 없는 새는 아무리 튼튼한 날개가 있어도 날지 못하지만 꿈이 있는 새는 깃털 하나만 가지고도 하늘을 날 수 있다. 지금 내가 열정적으로 활동할 수 있는 이유는 내 몸이 튼튼하거나 내 나이가 젊어서가 아니다. 놓치고 싶지 않은 꿈을 가지고 있기에, 나를 미치게 만드는 꿈을 가지고 있기에 깃털 하나만으로도 무대 위에서 날아다닐 수 있는 것이다."라고 했습니다.

그렇습니다. 저는 어느 순간 불꽃처럼 타오르던 가슴이 사라져 목표없이 방황하는 삶을 살았습니다. 그러다 53살에 삶의 위기를 만나 나를 찾아 떠난 여행에서 잃어버렸던 꿈을 다시 찾았습니다. 따라서 '1만 권의 독서'를 내 인생에 마지막 꿈으로 간직하고 꿈을 이루기 위해 다시 한 번 가슴을 뜨겁게 불태울 것입니다.

멘토를 만나다

나를 찾아 떠난 여행을 마치고 돌아온 나는 2010년 3월 중순 토요일 새벽 5시 40분 벤치마킹을 위해 독서포럼나비를 방문하였습니다. 너무 이른 시간이었는지 아침 6시가 지나자 한 사람, 두 사람씩 모습이 나타나기 시작했습니다. 처음으로 오는 사람들을 위해 리더의 위치에 있는 분이 독서포럼나비에 대해서 친절하게 설명을 해주었습니다. 그리고 잠시 후 새벽잠을 깨우기 위한 건강 체조부터 시작해서 조별토론, 전체토론 그리고 자기소개 등 다양한 프로그램으로 책을 읽고 토론하는 시간이 재미있고 알차게 진행되었습니다. 태어나서 처음으로 100여 명이 한 곳에 모여 책을 읽고 책에서 보고, 깨닫고, 느낀 것을 자유롭게 토론을 하다 보니 나 혼자서 책을 읽는 것보다 두 배, 세 배 더 효과가 있었습니다. 아울러 책을 좋아하는 많은 분들에게 좋은 에너지를 흠뻑 받아 책을 열심히 읽어야겠다는 마음의 각오를 다졌습니다.

독서포럼나비 회원들은 초등학교 1학년부터 70세가 넘은 어르신까지 남녀노소 연령 제한 없이 독서를 좋아하는 대한민국 국적의 사람이라면 누구나 참석할 수 있었습니다. 그런데 한 가지 특이한 점을 발견하였는데 독서포럼나비 회원들은 모두가 "꿈을 이루어 주는 3P 바인더"를 사용하고 있었습니다. 그리고 각자 자신의 꿈을 이루기 위해 그 누구보다 자기관리를 철저히 하고 있었습니다.

특히 독서포럼나비 회원들은 '계획을 세우지 않는 것은 실패를 계획한 것과 같다'는 생각을 가지고 있었습니다. 아울러 독서포럼나비에서는 회원들에게 1년에 50권의 독서를 권장하고 있었습니다. 한 주는 지정도서를 읽은 후 각 조별 토론을 하고 각 조를 대표하는 회원이 전체 토론에 참석하여 자신이 본 것, 적용할 것, 깨달은 것을 중심으로 토론을 했습니다. 또한 한 주는 회원 각자가 읽은 책 중에서 회원들에게 소개하거나 추천할 만한 가치가 있는 책을 읽은 후 독서포럼나비에 참석하여 조별로 나누거나 토론하는 형식으로 진행하였습니다.

독서를 처음 시작한 사람은 혼자서 독서를 하는 것보다 독서포럼나비와 같은 독서포럼에 참석해서 책을 좋아하는 사람들과 함께 독서를 하며 나누는 것이 더욱 효과적인 독서 방법이 될 것입니다.

특히 혼자 독서를 하다 보면 작심삼일의 덫에 걸리기 쉽지만 여러 사람들과 함께 하면 작심삼일의 덫을 피할 수 있습니다. 나는 이렇게 '1만 권의 독서'를 시작하자마자 독서포럼나비를 만난 것은 저에게 커다란 행운이었습니다. 더구나 3P 바인더라는 시스템을 개발하여 자기계발을 하는 사람들에게 혁명을 일으키고 ≪성과를 지배하는 바인더의 힘≫,≪대한민국 독서혁명≫,≪독서천재가 된 홍 팀장≫ 등의 저자 강규형 대표님을 만난 것은 나에게 운명 이었습니다. 따라서 강규형 대표님은 나의 멘토가 되었습니다. 멘토님 덕분에 나는 지난 10년 동안 온갖 고난과 역경 속에서도 책읽기를 중단하거나 포기하지 않고 지금까지 독서를 계속하고 있습니다. 아울러 나는 삶을 다하는 날까지 계속해서 독서를 하면서 책에서 보고, 깨달은 것을 삶에 적용하면서 살아갈 것입니다.

골든 나비

독서포럼나비에 참석한 첫날 푸름이 아버지 최희수씨가 지은≪몰입독서≫를 소개받았습니다. 따라서 독서포럼나비 모임을 마치고 집으로 돌아오는 길에 서점에 들러서 최희수씨의≪몰입독서≫를 즉시 구입했습니다. 그리고 집에 도착하자마자 책을 펼쳤습니다. ≪몰입독서≫는 저자 최희수씨가 아들 푸름이를 독서 영재로 키우면서 직접 경험했던 내용을 책으로 펴낸 것이었습니다. 나는 ≪몰입독서≫를 읽는 동안 내내 '아! 맞아. 아이들에게 그렇게 해줘야 했었구나.'하는 때늦은 감동과 함께 후회의 한숨만 내쉬었습니다. 따라서 나는 ≪몰입독서≫를 읽고 난 후 독서목표를 나를 위한 독서에서 사랑하는 자식들을 위한 독서로 목표를 수정했습니다. 그리고 자식들의 공부를 간접적으로 도와주거나 아이들의 생각과 감정을 이해할 수 있는 책을 중점적으로 읽었습니다.

그러나 "절대로 아이들에게 책을 읽어라, 공부를 해라!"라는 식의 강요는 하지 않았습니다. 오로지 저 혼자서 묵묵히 책을 읽는 아빠의 모습을 보여주는 것에 만족했습니다. 그렇게 나를 위한 독서보다 아이들을 위한 독서 목적을 두고 책을 읽다 보니 더욱 집중해서 책을 읽게 되었습니다. 나 자신보다는 사랑하는 자식들을 위해 아버지로서 도움을 줄 수 있다는 기쁜 마음에 더욱 열독을 할 수 있었습니다. 그렇게 독서를 하다 보니 독서습관을 들이는 데 많은 도움이 되었습니다. 아울러 혼자서 책을 읽는 것보다 독서포럼나비에 참석해서 여러 사람들과 책을 읽고 토론하는 것이 너무 좋다 보니 매주 토요일마다 모든 일을 젖혀 두고 참석하지 않을 수 없었습니다.

매주 토요일 새벽에 가장 먼저 도착하여 가장 앞자리에 앉아서 모든 정신을 집중해서 듣고 내 것으로 만들어야 했습니다. 이렇게 독서포럼나비에 홀딱 반해 정신없이 지내다 보니 어느 새 3년의 세월이 훌쩍 흘렀습니다. 하지만 나는 초심을 잃지 않고 독서포럼의 모든 선배님들에게 배운다는 생각을 가지고 열정적으로 독서포럼나비에 참석하였습니다. 아울러 비록 나이는 조금 먹었지만 독서에 대한 열정만큼은 그 누구에게도 질 수 없었습니다. 이렇게 뜨거운 열정을 가지고 독서포럼나비에 참석한 나는 강규형 대표의 리더십과 수많은 선배님들로부터 선한 영향력을 듬뿍 받아 독서 초보자 신세를 조금씩 탈피해가고 있었습니다. 이렇게 독서포럼나비는 '1만 권의 독서'라는 꿈을 이루기 위해 좌충우돌하는 나에게 독서의 올바른 방향을 제시해주는 나침반이 되었습니다. 아울러 최고의 자양분을 공급받았습니다. 그 결과 나는 알에서 애벌레가 되고 번데기 과정을 거쳐서 2013년 골든 나비가 되었습니다.

내 생각이 나를 만든다

나를 찾아 떠난 여행에서 잠자던 나를 번쩍 깨운 것은 '의식'이었습니다. 나는 지난 53년 동안을 살아오면서 단 한 번도 '의식'의 중요성에 대해 생각해보지도 못하고 살았습니다. 그렇다 보니 내가 나의 삶을 살고 있는지? 타인의 삶을 살고 있는지? 구분하거나 따지지 않고 살아왔습니다. 뿐만 아니라, 무엇이 생각이고 무엇이 사실인지 구분도 못하고 살아왔습니다. 이런 저에게 인간 정신의 진화에 관한 전문인 데이비드 호킨스 박사의 ≪의식혁명≫은 지금까지 살아온 삶에 대해서 아! 헛살았구나, 하는 생각을 떨쳐 버릴 수 없었습니다. 데이비드 호킨스 박사는 그의 저서 ≪의식혁명≫을 통해 인간의 의식을 1에서부터 1000까지 수치화한 '의식지도'를 토대로 의식 수준을 구분하고 있습니다. 저는 '의식지도'를 놓고 저 자신을 테스트 해 보았습니다. 그 결과 맨 처음에는 200으로서 '용기' 수준이었습니다.

데이비드 호킨스 박사는 '용기'에 대해서 "의식지수 200은 인생에 긍정적, 부정적 영향을 구분해 주는 분기점"이라고 하였습니다.

 뿐만 아니라, '용기'는 우리에게 기꺼이 새로운 것들을 시도하게 도와주고 파란만장한 인생을 긍정적으로 전환시켜준다고 했습니다.
 나는 이 부분에서 나 자신의 최근 상황과 비교해 보고 놀라지 않을 수 없었습니다. 왜냐하면 퇴사한지 10년이 지난 회사 회장님을 찾아가 재입사 요청을 드릴 용기가 어디에서 나왔을까? 나 자신에게 묻고 있었습니다. 만약 알량한 자존심이나 수치심으로 생각했다면 나는 어떻게 되었을까? 하는 생각을 하지 않을 수 없었습니다. 그런데 더욱 신기한 것은 나도 모르는 사이에 의식지수가 310으로 자발성까지 올라갔습니다. 데이비드 호킨스 박사는 "자발성이란 인생에 대한 보이지 않는 저항을 극복하고 기꺼이 참여하는 마음이다"라고 했습니다. 저 또한 나를 찾아 떠난 여행을 마치고 집으로 돌아와 살아가면서 어떤 어려움이 닥치더라도 내가 자발적으로 저항을 극복하기 위해 앞장서서 했습니다.

 또한, ≪실행이 답이다≫의 저자 이민규 교수는 "우리의 생각은 행동을 결정하고, 우리의 행동은 운명을 결정한다. 자신에 대한 규정이 행동을 결정하고 나아가 운명까지 결정하는 것을 '자기규정효과(self Definition Effect)'라고 한다면서 '나는 이런 사람이다'라고 스스로 규정하게 되면 정말 그런 사람처럼 행동한다."고 했습니다. "왜냐하면 모든 인간은 자신의 믿음과 일치하는 방향으로 행동하고자 하는 강한 욕구를 가지고 있기 때문이라고 했습니다. 그러므로 '게으른 사람'이라고 자신을 규정하면 게으르게 행동하게 되고, 결과적으로 게으른 사람이 된다. 마찬가지로 자신을 '부지런한 사람'으로 규정하면 게으름을 피우고 싶은 순간에도 부지런히 움직이게 되어 결과적으로 부지런한 사람이 된다."고 했습니다.

나는 1만 권의 독서를 시작한 후 독서를 방해하는 수많은 일들이 발생하여 끈질기게 꿈을 방해하였습니다. 그리고 숱한 고난과 역경에 부딪쳤음에도 불구하고 1만 권의 독서를 끝까지 포기하지 않고 독서를 계속해왔습니다. 그것은 1만 권의 독서라는 꿈을 이루기 위해 "매일 새벽 4시 30분에 일어나서 책을 읽고, 깨달은 것을 삶에 적용하고 실천하는 사람이 되겠다."라고 생각하고 그런 방향으로 끊임없이 노력하다 보니 저 자신도 모르게 내가 원하는 사람이 서서히 되어가고 있었습니다.

이와 같이 나는 내가 이루고자 하는 꿈이나 목표가 있으면 순간순간 그 꿈과 목표를 이루기 위해 간절하게 기도하면서 최선의 노력하였습니다. 그렇게 노력하다 보니 나도 모르게 나의 모든 생각과 행동이 꿈과 이루고자 하는 목표에 집중이 되었습니다. 그러므로 "나는 이런 사람이다." 라고 나 스스로를 단정을 하면 나는 그런 사람이 되었습니다.

이렇게 나는 어떤 사람이며 어떤 사람이 되겠다고 내가 생각을 하면 내 생각이 나를 내가 생각하는 방향으로 이끌어 나를 만듭니다. 우리들이 나 스스로 내가 추구하는 목표를 달성하기 위해 나 자신에게 최면을 거는 마인드 컨트롤도 "자기규정효과"나 "자발성"과 같은 맥락입니다. 독자 여러분께서도 되고자 하는 간절한 마음을 온전히 모아 매일매일 의식적으로 노력한다면 어느 순간부터 되고자 하는 자신이 되어 있을 것입니다. 이것이 내가 나의 주인으로서 내가 의도하는 삶을 살아가는 초석이 됩니다.

4

다시, 꿈을 갖고 도전하라

"당신의 현재 모습은 모두 당신이 어제까지 해온 행동의 결과다. 당신이 새로운 길을 발견
하고 싶다면 지금까지 해 온 생각과 행동 방식을 모두 잊어야 한다.
이전의 잔재를 그대로 가지고 있는 한 아무리 많은 책을 읽어도 소용없다.
당신이라는 하나의 존재 속에 어제까지의 당신이 너무 큰 자리를 확고하게 차지하고 있으
면 새로운 것이 들어갈 수 없기 때문이다. 새로운 길을 발견하려면 기존의 것을 버리고 자신
을 비울 수 있어야 한다. 마음을 비우고, 욕심을 비우고,
잡념을 버리고, 낡은 사고방식을 버릴 때 다시 태어날 수 있다."
-김병완 작가의 ≪책 수련≫ 중에서-

독서 목표

　나의 현재 위치를 다른 말로 표현하면 좌표라고 합니다. 여러분들
께서는 여러분들 각자 자신의 좌표를 알고 계십니까? 왜? 갑자기 좌
표를 말씀드리냐 하면 이루고자 하는 목표를 설정하거나 비전을 가
지기 전에 자신의 좌표를 정확히 파악하고 세우는 것이 중요하다는
것을 말씀드리기 위해서입니다. 아울러 무슨 일을 하든 항상 자기
자신이 처한 현재 자신의 위치를 정확하게 판단하고 살아가는 것이
중요합니다. 더구나 원대한 꿈을 이루기 위해서는 자신의 좌표를 정
확하게 알아야 항해를 하는 도중 망망대해에서 표류하지 않고 목적

지에 도달할 수 있습니다. 그렇지 않으면 바람이 부는 방향에 따라 동서남북으로 헤매다가 귀중한 목숨을 잃을 뿐만 아니라 구사일생으로 육지에 도착하지만 이미 목적지와는 거리가 먼 외딴곳에 도착하게 됩니다.

그렇기 때문에 저는 나의 좌표를 항상 잊지 않기 위해 노력하고 있습니다. 대부분의 사람들이 하루하루 바쁜 삶을 살아가다 보니 모두가 자신의 좌표 즉, 현 위치를 망각하고 있습니다. 저도 마찬가지로 저의 좌표를 까맣게 잊고 살다가 나를 찾아 떠난 여행에서 다시 찾았습니다. 따라서 나의 좌표를 정확하게 인지한 후 나를 찾아 떠난 여행에서 발견한 나의 특징과 3P 바인더 교육에서 찾았던 '나'의 장단점을 분석한 후 나의 꿈인 1만 권의 독서를 이루기 위한 세부적인 실천계획을 세웠습니다. 그리고 지난 10년 동안 독서를 하면서 항상 저는 저의 현 위치를 파악 하였습니다.

그렇게 하다 보니 목표를 향해 가던 도중에 달콤하고 향기로운 유혹에 빠지지 않고 오로지 나의 꿈을 실현하는데 모든 에너지를 집중할 수 있었습니다. 아울러 나는 지난 10년 동안 1만 권의 독서라는 꿈을 이루기 위해 독서를 하면서 항상 저 나름대로 세운 독서의 기본 원칙 세우고 독서를 하였습니다.

첫째, 현 위치 파악을 파악하라. 내가 어떤 사람인지? 나 자신의 현 위치 어디인지? 정확하게 아는 것이 가장 중요했습니다. 왜냐하면 그래야 꿈을 갖고 계획을 짜고 설계를 할 때 정확한 목표와 좌표 설정이 가능하기 때문입니다. 둘째, 지속적으로 동기를 부여하라. 가슴속에서 뜨거운 열정이 솟구치게 하는 동기부여가 지속적으로 되지 않으면 독서를 하는 도중에 조금만 열정이 식어도 독서를 중단하거나 포기하게 됩니다. 따라서 나 스스로 독서에 대한 열정이 식어가는 것을 느낄 때마다 자서전이나 자기 계발서 등을 통해 동기를 부여해 열정이 다시 샘솟도록 하였습니다.

셋째, 목적이 있는 독서를 하라. 독서를 통해서 무엇을 얻으려고 하는지? 또는 책에서 찾고자 하는 것이 무엇인지? 뚜렷한 목표가 있어야 책을 선정할 때도 목적에 부합하는 책을 구입하게 되고 독서를 하면서도 집중력을 잃지 않고 책을 읽게 되어 독서의 효과를 극대화할 수 있습니다. 넷째, 일독일행하라. 아무리 많은 책을 읽어도 책에서 본 내용을 삶에 적용하고 실천하지 않으면 절대로 변화는 일어나지 않습니다. 따라서 책 한 권을 읽으면 단 한 가지 사항이라도 삶에 적용하고 실천하는 것이 가장 중요합니다. 책을 한 권 읽을 때마다 한 가지만이라도 삶에 적용하고 실천하다 보면 나도 모르게 나쁜 습관은 사라지고 좋은 습관이 하나 둘 몸에 습관으로 배이게 됩니다. 다섯째, 간절한 마음으로 기원하라. 독서를 통해 꿈을 이루고자 마음을 먹었다면 어떤 고난과 역경이 닥치더라도 이를 이겨내고 꿈과 목표를 이루고 말겠다는 간절한 마음이 필요합니다. 간절함이 있어야 중간에 중단하거나 포기하지 않고 지속적으로 독서를 할 수 있습니다.

그런데 많은 사람들은 자신의 현 위치를 망각한 체 가장 먼저 시작하는 것이 MBTI 검사를 통해서 자기 자신이 어떤 사람이라는 것을 대충 이해합니다. 그리고 강점 찾기를 한 후 시간 관리와 목표관리 및 성과관리에 집중하였습니다. 이렇게 하다 보니 좌표가 맞지를 않고 좌표가 맞지 않다 보니 목표설정이 잘못되었습니다. 따라서 열정이 조금만 식어도 작심삼일의 덫에 걸리게 되고 조금만 일이 힘들어도 독서를 등한시 하다가 결국에는 차일피일 독서를 미루다가 중단하거나 포기하는 분들을 목격했습니다.

독서습관 들이기

무엇을 하든 처음 시작할 때는 기초부터 체계적이고 단계적으로 배우는 사람은 시간이 걸리더라도 한 단계, 한 단계씩 배우고 익혀서 기초를 튼튼하게 다져갑니다.

이와 같이 기초를 튼튼하게 배워야 시간이 걸리더라도 오래 지속적으로 할 수 있고 성장 발전합니다. 따라서 독서에 대해서 아는 것이 전혀 없는 저는 독서를 시작한 후 약 6개월 정도 시간이 지날 때쯤 독서를 잘못하고 있다는 것을 깨달았습니다.

한마디로 말해 1만 권의 독서라는 꿈을 이루겠다는 열정만을 가지고 무조건 덤벼들어 책을 읽다 보니 책을 읽어도 기억에 남는 것이 없어서 힘도 들고 진도도 나가지 않아 엄청난 스트레스를 받았습니다. 더구나, 이미 녹슬고 노화되어버린 뇌의 한계를 망각한 체 젊었을 때의 기억력과 비교를 하다 보니 자신감마저 잃어가고 있었습니다. 이 때 독서포럼나비에서 가르쳐준 것이 "목적 있는 독서"였습니다.

즉, 읽고자 하는 책을 통해서 내가 얻고자 하는 것이 무엇인지를 명확히 하고 독서를 하는 것이었습니다. 그렇게 뚜렷한 목적을 가지고 독서를 해야 집중력도 높아지고 책을 읽는 도중에 찾고자 하는 내용을 발견하는 기쁨으로 독서의 즐거움도 배가 된다고 하였습니다.

따라서 저는 책을 선정할 때부터 독서 주제와 부합하는 책을 구입하였습니다. 그리고 책을 읽기 전에 내가 이 책을 왜? 읽는지 그 이유를 명확하게 인식한 후 목차에서 내가 찾고자 하는 내용이 어느 곳에 있는지 파악한 후 본문을 읽었습니다. 그렇게 책을 읽다 보니 집중력도 향상되고 매일 조금씩 독서력이 향상되는 것을 느낄 수 있었습니다. 이렇게 해서 나는 독서에 대해 무리한 욕심을 내지 않고 기초부터 단계적으로 나만의 방식과 스타일로 독서 습관을 만들어 왔습니다.

아울러 꿈을 이루기 위한 첫 단계로 가슴속에서 뜨거운 열정이 불끈 솟구칠 정도로 동기를 부여할 수 있는 책을 읽었습니다. 왜냐하면 독서에 관한 동기부여가 되지 않은 상태에서 의욕만 앞선 나머지 책을 읽는 경우 조금만 난관에 부딪쳐도 독서를 포기해버리는 우를 방지하기 위해서입니다. 저는 1만 권의 독서 첫 단계 독서 목적은 '책 읽는 아빠'였습니다. 따라서 언젠가는 딸과 아들도 책을 읽겠지 하는 희망만 가지고 말없이 책을 읽으며 책 읽는 아빠의 모습을 보여주었습니다. 그리고 조그마한 소망이 있다면 책 읽는 저의 모습을 보고 사랑하는 자식들이 책을 읽고 독서하는 습관이 자연스럽게 들었으면 하는 바람이었습니다.

독서법을 독파하라

나를 찾아 떠난 여행에서 운명적으로 책을 만나 1만 권의 독서라는 꿈을 가지고 집으로 돌아온 나는 가장 먼저 앤 소니 드멜로 신부가 지은 ≪깨어나십시오≫와 데이비드 호킨스 박사가 지은 ≪의식혁명≫을 집어 들었습니다. 왜냐하면, 깨달음과 의식에 대해서 보다 깊이 있는 내용을 공부하고 싶은 마음에서 책을 펼쳤습니다. 그런데 이두 권의 책이 저의 인내심을 실험하였습니다. 50살을 넘으면서 기억력이 약간 떨어지는 것은 느꼈지만 첫 줄을 읽기 시작해서 세 번째네 번째 줄을 지나 다섯 번째 줄에 접어들면 어느새 첫 번째 줄에서읽었던 내용은 머리에서 사라지고 없었습니다. 그렇다 보니 도대체책이 읽혀지지가 않았습니다. 저는 제 자신이 난독증이 아닌가 하고의심할 정도였습니다. 그렇게 책을 읽다 보니 이것은 책을 읽는 것이아니라 책이 나를 읽고 있었습니다.

이렇게 책과 씨름하고 있을 때 저의 고민을 알았는지 독서포럼나비에서 백금산씨가 지은 ≪책 읽는 방법을 바꾸면 인생이 바뀐다≫을 지정도서로 선정하였습니다. 이 책은 독서의 목적에 따라 독서법도 달라야 한다고 말하면서 다양한 독서법에 대해 소개하고 있었습니다. 창피한 이야기입니다만 저는 이 책을 만나기 전에는 독서법에관한 책 자체가 존재하는 줄도 몰랐습니다. 독서법에 대해서 별도로배운 경험이 없었기 때문에 독서라는 것이 교과서를 읽듯이 처음부터 끝까지 정신을 집중해서 읽으면 되는 것으로 알고 있었습니다.

백금산 작가의 ≪책 읽는 방법을 바꾸면 인생이 바뀐다≫라는 이 책은 1만 권의 독서를 실천하기 위한 첫 단계에서 책과 친해지기도 전에 좌충우돌하는 저에게 한 줄기 빛과 같은 책이었습니다. 무엇이든 기초가 중요하듯이 독서를 제대로 하기 위해서는 독서법을 먼저 배운 후에 책을 읽어야 제대로 효과를 얻을 수 있다는 것을 절실히 깨달았습니다. 그리고 다음으로 만난 책이 모티머 J. 아들러, 찰스 반 도렌 이 지은 ≪생각을 넓혀주는 독서법≫이었습니다. 이 책은 독서를 기초적인 독서와 살펴보기, 분석하며 읽기, 통합적으로 읽기로 나누어 독서법에 대해 체계적으로 가르쳐주고 있습니다. 아울러 이동우 작가의 ≪통찰력을 키워주는 밸런스 독서법≫을 만났는데 작가는 책을 무작정 많이 읽는 것보다 골고루 읽는 균형 잡힌 독서를 강조하였습니다.

이어서 하루에 48분을 투자하여 3년 동안에 천 권의 책을 읽으면 독서 임계점을 돌파해 기적이 일어난다고 주장하는 김병완 작가의 ≪48분 기적의 독서법≫과 ≪오직 읽기만하는 바보≫는 "독서보다 중요한 것은 독서의 기술이다" 라고 강조하며 책을 제대로 읽기 위해서는 독서의 기술이 중요함을 강조하고 있습니다.

김병완작가는 특히, "자전거를 타지 못하는 사람이 자전거를 끌고 동네를 한 바퀴 돌고 와서는 '자전거를 탔다'고 말하는 걸 듣는다면 참으로 허무맹랑한 느낌일 겁니다. 그런데 대한민국의 많은 국민이 독서하는 방법을 모르면서도 자신은 '독서를 할 수 있다'고, 혹은 '하고 있다'고 말하고 있습니다. 저는 이런 이야기를 들을 때마다 이보다 더 허무맹랑한 말은 없다는 생각이 듭니다."라고 ≪초의식독서법≫을 통해 독서법을 강조하면서 독서 초보자부터 고수까지 누구나 독서력 향상을 위해 참조할 수 있는 독서법을 소개하고 있습니다.

이와 같이 독서법도 전혀 모르면서 저처럼 열정만 가지고 무작정 독서를 하겠다고 책을 펼쳐 드는 것은 자칫 난관에 부딪칠 수 있습니다. 따라서 독서를 제대로 하려고 마음을 먹었다면 가장 먼저 독서법부터 파악한 후 독서를 하는 것이 급선무라는 것을 깨달았습니다. 독서법을 파악한 후 독서를 하니까 더욱더 효과적인 독서가 되었습니다. 아울러 독서를 습관화하고 생활화하는데 시금석이 되었습니다.

독서에 눈을 뜨다

독서에 대해 전혀 기초 지식이 없던 제가 독서법에 눈을 뜨고 독서 입문기를 거치면서 독서에 대해 조금씩 자신감이 생기기 시작했습니다. 아울러 독서에 조금씩 재미를 느끼기 시작한 나는 몸에 밴 나쁜 습관을 하루아침에 모두 떨쳐버리는 혁명을 시도했습니다. 그런데 수십 년 동안 몸에 밴 나쁜 습관을 하루아침에 모두 뜯어 고치려고 하다 보니 몸과 마음이 거세게 저항을 하였습니다. 그때 내 눈에 번쩍 들어온 책이 심리학자 이민규 교수가 지은 ≪1%만 바꿔도 인생이 달라진다≫와 천호식품 김영식회장의 ≪10미터만 더 뛰어봐≫를 만나면서 나를 더욱더 가슴 뛰게 했습니다. 이민규 교수의 ≪1%만 바꿔도 인생이 달라진다≫는 삶을 성공하기 위해서는 모든 것을 바꿀 필요는 없고, 단 "1%만 바꿔도 인생이 달라진다"는 것입니다. 저는 이 책을 읽고 저를 송두리째 확 바꾸려는 어리석은 생각을 버리고 3P 바인더를 통해 독서관리, 목표관리, 시간관리 등을 철저하게 계획하고 실천하며 내가 가장 쉽게 할 수 있는 것부터 하나씩 하나씩 바꾸어 나갔습니다.

특히, 천호식품 김영식 회장님께서는 세바시에 출연하여 ≪10미터만 더 뛰어봐≫라고 하시면서 무엇이든 할 수 있는 마법의 열쇠를 나에게 주었습니다. 그것은 '어떻게'라는 단어에는 '하기 싫다'는 생각이 포함된 뜻이라는 것이었습니다. 우리가 새로운 도전을 할 때 충분히 할 수 있는 능력을 가지고 있으면서도 본능적으로 "이것을 어떻게 해?" 라고 반문하는 말에는 무슨 일을 하기도 전에 이미 하기 싫은 생각이 포함되어 있다고 했습니다. 때문에 '어떻게'라는 말을 빼고 하면 이 세상에 못할 일이 없다는 것입니다.

아울러 강헌구 작가는 ≪가슴 뛰는 삶≫을 통해 꿈을 이루고 진정한 성취와 행복에 이르는 과정을 "통찰-작심-돌파-질주"의 네 단계로 설명하고, 그 과정마다 생각하고 실행할 일들을 상세하게 가르쳐 주었습니다. 저는 강헌구 작가의 ≪가슴 뛰는 삶≫을 읽는 후 제가 하고 있는 일이 순간순간 가슴을 뛰게 하는지? 을 항상 저 자신에게 물었습니다. 그리고 가슴이 뛰지 않는 일이지만 꼭 해야 하는 일은 나 스스로 가슴 뛰는 일로 생각하고 즐거운 마음으로 했습니다. 매사에 일을 그렇게 가슴 뛰는 일로 생각하고 일을 하다 보니 부정적인 생각이 사라지고 긍정적으로 받아들이게 되어 하는 일이 모두 즐겁고 보람이 있었습니다. 특히, 《실행이 답이다》의 저자 이민규 교수는 실행력의 중요성을 강조하면서 생각을 성과로 만들어내기 위해서는 "결심 단계→실천단계→유지단계"를 거쳐야 한다고 말하고 각 단계별로 실행력을 높일 수 있는 방법을 알려주었습니다.

그리고 하우석 작가는 저에게 자신의 저서 《내 인생 5년 후》 서문에서 5년 후 오늘, 당신은 어디에 있을 것인가? 5년 후 오늘, 당신은 어떤 사람들과 함께 있을 것인가? 5년 후 오늘, 당신은 무엇을 하고 있을 것인가? 을 물었습니다. 그런데 아무리 5년 후 내 모습을 그려보려고 해도 도저히 그림을 그릴 수가 없었습니다. 그렇다면 5년 후의 삶도 지금과 별반 나아질 것이 없이 똑같은 삶을 살 것이라는 생각을 하니 소름이 돋았습니다. 다시, 서문으로 돌아가 5년 후 오늘, 당신은 무엇을 하고 있을 것인가? 라는 질문에 내가 그려본 것을 적어 보았습니다.

5년 후 나의 모습은 출판기념회, 작가, 강의, 글쓰기, 독서였습니다.
이렇게 《가슴 뛰는 삶》, 《실행이 답이다》, 《내 인생 5년 후》 세 권의 책은 이제 막 독서 입문기를 거친 저에게 독서의 중요성과 함께 독서에 대한 눈을 뜨게 해주었습니다. 아울러 책을 읽고 책에서 보고, 깨달은 것을 삶에 적용하고 실천하는 모든 것이 가슴 뛰는 일인지? 반문하게 하였습니다. 그리고 모든 것을 생각만 하지 않고 즉시 실천에 옮기는 실천가로서 삶을 살아가도록 하였습니다. 더구나 5년 후 내 인생을 위하여 꿈을 방해하는 어떤 어려움도 참고 이겨내는 초석이 되었습니다.

CHAPTER2

꿈을 이루어 주는 독서

5

어떻게 하면 나를 바꿀 수 있을까?

"독서는 우연의 씨앗을 뿌리는 과정이다.

우리가 일생을 통해 독서를 해나간다는 것은 언젠가 새로운 기회를 만날

씨앗을 뿌리는 행위이며, 나를 준비된 사람으로 만들어가는 과정이다."

≪시골의사 박경철의 자기혁명≫ 박경철

꿈을 이루어 주는 독서

독일의 문호 요한 볼프강 폰 괴테도 "독서하는 방법을 배우기 위해 80년이라는 세월을 바쳤지만, 아직도 그것을 잘 배웠다고는 말할 수 없다."고 했습니다.

따라서 독서를 시작한 지 10년 밖에 안 된 햇병아리가 독서법에 대해서 거론하는 자체가 바람직한 태도는 아니라고 생각합니다. 그러나 너무 늦은 나이에 시작한 독서이기 때문에 그 누구보다 독서법에 대해서 관심이 많았고 나름대로 효과적인 독서법을 배우기 위해 많은 노력을 기울였습니다.

나이를 먹어 늦게 시작한 독서이지만 독서를 통해 꿈을 이루고자

하는 열정은 저의 가슴을 뛰게 하였습니다. 제 인생에 마지막 꿈인 만큼 그냥 취미 독서 수준으로 독서를 해서는 꿈은 이룰 수 없기 때문입니다. 이때 세계적인 컨설턴트 브라이언 트레이시가 지은 ≪목표 그 성취의 기술≫을 만났습니다. 브라이언 트레이시는 책머리에서 "이 책은 더 빨리 성공하고 싶은 야망이 있는 사람들을 위한 책이다."라고 하였습니다. 저자가 책머리에서 밝힌 대로 이 책은 하루라도 빨리 꿈을 이루고 싶은 사람이 저자가 안내하는 방법에 따라서 목표를 설정하고 21단계의 강력한 실천 방안을 따라 행동으로 실천하다 보면 목표에 이르게 된다는 내용입니다. 뿐만 아니라, 성공을 향해 인생을 프로그래밍 하는 목표달성기법에 대해서도 자세히 설명하고 있습니다. 꿈을 이루기 위해 독자 여러분만의 특별한 시스템이나 도구가 마련되어 있습니까?

만약 그렇지 않다면 브라이언 트레시의 ≪목표 그 성취의 기술≫에서 알려주는 대로 계획을 세워서 하나하나 실천해 나가십시오. 그렇게 하는 것이 원하는 목표에 쉽게 접근할 수 있는 방법중 하나입니다.

아울러 제가 독서를 하면서 독서 교본으로 활용한 책 중 하나가 김병완 저자가 쓴 ≪책수련≫입니다. 저자는 자신의 경험을 바탕으로 "책수련이 어떻게 사람을 변화시키는지", "우리가 왜 책을 읽어야 하는지"를 자세히 설명해주고 있습니다. 또한 나를 깨우고 인생을 바꾸어 삶을 혁명하기 위한 방법으로 독서를 통한 수련을 강조하고 있습니다.

또한 안상헌작가의 ≪어느 독서광의 생산적 책읽기 50≫와 ≪생산적 책읽기 두 번째 이야기≫는 미래를 위한 자기발전 독서법을 제안하고 있습니다. 저자는 다양한 경험과 생활 속의 독서를 토대로 체득한 독서에 살이 되고 피가 되는 실질적인 독서의 기술을 아낌없이 알려주었습니다. 이 세 권의 독서법에 관한 책을 읽고 난 후에야 독서에 자신감이 생기면서 독서 인생으로 가는 희미한 길이 보이기 시작했습니다.

특히, 안상헌 작가의 ≪생산적 책읽기 두 번째 이야기≫는 생산적인 책읽기에 대한 구체적인 해답을 제시해준 책입니다. 즉, 책을 고르는 방법부터 책에서 핵심내용을 찾아내는 법, 읽고 정리하는 법, 오래 기억하는 방법까지 상세하게 알려주었습니다. 안상헌 작가가 지은 이 두 권의 책은 김병완 작가의 ≪책수련≫과 함께 내가 독서를 보다 체계적으로 할 수 있는 밑거름이 되었을 뿐만 아니라 독서를 하는 도중에 의문점이 있으면 수시로 찾아보고 적용하는 독서교본이 되었습니다.

독서로 나를 혁명하라

책을 읽고 또 읽어서 배경지식이 쌓여야 책을 읽는 속도도 빨라질 뿐만 아니라, 책을 읽으면서 그동안 읽고 뇌에 저장된 지식들이 통합적인 사고를 통해 새로운 지식을 생산해 냅니다. 그런데 나는 책을 읽고 또 읽어도 삶의 변화는커녕 오히려 책을 계획한 대로 읽어야 한다는 강박 관념으로 스트레스를 받으면서 독서에 대한 재미가 뚝 떨어져 책을 읽고 싶지 않았습니다. 그러던 어느 날 내 눈에 번쩍 들어오는 한 권의 책이 있었습니다. 창조적 독서가 곽동우 작가가 쓴 《독서혁명》이었습니다. 저자는 "변화를 만들지 못하는 독서는 버려라."고 합니다. 아울러 단순히 책을 빨리 읽고 내용을 효과적으로 파악하는 방법을 뛰어넘어 독서를 통해 변화를 만드는 구체적인 방법을 제시하고 있습니다.

또한 저자는 독서의 유익을 책 밖으로 가져오지 못하는 사람들에게 삶의 변화를 이끄는 독서를 강조하고 있습니다. 나아가 "독서로 변화를 만들기 위해서는 책의 정보를 단순히 기억하는 것만으로는 부족하다면서, 책의 정보를 자신의 것으로 바꾸고 이를 바탕으로 창의적 결과물을 만드는 사고력이 함께할 때 독서는 변화를 만들 수 있다."고 했습니다. 또한 "책에서 얻은 정보를 변화로 이어가기 위해서는 정보를 지식으로 가공해야 한다."고 말합니다. 뿐만 아니라 "지식은 수용, 모방, 창조의 과정을 통해서 가치를 만들어야 변화가 일어난다."고 주장합니다. 그리고 "책의 정보를 파악하고 핵심 정보를 추출해서 구체적인 지식으로 만드는 정보의 지식화 과정이 필요한데, 인지 단계가 발달하지 못하면 책을 읽을 때 속도가 늦고 읽어도 무슨 내용인지를 파악하지 못한다."고 했습니다.

특히, 곽동우 작가는 《독서혁명》을 통해 독서에 익숙해지기 시작한 사람을 위한 독서 기술과, 독서에 익숙한 사람을 위한 기술을 가르쳐주고 있습니다. 따라서 나는 독서 슬럼프에 빠졌다가 우연한 기회에 《독서혁명》을 만나 읽고 또 읽은 후 슬럼프에서 빠져나올 수 있었습니다. 곽동우 작가의 《독서혁명》은 나에게 슬럼프 탈출과 함께 독서수준을 한 단계 끌어 올릴 수 있는 초석이 되었습니다. 아울러 나는 독서를 통해 나 자신을 완전히 뜯어고치는 자기혁명을 위한 독서 목표를 새롭게 정립하였습니다. 즉, 독서를 통한 삶의 조그만 변화를 목표로 하는 것이 아니라 지금까지 살아온 나 자신을 180도 확 바꾸는 혁명을 목표로 하였습니다.

왜냐하면 독서를 처음 시작한 단계에서는 모든 것을 한꺼번에 180도로 확 뜯어 바꾸려다가 심한 몸살을 앓았습니다. 그러나 독서 습관을 들이고 독서법을 익히고 독서에 눈을 조금씩 뜨면서 독서에 자신감이 생겼습니다. 따라서 독서에 본질을 꿰뚫어 보면서 폭넓고 깊이 있는 독서를 할 수 있었습니다. 아울러 독서를 통해 나 자신을 혁명하고 싶어졌습니다.

독서의 본질을 꿰뚫어라

독서법도 몰랐던 제가 조금씩 독서법을 공부해가면서 독서를 하는 재미가 제법 쏠쏠해졌습니다. 더구나 안상헌 작가의 《어느 독서광의 생산적 책읽기 50》와 《생산적 책읽기 두 번째 이야기》, 그리고 김병완 저자가 쓴 《책수련》을 읽은 후에는 독서에 대해서 더욱 자신감이 생겼기 때문입니다. 이렇게 독서의 재미를 쏠쏠하게 느낄 무렵 나의 두 눈을 번쩍 뜨게 해주고 모든 사물을 다양한 관점에서 바라볼 수 있는 창의적 독서의 진수를 보여준 책이 박웅현 선생이 쓴 《책은 도끼다》입니다.

박웅현 선생은 이 책 서문에서 "우리가 읽은 책이 우리의 머리를 주먹으로 한 대 쳐서 우리를 잠에서 깨우지 않는다면 도대체 왜 우리가 그 책을 읽는 거지? 책이란 무릇 우리 안에 있는 꽁꽁 얼어버린 바다를 깨뜨려 버리는 도끼가 아니면 안 되는 거야" 라는 카프카의 말을 빌려 "책은 우리 안에 꽁꽁 얼어버린 바다를 깨뜨리는 도끼가 되어 우리들을 깨워야 한다."고 주장하면서 이런 생각으로 독서를 해야 글 속에 녹아있는 본질을 꿰뚫어 볼 수 있다고 했습니다. 박웅현 선생의 《책은 도끼다》는 나에게 책의 본질을 읽는 방법과 책을 읽고 난 후 정리하고 보관하는 방법을 가르쳐주었습니다. 뿐만 아니라, 독서의 흠뻑 빠져가고 있던 나에게 독서의 본질을 이해할 수 있도록 한 단계 성장시켜준 독서 교본이 되었습니다.

아울러 눈앞에 보이는 것이 전부가 아니라 본질적인 것을 꿰뚫어 볼 수 있도록 나의 눈을 뜨게 해준 미술사학자 오주석 선생의 《오주석의 한국의 미 특강》입니다.

저는 이 책에서 옛 그림을 감상할 때는 현대인이 현재의 시점에서 관람을 하지만 '옛사람의 눈으로 보고 옛사람의 마음으로 느껴'야 된다는 걸 깨달았습니다. 그리고 동양화든 서양화든 회화류를 관람할 때는 회화 작품 크기의 대각선을 그었을 때 대각선 길이의

1~1.5배 정도 떨어진 거리에서 오른쪽 위에서 왼쪽 아래로 쓰다듬 듯이 보는 것이 아주 중요하다고 말했습니다. 이와 같이 이 책은 우리의 소중한 전통문화로부터 무엇을 배우고 우리 문화를 어떻게 다뤄야 하는지 그 최상의 길잡이가 되었습니다.

또한 말로만 듣던 인문학의 바다에 풍덩 빠져서 즐겁게 놀 수 있도록 길잡이가 되어준 최진기의 ≪인문의 바다에 빠져라≫는 나를 서양철학의 맛을 제대로 보여주었습니다. 저자는 나무를 보기 전에 숲을 먼저 봐야 독서에 흥미를 잃지 않는다고 조언합니다. 그러면서 인문으로 들어가는 첫 입문자들을 위한 책으로 통합적이고 넓게 보면서도 동시에 예리하게 사물의 본질을 꿰뚫는 통찰을 얻을 수 있게 도와주었습니다. 또한 소크라테스 이전부터 아테네 시대, 헬레니즘 시대와 로마 시대를 거쳐 중세 및 르네상스 시대를 지나 대륙합리론과 영국경험론 그리고 칸트 이후 영국 대륙 및 실용주의까지 서양철학의 흐름을 한눈에 이해할 수 있었습니다. 따라서 인문학 초보자인 저에게 훌륭한 길잡이가 되어 주었습니다. 아울러 동양고전을 처음 접하는 사람들의 입문서로서 동양고전의 가이드북인 ≪동양고전의 바다에 빠져라≫을 만나 어려웠던 동양고전을 아주 쉽고 재미있게 만나 볼 수 있었습니다. 이렇게 나는 최 진기의 ≪인문의 바다에 빠져라≫와 ≪동양고전의 바다에 빠져라≫를 만나 서양철학과 동양고전의 대해 맛을 보았습니다.

독서 삼매경

독서법도 몰랐던 제가 독서법에 조금씩 눈을 뜨면서 독서에 재미를 붙이기 시작하였습니다. 아울러 독서에 흠뻑 빠져들고 있을 때 저의 메마른 감정과 감성을 흔드는 두 권의 책을 만났습니다. 전 문화부 장관을 역임하신 이어령 선생님께서 집필하신 ≪젊음의 탄생≫과 ≪디지로그≫입니다. ≪디지로그≫는 정보통신시대를 살아가는 저의 각박하고 메마른 삶에 촉촉한 감정의 비를 뿌려 주었습니다. 아울러 ≪젊음의 탄생≫은 다양한 감성의 씨앗을 심어 주셨습니다. 뿐만 아니라, 이 두 권의 양서는 저에게 고정관념을 깨고 창조적 사고와 사고의 대 전환을 일으켜 주었습니다. 이렇게 ≪젊음의 탄생≫은 창조적 지성을 향한 갈증을 해소시켜 줄 9개의 'UP' 키워드와 9개의 매직카드를 제공하여 젊은 지성들에게 물음표와 느낌표를 던지고 있습니다.

아울러 UP 키워드를 통해 우리가 기존의 사고방식에서 벗어나 '의심하기, 삐딱하게 보기, 새롭게 보기, 뒤집어 보기, 다르게 보기'를 실천할 것을 권유하고 있습니다. 한편, 이어령 선생님은 ≪디지로그≫를 통해 아날로그와 디지털 문명의 벽을 넘어 신개념을 구축한 이 책은 인터넷 사회의 한계를 진단하고 후기정보사회의 밝은 미래를 모색하는 메시지를 전하고 있습니다. 이 두 권의 책은 제가 기존의 고정 관념을 버리고 창의적인 생각을 할 수 있도록 프레임을 바꿔주었습니다.

이어서 펼쳐 든 책이 "우리나라는 전 국토가 박물관이다"라고 하시면서 "아는 만큼 보인다"는 명언을 남기신 유홍준 선생의 ≪나의 문화유산답사기≫는 무지한 나를 역사적 사실을 직시하고 우리의 소중한 유물을 제대로 볼 수 있는 눈을 뜨게 해주었습니다. 뿐만 아니라, 나는 유홍준 선생의 ≪나의 문화유산답사기≫를 읽은 뒤 책 속에서 내가 보지 못한 부분을 발견하면 다음 여행 시 현장을 꼭 방문하여 찾아본 후 눈앞에 보이는 실체와 본질을 꿰뚫어 보기 위해 노력하였습니다. 이런 방법으로 ≪나의 문화유산답사기≫를 읽고 나니 그동안 몰랐던 새로운 사실들을 수 없이 발견하였습니다. 아울러 표면에 나타나지 않았던 본질에 대해 접근할 수 있었고 깊이 있는 공부를 할 수 있는 좋은 기회가 되었습니다. 이렇게 유홍준 선생의 ≪나의 문화유산답사기≫는 우리 소중한 전통문화에 대한 역사적, 문화적 인식을 새롭게 해주었으며 보는 눈을 한 층 더 높여줬습니다.

이렇게 독서 삼매경에 빠져 있을 때 나를 홀리는 한 권의 책이 나타났습니다. "한국미의 본바닥에 흐르는 선과 색과 음률의 흥겨움 그리고 해학과 익살을 샅샅이 읽어 우리 것의 건강하고 정직한 아름다움을 떨쳐낸" 혜곡 최순우 선생님의 유작 ≪무량수전 배흘림기둥에 기대서서≫입니다. 이 책은 우리 문화유산들을 장르별로 묶어 그림과 함께 자세하게 설명해주고 있습니다.

또한 회화, 도자기, 조각, 건축 등 한국미술의 전 영역에 걸쳐 군더더기 없이 한국의 아름다움을 담백하고 감칠맛 나는 글로 설명하고 있습니다.

따라서 ≪무량수전 배흘림기둥에 기대서서≫는 독자들에게 한국미(美)에 관한 최고의 안내서로 평가받고 있습니다. 아울러 우리 전통 문화를 이해하는 새로운 시각과 사고의 틀을 제시한 전통문화 안내서 겸 해설서로 호평을 받고 있습니다.

저는 《무량수전 배흘림기둥에 기대서서》을 읽은 후 책을 손에 들고 영주 부석사를 수차례 찾았습니다. 그리고 부석사를 방문할 때마다 새롭게 보이고 느껴지는 것들로 항상 나의 가슴을 설레게 하는 사색의 장소가 되어 버렸습니다. 이렇게 독서법도 몰랐던 저는 각 분야별로 명저를 읽으면서 독서 삼매경에 푹 빠졌습니다.

6

공부하는 사람은 죽지 않는다

"청년이 배우면 장년에 큰일을 도모한다.
장년에 배우면 노년에 쇠하여 지지않는다.
노년에 배우면 죽더라도 썩지 않는다."
《지적으로 나이드는법》 와타나베 쇼이치, 사토 잇사이《언지만록》 재인용

책 읽는 아빠

2012년 3월 10일 초등학교 6학년 아들이 무슨 생각이 들었는지 새벽 5시 잠자리에서 일어나더니 갑자기 독서포럼나비에 함께 가겠다고 따라 나섰다. 매주 토요일 새벽 혼자 참석했던 독서포럼나비에 사랑하는 아들이 동행을 하니 왠지 모르지만 가슴이 뿌듯했습니다.

토요일 새벽마다 달렸던 팔팔 도로지만 오늘따라 상쾌한 기분으로 단 한 번의 막힘도 없이 독서포럼나비에 도착하였습니다. 아들도 같은 또래의 친구부터 중학교, 고등학교 형 그리고 70살이 넘는 할아버지까지 수십 명이 모여서 각자 읽은 책에 대해 이야기하고, 토론하고 발표하는 모습이 신기한 듯 넋을 놓고 바라보고 있었습니다.

그리고 잠시 후 아들도 책가방에서 책을 꺼내더니 자신이 읽은 책 내용에 대해 조잘조잘 이야기를 하였습니다. 태어나서 처음으로 생경한 분위기에 많이 어색하기도 하련만 아들은 곧잘 분위기에 동화되어 갔습니다. 자기소개 시간에는 100여 명이 넘는 많은 회원들 앞에서 말하기가 쑥스러웠는지 처음에는 몸을 배배 꼬고 비틀었습니다. 그러나 잠시 후 이내 자세를 바르게 갖추고 자기소개를 잘하였습니다. 아침 6시부터 시작한 독서포럼나비 모임은 아침 9시가 되어서 공식적인 모임이 끝났습니다. 독서포럼나비에 참석한 아들이 무엇을 보고 무엇을 느꼈는지 알 수는 없었습니다. 하지만 아들과 함께 독서포럼나비에 참석한 의미 있는 날이었습니다. 독서포럼나비 모임이 끝난 후 아들과 나는 승용차를 타고 집으로 향했습니다.

그런데 집으로 돌아오는 길에 승용차 안에서 아들이 "아빠! 이번에 전교회장선거가 있는데 나가도 돼요?" 라고 하면서 내 의견을 묻는 것이었습니다.

나는 잠시 머뭇거림도 없이 "아들아! 해보고 싶으면 도전해봐," 라고 아들의 도전에 힘을 실어 주었습니다. 그리고 집에 도착해서 아내에게 아들이 한 말을 말했더니 "국회의원 선거보다 더 치열하게 선거운동이 벌어질 것"이라고 했습니다. 나는 아들에게 이왕 마음먹은 것 전략을 잘 짜서 최선을 다하라고 격려를 해주었습니다. 그리고 며칠이 지난 어느 날 회사 일로 목포에 출장차 내려와 업무를 보고 있는데 아내에게 한 통의 전화가 걸려왔습니다. "여~보!" 하더니 아내는 몹시 흥분된 목소리로 "우리 아들이 전교부회장이 되었어"라고 하였습니다.

나는 아내의 말을 듣는 순간 가슴이 뭉클해졌습니다. 늦게 발견한 꿈이지만 내가 꿈을 이루기 위해 꾸준하게 독서를 하면서 도전하는 나의 모습이 조금이나마 아들에게 긍정적으로 영향이 되기를 바랬습니다. 그러나 독서를 시작한 후 아들에게 이것을 해라, 저것을 해라 하는 식의 간섭을 하지 않았습니다. 그리고 아들 스스로 생각하고 고민해서 하되 뒤에서 묵묵히 밀어주고 지원해주는 조력자의 역할만 했습니다. 아울러 무엇이든 해보고 싶은 것이 있으면 망설이지 말고 과감하게 도전해보도록 지원을 아끼지 않았습니다. 왜냐하면 직접 몸으로 부딪쳐서 체득한 경험이 최고의 공부라는 것을 알기 때문입니다.

'1만 권의 독서'를 시작하면서 첫 번째 독서 목적을 '책 읽는 아빠'로 정하고 아이들에게 묵묵히 책을 읽는 아빠의 모습을 보여주었던 독서의 힘이 아들에게 전교 회장 도전이라는 용기를 불어넣어 주지 않았나 생각이 들었습니다. 한편 초등학교 방과 후 학습 독서 논술 강의를 할 때 일입니다. 아이들을 상담할 때 아이들이 하는 말이 "엄마, 아빠는 거실에서 텔레비전 소리를 크게 틀어 놓고 텔레비전을 보면서 웃고 떠들면서 나만 보면 방에 들어가서 공부해라! 책을 읽어라! 할 때가 가장 짜증이 나고 공부하기가 싫다고 했습니다. 그리고 막상 공부를 하거나 책을 읽어도 텔레비전 소리 때문에 집중이 되지 않아 더욱 화가 난다고 했습니다." 아이들에게 이와 같은 말을 들으면서 엄마, 아빠가 텔레비전이 아닌 책을 읽는 모습을 자식에게 보여주면 얼마나 좋을까? 하는 생각이 들었습니다.

읽은 만큼 성장한다

53살에 나를 찾아 떠난 여행에서 운명적으로 책을 만나 '1만 권의 독서'를 꿈으로 간직한 나는 꿈을 이루기 위해 온 힘을 다 하였습니다. 그러나 나의 노력에도 불구하고 평소에 독서를 하지 않은 내가 갑자기 독서를 하려고 하니 온몸이 거부를 하였습니다. 책을 펴고 책상 앞에 앉기만 하면 졸음이 쏟아져 집중을 할 수가 없었습니다.

그렇다고 내 인생의 마지막 꿈을 포기할 수도 없었습니다. 나는 일단 독서포럼나비 선배님들께 독서를 효과적으로 하는 방법을 물어서 배웠습니다. 그리고 이어서 독서법에 관한 책을 집중적으로 읽었습니다. 그러자 다양한 독서법에 대해서 조금씩 눈을 뜨게 되었습니다. 아울러 목적 있는 독서를 해야 집중이 잘 되고 내용도 머리에 남는다는 것을 깨달았습니다. 따라서 나는 독서를 하는 데 단계별로 목표를 정해놓고 독서를 하였습니다. 그 첫 번째 단계가 '책 읽는 아빠'였습니다. 내가 먼저 아무 말 없이 책을 읽으면 언젠가는 사랑하는 아들, 딸도 자연스럽게 책을 읽겠지 하는 생각이 들었습니다. 두 번째는 꿈, 전도사가 되어 어린이들과 청소년들에게 꿈을 심어주고 싶었습니다. 세 번째는 독서에 대해 기초적인 것부터 체계적으로 배워서 책을 읽을 때 제대로 적용하고 활용하고 싶었습니다. 아울러 어린이들에게도 독서법에 대해서 제대로 가르쳐주고 싶었습니다.

네 번째로 폭 넓은 독서와 오감 독서를 통해 내 몸에 체화되도록 하였습니다. 다섯 번째로 자기 주도적 인생을 추구하면서 철저한 자기관리를 통해 나를 혁명하고 싶었습니다.

올해로 독서를 시작한 지 10년이 지났습니다. 2010년 3월 독서를 시작한 후 주경야독으로 인한 힘든 생활 속에서도 1만 권의 독서와 함께 책 속에서 발견한 꿈을 하나하나 이루어 왔습니다. 그러나 직장폐업으로 인한 절망 속에서 보험설계사 도전과 권고사직으로 인한 자존감의 상실은 내 인생에 최대의 위기였습니다. 더구나 건강의 적신호와 함께 불어 닥친 가정 경제의 파탄 등 힘든 시간을 이겨내고 버틸 수 있었던 것은 온전히 '독서의 힘'이었습니다. 따라서 저는 보이지 않는 독서의 힘에 감동하여 많은 사람들에게 독서의 힘에 대해서 알려드리고 싶었습니다. 더구나 대학을 졸업한 후 사무, 관리직과 영업직만 근무했던 제가 58살의 나이에 젊은 사람들도 힘들다고 기피한 세신사라는 일을 인생 2막의 직업으로 선택할 수 있었던 용기도 온전히 '독서의 힘'이었습니다.

제가 만약 2010년 나를 찾아 떠난 여행에서 책을 만나지 못했다면 저는 아마 건강을 잃고 가정 경제가 파탄이 났을지언정 세신사를 하겠다는 생각은 전혀 하지 못했을 것입니다. 그러나 운명적으로 책을 만나 '1만 권의 독서'라는 꿈을 가지고 꾸준하게 독서를 하였습니다. 그 결과 다른 사람이 어떻게 생각하든 남을 의식하지 않고 내 인생은 내가 주인이라는 생각으로 용기를 내어 인생 2막으로 세신사에 도전하였습니다. 이것은 그동안 제가 읽은 책들이 저에게 세상을 보는 관점을 다르게 볼 수 있도록 안목을 키워준 덕분이며 의식을 성장시켜 준 결과라고 생각합니다. 그리고 독서의 힘이며, 독서의 위력입니다. 이렇게 독서는 저를 성장시켜 주고 발전시켜 주었으며 무엇이든 마음만 먹으면 도전할 수 있는 용기를 불어넣어 주었습니다.

또한 제가 읽은 책들은 나 자신도 모르는 사이에 조금씩 저를 성장시켜 나를 긍정적적이고, 도전적이며 실천적인 사람으로 바꾸어 주었습니다. 그리고 지난 10년 동안 꾸준하게 읽은 다양한 책들은 저 자신도 모르는 사이에 자양분이 되어 저를 180도 확 바꾸어 놓았습니다. 그렇습니다. 나의 내일은 오늘 내가 무엇을 어떻게 하느냐에 따라 결정됩니다. 이렇게 책을 읽고 깨달은 것을 삶에 적용하고 실철하는 삶을 살다보니 책이 나를 성장시켜 주었습니다.

공부만이 살길이다

저는 세신사로 인생 2막을 창업하기 이전에는 종합디자인회사인 전시연출전문회사에서 상무이사로 근무했습니다. 전시연출전문회사란 박물관, 과학관, 전시관, 역사관, 홍보관, 박람회 및 테마파크 등에 대한 전시연출기획, 설계, 전시물 제작 설치를 주업으로 하는 회사를 말합니다. 제가 담당했던 업무는 전시연출기획부터 관리, 프로젝트개발, 영업, 쇼케이스개발 및 특허출원, 현장관리, 거래처 관리 등을 총괄하였습니다. 그런데 저는 종합디자인과는 전혀 관계가 없는 법학을 전공했습니다. 결국 저는 살아남기 위해 제가 모르는 분야에 대해서는 공부를 할 수밖에 없었습니다. 실내건축 및 디자인, 광고, 영상 하드웨어, 소프트웨어, 수장고 시스템, 전시조명, 전시시설 및 진열장 등에 대해 공부를 하지 않으면 업무를 진행할 수가 없었습니다. 따라서 출근 시간보다 2시간 빨리 출근하고 퇴근 시간이 지난 후 사무실에서 자정까지 공부를 한 후 퇴근을 했습니다. 이렇게 3년 동안 노력의 결과 프로젝트를 진행하는 데 크게 어려움 없이 진행할 수 있었습니다. 아울러 회사도 나날이 성장 발전하였습니다.

그러나 불행하게도 1997년 IMF로 인해 근무하던 회사가 부도를 맞고 말았습니다. 그렇지만 그동안 열심히 공부한 덕분에 부도를 맞은 상황에서 회사를 새로 설립하여 전면슬라이딩 개폐방식 진열장 특허를 출원하였습니다. 그리고 새롭게 개발하여 특허를 출원한 진열장 덕분에 다시 기사회생할 수 있었습니다. 그렇게 공부를 하면서 회사 생활을 하다 보니 사오정, 오륙도 운운하는 시절에도 저는 살아남았습니다.

이렇게 저는 회사에 재직 중일 때 "공부하는 독종은 절대로 죽지 않는다."는 사실을 직접 몸으로 체득하였습니다. 따라서 직장폐업으로 인해 삶이 절망의 늪으로 곤두박질쳤음에도 불구하고 기술을 배워서 일을 하고 뱃살도 빼고 공부를 할 수 있는 일거삼득의 희망을 안고 세신사가 되어 인생 2막을 창업하였습니다.

5년 후 또는 10년 후 퇴직을 앞둔 40~50대 직장인 여러분! 퇴직 후 인생 2막을 꿈꾸신다면 지금 당장 공부를 하십시오.

"공부하는 사람은 죽지 않습니다." 더구나 코로나19로 인하여 우리들은 지금까지 경험해 보지 못한 고통스러운 삶을 살아가고 있습니다.

아울러 코로나19가 지구상에서 완전히 사라질 것이라는 기대는 희망일 뿐입니다. 따라서 국내외 경제가 언제 어떻게 급변할지 한 치 앞을 내다볼 수 없습니다. 이렇게 미래를 알 수 없을 때 우리들이 할 수 있는 유일한 방법은 오직, 공부밖에 없습니다. ≪공부하는 독종이 살아남는다≫ 저자 이시형 박사는 "모든 것이 흔들리는 불확실하고 불안한 시대, 무엇을 할 것인가"라는 질문에 "공부"라고 했습니다. 아울러 "오늘 무엇을 공부하느냐에 따라 미래가 결정된다."고 했습니다. 100세 시대에 사오정, 오륙도의 파고를 영원한 현역으로 살아남는 길은 공부 밖에는 없습니다.

새우잠을 자도 고래 꿈을 꾸어라

≪내 인생 10년 후≫의 신동열 작가는 그의 저서에서 "꿈을 꾸는 사람은 많지만 그 꿈에 다가가기 위해 구체적 목표를 세우고 실천하는 사람은 드물다. 세상의 중심에 우뚝 선 사람보다 고만고만한 열정으로 고만고만한 인생을 사는 사람들이 훨씬 많은 이유다. 새우잠을 자도 고래 꿈을 꾸라 했다. 꿈이 커야 열정이 식지 않는다. 중요한 건 허무한 고래 꿈보다 실천 가능한 목표다."라고 하면서 10년 로드맵을 만들라고 강조했습니다. 따라서 나는 나의 꿈인 '1만 권의 독서'를 이루기 위해 첫 단계 목표로 1년에 200권의 책을 읽어 10년 동안 2천 권의 독서 목표를 세웠습니다. 그리고 실천 1단계 목표인 '책 읽는 아빠'의 효과를 보면서 나는 내 아들과 딸에게 독서 습관을 들이도록

하는 것도 좋지만 꿈이 없는 어린이와 청소년들에게 꿈을 찾아주고 꿈을 심어주는 것도 의미 있고 가치 있는 일이 되겠다는 생각을 하였습니다.

아울러 나는 꿈! 전도사가 되기 위해서 방법을 찾던 중 우연히 서울교육대학교 평생교육원에서 제가 찾던 프로그램을 발견하였습니다. 그것이 자기주도학습지도사 과정이었습니다. 더구나 자기주도학습이나 자기주도인생이나 크게 다를 바가 없어서 저에게도 자기주도적인 인생을 살아가는 데 많은 도움이 되겠다는 생각이 들었습니다. 저는 즉시 2012년 3월 19일 서울교육대학교 평생교육원에서 실시하는 자기주도학습지도사 과정 수강신청을 하였습니다. 그리고 2012년 3월 21일 대학을 졸업한 후 24년 만에 또다시 청운의 꿈을 안고 서울교육대학교 평생교육원 강의실에 앉았습니다. 그런데 54살의 나이에 강의실에 앉아 강의를 듣는다는 것이 생각보다 쉽지 않았습니다. 딱딱한 의자에 앉아 45분 동안 교수님의 말씀을 집중해서 듣는 것 자체가 곤역이었습니다.

더구나 회사 업무를 마치고 달려와 저녁밥을 먹은 후 강의를 듣다 보니 교수님 말씀은 들리지 않고 정신없이 쏟아지는 졸음 때문에 도저히 수업을 받을 수 없을 지경이었습니다.

그렇다 보니 교수님 강의를 듣고 돌아서면 머릿속에 남은 것이 하나도 없이 홀홀 날아가 버렸습니다. 그렇다고 이제 와서 공부를 포기할 수도 없었습니다. 아내와 딸, 아들 앞에서 공부를 해서 자격증을 취득한 후 초등학교 선생님이 되어 초등학교 때 간직했던 꿈을 이루겠다고 큰소리를 뻥~뻥 쳤기 때문입니다. 진퇴양난입니다. 아무리 힘이 들더라도 당초에 마음먹은 대로 참고 공부를 계속하는 수

밖에 없었습니다. 그렇게 제 자신을 달래고 설득하는 사이에 3월 21일 시작한 수업이 어느새 5월이 되었습니다.

다행스럽게도 5월부터는 수업에 조금씩 재미가 붙기 시작하였습니다. 그런데 또 다른 문제가 나를 힘들게 했습니다. 다름이 아니라 회사 업무로 인한 잦은 출장이 문제였습니다. 광주, 목포, 대구, 부산, 안동, 태백 등 전국적으로 출장이 잦아지다 보니 수업이 있는 날은 수업에 참석하기 위해서 다시 서울로 올라와서 수업을 듣고 수업이 끝나면 다시 출장지로 내려가서 업무를 보는 방식으로 일과 수업을 동시에 병행할 수밖에 없었습니다. 그렇다 보니 빡빡한 스케줄 때문에 7, 8월에는 무더위와 함께 체력적으로 한계를 느낄 지경이었습니다. 이렇게 눈코 뜰 새 없이 바쁘게 보내다 보니 어느새 여름방학이 지나고 2학기가 되었습니다.

2학기에 접어들어서는 수업 진도도 절반을 넘었고, 수업도 재미를 붙이고 잘 따라가면서 만학에 대한 재미도 쏠쏠하게 느끼고 있었습니다. 그렇더니 10월이 지나 11월에 접어들면서 1년 동안의 수업을 총정리하는 워크북을 만드는 수업에 들어갔습니다. 태어나서 처음으로 만들어보는 워크북이자 지난 1년 동안의 수업을 총정리하는 수업이라 머리에서 쥐가 날 지경이었습니다. 그러나 이 또한 피할 수 없는 과정이기 때문에 나는 한 달 전에 미리 준비를 하여 워크북 작성에 최선을 다했습니다. 한 달 동안에 걸쳐 만들었던 과제물인 워크북을 완성하여 제출하였습니다. 그리고 마침내 1년 동안의 수업을 마치고 12월 마지막 종강을 하였습니다. 저는 힘들었던 지난 1년을 돌이켜보면서 마침내 자기주도학습 강사에 대한 새로운 도전을 꿈꾸

며 과제물에 대한 최종 심사 평가를 기대와 흥분된 마음으로 기다
렸습니다.

도전! 독서논술지도사

　나는 여름방학이 끝나고 2학기가 시작될 즈음 어차피 하는 공부
조금 더 고생이 되더라도 독서논술지도사 과정도 공부를 함께 하고
싶었습니다. 따라서 저는 2012년 9월 4일 독서논술지도사 과정 수
강 신청을 하였습니다.

　결국 저는 2학기가 시작되는 9월부터는 매주 화요일에는 독서논술
수업을 들어야 했고, 수요일에는 자기주도학습 수업을 들어야 했습
니다. 1만 권의 독서를 꿈으로 간직하고 본격적으로 독서를 시작한
후 약 3년째 접어든 시점에서 독서논술지도사 과정의 공부는 독서
에 대한 이론적이고 체계적인 부분을 배울 수 있는 좋은 기회가 되
었습니다.

　특히, 독서에 대한 이론과 지도 방법 등에 대해 종합적이고 체계적
인 공부는 독서를 체계적이고 제대로 공부하고 싶은 나에게는 절호
의 기회가 되었습니다. 더구나 열심히 하면 초등학교 방과 후 교실
강사로 아이들 앞에 설 수 있다는 매력에 나는 강의에 더욱더 집중
을 하였습니다. 더구나 수강생 중에 나는 유일한 청일점으로 더욱

기대와 희망을 갖도록 했습니다. 이와 같이 잔뜩 기대에 부풀어 시작한 독서 논술 수업은 매주 내 가슴을 뛰게 했습니다. 초등학교 교과 과정을 이해하기 위해 초등학생 전 학년 교과를 구입해서 읽을 때는 제 자신이 마치 초등학생이 된 기분이었습니다. 따라서 까맣게 잊고 살았던 초등학교 때 간직했던 꿈이 새록새록 솟구치기도 하였습니다. 이렇게 2학기에는 독서 논술 수업에 흠뻑 빠져 공부를 했습니다.

그렇다 보니 시간이 쏜살같이 흘러 11월 말이 되었습니다. 따라서 자기주도학습과 똑같이 심사평가용 과제물로 워크북을 만들어서 제출해야 했습니다. 나는 태어나서 처음 만들어보는 워크북이라 심리적으로 엄청난 스트레스를 받았습니다. 더구나 다른 수강생들은 이미 학원이나 공부방에서 독서논술지도를 하고 있었습니다. 나만 태어나서 단 한 번도 아이들을 가르쳐 본 경험이 없었습니다. 그러니 워크북을 작성하려고 하니 머리에 쥐가 날 지경이었습니다. 그렇게 워크북과 씨름하기를 한 달! 머리와 가슴이 터져버릴 것 같은 심리적 압박감 속에 잠을 설쳐가면서 고생한 끝에 간신히 마감일에 맞추어 워크북을 제출하였습니다. 워크북을 제출하고 나니 수능을 치른 수험생처럼 가슴이 후련하고 기분이 날아갈 것만 같았습니다. 그러나 한편으로 마치 결과를 기다리는 수험생처럼 긴장되고 초조한 마음으로 교수님의 최종심사 평가를 기다려야 했습니다.

드디어 2013년 1월 종강일이 다가왔습니다. 그리고 마침내 종강을 하는 날 교수님으로부터 독서논술지도사 자격증과 수료증을 받았습니다. 회사를 다니면서 자기주도학습과정도 벅찬데 욕심을 부려 독서논술과정까지 공부를 하면서 힘들었던 지난날들이 뇌리를 스쳐 지나갔습니다. 그러나 고생 끝에 낙이 온다고 했듯이 힘들지만 두 과정을 함께 하기를 정말 잘했구나 하는 생각을 하였습니다. 이렇게 하여 저는 또다시 독서논술지도사로서 자격을 갖추고 새로운 도전을 하였습니다.

7

꿈을 이루는 방법

"나의 미래는 지금 내가 무엇을 생각하고
무엇을 하고 있느냐에 따라 달라집니다.
나의 미래는 나의 미래가 결정짓는 게
아니라 나의 오늘이 결정짓습니다."
《내 인생에 힘이 되어준 한마디》 정호승

독서 10년 후 내 인생

53살에 발견한 '1만 권의 독서'는 나를 찾아 떠난 여행을 마치고 집으로 돌아온 나에게 새로운 삶의 목표가 되었습니다. 따라서 나는 다시는 내 인생을 남에게 저당 잡히지 않겠다는 굳은 각오로 하루에 세 시간씩 독서계획을 세워서 매일매일 실천해 왔습니다. 더구나 늦었지만 독서의 중요성에 대해서 뼈저리게 느낀 나는 어떻게 하면 꿈을 이룰 수 있을까? 하는 생각으로 항상 머릿속이 꽉 차 있었습니다.

그러던 어느 날 하우석 작가의 《내 인생 5년 후》를 만났습니다. 책을 펼쳐들자 그는 나에게 지금 현재의 삶에 만족하십니까? 라고 돌직구를 던졌습니다. 뿐만 아니라 5년 후 당신의 모습이 선명하게 그려집니까? 라고 또 물었습니다. 그리고 만약, 현재의 삶에 만족하지 못하거나 5년 후 당신의 모습이 선명하게 그려지지 않는다면 지금 변화를 위해 즉시 행동으로 실천하라고 나를 몰아세웠습니다. 그렇지 않으면 5년 후 당신의 모습은 지금과 전혀 달라질 것이 없다고 했습니다. 뿐만 아니라, 지금이나 5년 후에나 전혀 달라진 것이 없는 삶을 산다는 것은 생각만 해도 끔찍하지 않냐고 반문했습니다. 따라서 나는 5년 후 내 인생의 변화를 위해 우선 독서를 통해 책에서 발견한 작은 꿈을 하나, 둘씩 실천해 나가기로 마음을 먹었습니다. 그리고 5년 후 꿈을 이루기 위해 연간 계획, 월간계획, 주간계획, 일일 계획으로 세분화해서 실천계획을 세워 계획대로 하나하나 실천해 나갔습니다.

그렇게 5년 후 내 인생의 그림을 열심히 그리던 중 신동열 작가의 ≪내 인생 10년 후≫를 만났습니다. 그래서 나는 즉시 10년 후 내 인생에 대해서 그림을 그려 보았습니다. 그러나 10년 후 내 모습이 선명하게 그려지지 않았습니다. 나는 하우석 작가의 ≪내 인생 5년 후≫를 다시 펼쳐 들었습니다. 그리고 빈칸에 내 생각을 하나하나 채워가며 읽었습니다. 그리고 이어서 신동열 작가의 ≪내 인생 10년 후≫를 다시 재독하였습니다. 그렇게 두 권의 책을 재독하고 난 후에야 10년 후 내 모습이 선명하게 그려졌습니다. 10년 후 제 모습은 작가였습니다.

영국의 사상가 토머스 칼라일(Thomas Carlyle)은 "목적이 있는 사람은 험난한 길에서도 앞으로 나아가고 아무런 목적이 없는 사람은 순탄한 길에서도 앞으로 나아가지 못한다."고 말했습니다. 목적은 나아가는 방향이고 좌표입니다. 10년 후 이루고자 하는 나의 좌표를 명확하게 해야 했습니다. 그렇다면 10년 후 작가가 되기 위해서는 일단 책을 많이 읽고 글을 많이 써야 했습니다. 따라서 독서 임계점을 돌파하는 것이 일차적으로 작가가 되기 위해서 넘어야 할 관문이었습니다. 그리고 읽은 책 내용을 체화시키기 위한 방법으로 독서노트를 써서 중요 요점을 정리하는 것이었고, 필사를 해서 문장력을 키우는 일이었습니다.

나는 이렇게 하우석 작가의 ≪내 인생 5년 후≫와 신동열 작가의 ≪내 인생 10년 후≫는 내 인생의 후반전을 살아가는데 있어서 나침반이 되었습니다. 그리고 지난 10년 동안 꿈을 이루기 위해 하루도 거르지 않고 꾸준하게 실천해 왔습니다. 아울러 오늘도 아니 내일도 꿈이 이루어질 때까지 멈추거나 포기하지 않고 독서와 필사를 계속해 나갈 것입니다. 독자 여러분께서도 5년 후 아니면 10년 후 자신의 모습을 그려보십시오. 자신의 모습이 선명하게 그려지지 않는다면 선명하게 그려질 때까지 그려보세요. 그래야 5년 후 아니면 10년 후 현재보다 변화하고 성장하여 의미 있고 가치 있는 삶을 살아갈 것입니다.

지금하세요!

조지 버나드 쇼의 명언 중에 "유능한 자는 행동하고 무능한 자는 말만 한다."는 말은 제가 독서포럼 양재나비를 떠날 때 독서포럼나비에서 사용하던 명함 크기의 메모지에 적어서 지금까지 수첩에 넣고 다니면서 나 자신을 컨트롤하는 메시지입니다. 이는 잘 아시겠지만 백 마디 말보다 한 가지라도 행동으로 실천하는 것이 중요하다는 것을 항상 염두에 두고 살기 위한 나 나름대로의 자기관리 방법입니다.

우리 속담에 "구슬이 서 말이라도 꿰어야 보배다"라는 말이 있습니다. 아무리 눈부시게 아름다운 구슬이 서 말이나 있어도 한 개 한 개 낱개의 구슬은 단순히 구슬일 뿐입니다. 힘들고 어렵더라도 그것을 한 알 한 알 실에 꿰었을 때 목걸이로서 또는 팔찌로서 더욱 아름답게 빛을 발한다는 뜻입니다. 생각도 마찬가지입니다. 아무리 좋은 아이디어도 생각만 하고 행동으로 실천하지 않으면 아무런 소용이 없습니다. 어떤 생각이든 생각을 하나, 둘 행동으로 실천에 옮겼을 때 변화가 일어납니다. 그것도 뒤로 미루지 말고 즉시 행동에 옮겨야 합니다. 그런데 대부분의 사람들은 지금 해야 할 일을 나중에, 다음으로 미루기 일쑤입니다.

실천의 중요성을 강조한 아주대학교 심리학과 교수이신 이민규 박사는 그의 저서 ≪실행이 답이다≫를 통해 성과로 도출하기 위해서는 결심 단계-실천 단계-유지 단계 3단계를 거쳐야 한다고 말합니다. 또한 목적지를 확실하게 정했다면 머뭇거리지 말고 즉시 행동으로 옮기라고 말합니다. 특히, 가장 적당한 때는 지금이라고 강조합니다. 그러나 많은 사람들은 '나중에' '있다가' '다음에' 등을 이유로 뒤로 미룬다고 말합니다. 아무리 좋은 생각도 실천하지 않으면 아무런 소용이 없습니다. 아울러 아무리 좋은 생각도 지금 하지 않으면 그만 시기를 놓쳐 아무 의미 없는 생각으로 끝나고 마는 일이 허다합니다. 그러고 나서 나중에야 아! 그때 생각했을 때 바로 했으면 좋았을 걸 하면서 후회를 해보지만 이미 때는 늦어버렸습니다. 따라서 성공하는 사람과 실패하는 사람을 비교해 보면 극명하게 차별되는 부문이 아이디어를 즉시 행동으로 옮기느냐? 아니면 조금 더 생각해보고 다음으로 미루느냐? 하는 차이입니다.

우리들의 삶도 마찬가지입니다. 현재의 삶에 만족하지 못한다면 지금 즉시 내가 간절하게 원하는 것이 무엇인지부터 찾아야 합니다. 그리고 원하는 것을 5년 후, 10년 후에 이루기 위해 연간계획, 월간계획, 주간계획, 일일계획으로 세분화해서 실천계획을 세워야 합니다. 그리고 계획대로 하나, 둘 실천해 나가야 합니다. 그러면 5년 후, 10년 후 그 꿈을 이룰 수 있을 수 있습니다.

나쁜 습관 버리기

남녀노소를 막론하고 꿈의 소중함에 대해서는 재론의 여지가 없습니다. 그러나 막상 자신의 꿈이 무엇이냐고 물어보면 자신의 꿈을 정확하게 말하는 사람이 많지 않습니다. 왜 그럴까요? 그것은 꿈이 중요하다는 것은 알지만 자신의 꿈이 무엇인지 구체적으로 꿈을 찾아보지 않았기 때문입니다. 그리고 머릿속으로 생각만 가득했지 머릿속의 생각을 꿈으로 구체화 시키지 못했기 때문입니다. 그렇기 때문에 꿈의 소중함을 알면서도 자신의 정확한 꿈을 말하지 못합니다.

뿐만 아니라, 꿈을 가지고 있는 사람도 꿈을 이루는 방법을 모르는 분은 그냥 생각 속으로 언젠가는 꿈이 이루어지겠지 하는 막연한 기대와 희망을 가지고 살아갑니다. 따라서 꿈을 이루기 위해서는 머릿속에 생각으로 있는 꿈을 구체화시켜서 선명하게 자신의 눈에 보이게 해야 합니다. 그리고 실현 가능하고 구체적인 실천 계획을 수립하여야 합니다. 그런 다음 구체적인 실천 계획대로 꾸준하게 지속적으로 실천해야 합니다. 그런데 구체적인 실천에 들어가기 전에 선행적으로 해야 할 일이 있습니다. 즉, 일생일대의 간절한 꿈을 이루겠다는 원대한 뜻을 세웠으면 실행에 앞서 자신이 가지고 있는 나쁜 습관부터 없애야 합니다. 술을 먹는 사람은 술을 끊고, 담배를 피우는 사람은 담배를 끊어야 합니다. 간절한 꿈을 이루기 위해 실천해야 할 사항들을 하나, 둘 실천해 나가는 데 술, 담배와 같은 나쁜 습관은 전혀 도움이 안 될 뿐만 아니라 오히려 방해가 되기 때문입니다.

특히, 게임을 즐겨하는 분들은 게임의 유혹으로부터 벗어나지 못하면 독서를 통한 자기 계발은 공염불에 불과합니다. 아울러 간절한 꿈을 이루겠다는 자신의 의지와 각오로 나쁜 습관을 버려야 원대한 꿈을 이룰 수 있는 1차 관문에 들어섰다고 볼 수 있습니다. 그렇지 않고서는 간절한 꿈은 그냥 희망일 뿐입니다. 그런데 이 단계에서도 실천하다가 중간에 중단하거나 포기하는 사람들이 많습니다. 그렇다 보니 어렵게 찾은 간절한 꿈을 끝까지 실천해서 꿈을 이루는 사람이 극소수에 불가합니다. 나를 찾아 떠난 여행에서 돌아온 나는 술과 담배로 녹슬 대로 녹슬어 버린 머리로 1만 권의 독서를 제대로 잘해 낼 수 있을까? 하는 생각이 들었습니다. 따라서 나는 꿈을 이루기 전에 술과 담배부터 끊어야 했습니다. 또한 내가 좋아하는 등산과 여행도 꿈을 이룰 때까지 잠시 중단 하였습니다. 이렇게 나쁜 습관을 버리고 나니 좋은 습관만 남아 내가 원하는 방향으로 나 자신을 이끌고 갈 수 있었습니다. 그렇다보니 1만 권의 독서에 대해서 자신감이 생겼습니다. 따라서 2010년 3월부터 지금까지 일을 하면서 책을 읽고, 독서노트를 쓰고 삶에 적용하고 필사를 하는 삶을 매일 습관적으로 살아가고 있습니다. 따라서 이렇게 반복적으로 습관적인 삶을 살아간다면 죽는 날까지는 1만권의 독서를 이룰 수 있을 것이라 확신합니다.

꿈의 사닥다리

꿈을 가진 모든 사람들의 공통점이 어떻게 하면 쉽고 빠른 시간 내에 꿈을 이룰 수 있을까? 하는 생각일 것입니다. 저 또한 나를 찾아 떠난 여행에서 발견한 1만 권의 독서를 어떻게 하면 쉽고 빠른 시일 내에 이룰 수 있을까? 하는 생각으로 가득 찼습니다. 그러다가 3P 바인더 프로 과정을 통해 꿈을 이루기 위해서는 연간계획, 월간

계획, 주간계획, 일일계획으로 잘게 쪼개어 계획을 세우는 방법을 배웠습니다. 아울러 실천 방법도 실천이 가능하고 확인이 가능한 방법을 토대로 몇 단계로 나누어서 단계별로 실천해 나가는 것이 훨씬 힘이 덜 들고 지치지 않겠다는 생각을 하였습니다.

따라서 1만 권의 독서도 여러 단계로 나누어서 한 단계 한 단계 실천하는 방법으로 '꿈의 사다리'을 생각하였습니다. 이렇게 '꿈의 사다리'를 만들어 한 단계, 두 단계 올라가다 보니 성취감과 자신감이 생기면서 중간에 포기하지 않고 정상까지 도달할 수 있었습니다. 등산을 종종 다녀보신 분들은 잘 아시겠지만 등산을 할 때도 정상을 향해 출발을 하지만 정상만을 생각하고 올라가면 정상까지 올라가기 전에 중도에 지쳐버려 포기하고 맙니다. 따라서 정상을 가는 길목 중간지점에 목을 적시고 피곤한 다리를 잠시 쉴 수 있는 중간 휴식처를 1차 목적지로 정하고 올라갑니다.

꿈도 마찬가지입니다. 꿈을 이루기 위해 첫발을 내딛는 순간부터 꿈을 이루어지는 순간만을 바라보고 간다면 목적지가 너무 까마득한 먼 미래의 일로 느껴지면서 오늘 당장 달콤한 유혹에 초심이 흔들리기 쉽습니다. 따라서 산을 오르는 것처럼 중간목적지가 있어야 성취감과 자신감을 가지면서 포기하지 않고 오르다 보면 어느 새 최종목적지에 도달해 원대한 꿈을 이루게 됩니다. 이렇게 각 단계마다 중간 목적지를 머릿속에 두고 독서를 하다 보니 목적지가 까마득히 먼 훗날이 아니라 바로 눈앞에 있어서 긴장을 하게 되었습니다. 아울러 목표가 현실적으로 다가와 힘이 들지만 조금만 참고 더 노력하면 꿈을 이룰 수 있겠구나 하는 희망과 자신감을 가지고 중간에 포기하지 않고 계속해서 도전을 할 수 있었습니다.

그렇게 하다가 집중력이 떨어지고 열정이 식으면 등산할 때 중간 목적지에서 마른 목을 시원한 물로 적셔 주듯이 동기부여에 필요한 자기계발서와 자서전 등을 읽었습니다. 그리고 다시 한번 지치고 흐트러진 마음을 가다듬고 다음 목표에 부합하는 주제의 독서를 집중적으로 읽을 수 있었습니다. 아울러 이런 방법으로 독서를 하다 보니 재미도 있고 즐거워 나도 모르게 독서 삼매경에 취해 무아지경의 황홀감을 느낄 때도 있었습니다. 그러면서 자연스럽게 독서가 습관이 되었고 독서가 일상생활이 되었습니다. 뿐만 아니라, 한 단계 한 단계 과정을 실천하면서 매일 반복적으로 경험했던 생활 패턴이 습관이 되었습니다.

그러다보니 어느 순간부터는 몸이 시스템처럼 자동적으로 움직이고 있었습니다. 따라서 각 단계별 목표 설정과 목표에 부합하는 양서들을 고르고 선택하는 일만이 신경을 쓸 뿐 다른 것에는 크게 신경을 쓸 필요가 없이 선순환적으로 움직이고 있었습니다. 이것이 '꿈의 사닥다리'입니다. 기적의 3P 바인더의 개발자이자 ≪성과를 지배하는 바인더의 힘≫저자 강규형대표도 "꿈을 이루어 주는 사다리 전략"으로 일일계획, 주간계획, 월간계획을 수립한 후 1년 단위로 연간계획을 세워서 단기목표와 중기목표를 세운 후 10년 단위로 장기 목표를 세워 실천해 나가면 최종 목적지에 도달해 각자 자기 사명을 다하고 비전을 이룰 수 있다고 했습니다.

즉 원대한 꿈을 이루기 위해서는 실천 가능한 최소 단위로 잘게 쪼개서 하루, 일주일, 한 달 계획을 세운 후 단기목표를 이루고 중기

목표를 이룬 후 장기목표를 이루다 보면 최종 목적지인 정상에 도착해 꿈을 이룰 수 있다는 것입니다. 이렇게 꿈은 머릿속의 생각을 구체화 시켜서 선명하게 보이도록 한 후 실현가능하고 실천 가능한 계획을 세워서 한 걸음 한 걸음씩 '꿈의 사다리'를 힘껏 잡고 올라갈 때 한 단계, 한 단계씩 올라갈 수 있고 마침내 마지막 정상에 도착해 꿈을 이룰 수 있었습니다.

8

꿈을 이루는 독서법

"비전가는 말은 적고 행동은 많이 한다.
반면, 몽상가는 말은 많으나 행동은 적다.
비전가는 자기 내면의 확신으로부터 힘을 얻는다.
반면, 몽상가는 외부 환경에서 힘을 찾는다.
비전가는 문제가 생겨도 계속 전진한다.
반면, 몽상가는 가는 길이 힘들면 그만둔다."
—존 맥스웰—

읽고, 쓰고, 암기하라!

저는 머리도 별로 좋지 않고 공부도 별로 잘하지 못했습니다. 따라서 머리 좋고 공부 잘하는 사람들을 따라가기 위해서는 노력을 두 배로 해야 했습니다. 더구나 53살이라는 늦은 나이에 발견한 꿈을 이루기 위해서는 노력 이외는 특별한 방법이 없었습니다. 따라서 독서와 관련된 교육과 모임 외에 사적인 모임에는 일체 참석을 하지 않았습니다. 그렇게 마음을 굳게 먹고 생활을 하다 보니 일체의 사적 모임은 단절을 되면서 자연스럽게 생활이 단순해지고 모든 시간을 독서에 집중할 수 있었습니다. 그런데 책을 읽으면 읽을수록 모르는 것이 많아졌고 그러면 독서에 대한 욕심이 더욱더 커졌습니다.

그러나 한편으로 책을 읽으면 읽을 수록 읽은 책 내용이 머리에 제대로 정리가 되지 않아 엄청난 스트레스를 받기도 했습니다. 따라서 매일 최소한 3~4시간 이상 독서 시간을 확보해 놓고 독서를 하였습니다.

그리고 집중력을 강화하기 위해 연필로 핵심문장과 주요문장, 주요 사례 등에 밑줄을 치며 책을 읽었습니다. 그러자 신기하게도 그냥 읽었을 때보다 훨씬 이해가 잘 되고 내용이 머리에 남았습니다. 그래서 2회독을 하면서 최종적으로 핵심단어, 핵심문장에는 빨강색 펜으로 밑줄을 치고, 좋은 문장에는 초록색 펜으로 밑줄을 쳤으며 주요 사례나 인용문에는 노란색 형광펜을 사용하였습니다. 이렇게 3회독을 한 후에 보고, 깨달은 것과 삶에 적용할 것을 독서 노트에 손 글씨로 적었습니다.

그리고 손으로 쓴 독서 노트를 다시 한 번 읽었습니다. 특별히 암기가 필요한 내용은 스마트폰 메모란에 저장하여 가지고 다니다가 지하철이나 버스 등을 탔을 때 메모란을 열어서 읽고 암기를 하였습니다. 저는 이렇게 책을 읽고, 읽고 또 읽었으며 독서 노트를 쓰고, 중요한 내용은 다시 한 번 암기를 하는 방식으로 독서를 하였습니다. 이렇게 독서를 하니 훨씬 많은 내용이 머리에 정리되고 기억에도 오랫동안 남았습니다.

한편, 독서 노트를 작성할 때는 가장 먼저 책 제목과 앞 뒤 표지를 훑어본 후 책의 핵심 주제와 내용을 생각해 봅니다. 그리고 이 책에서 내가 무엇을 얻으려고 읽는지 얻으려는 내용을 포스트잇에 메모하여 정면에 붙여 놓습니다. 다음으로 목차와 서문을 훑어보면서 내용을 추측해 보고 목차에서 내가 찾고자하는 내용이 있는 부분에 연필로 별표를 해 둡니다. 아울러 내가 찾는 내용은 아니지만 책의 핵심부분으로 추측되는 부분에 대해서도 별표를 해 둡니다.

그리고 처음으로 독서노트를 쓸 때는 중요한 내용을 손 글씨로 베껴 쓴다는 생각으로 독서노트를 썼습니다. 그냥 내가 쓰고 싶은 방법으로 자유롭게 썼습니다. 그렇다 보니 쓰는 것 자체만으로도 엄청난 효과가 있다는 것을 깨달았습니다. 그리고 점진적으로 내 생각을 쓰게 되고 작가의 주장과 내 생각을 비교해 볼 수 있었습니다. 따라서 처음으로 독서노트를 쓰려고 생각하시는 독자께서는 방법이나 형식에 연연하지 말고 나만의 방식으로 자유롭게 써 보시기 바랍니다. 쓰다가 보면 어느 시점에서 나 자신도 모르게 나만의 방법이 만들어졌습니다.

핵심단어로 스토리를 파악하라

아울러 독서노트를 쓰면서 효과를 본 독서 방법으로 포스트잇을 활용하는 법이 있습니다. 책을 읽고 난 후 독서노트를 쓰면서 중요한 문장이나 핵심문장이 있는 페이지 우측에 포스트잇을 붙이는 방법입니다. 저자의 주장이나 주제와 핵심문장에는 빨간색 포스트잇을 붙이고, 좋은 문장에는 파란색 포스트잇을 붙입니다. 그리고 중요한 사례나 이야기는 노란색 포스트잇을 붙입니다. 그런데 이때 포스트잇 우측 가장자리에 폭 2㎜ 이내 공간에 깨알만한 글씨로 핵심 단어를 적습니다. 그리고 글씨를 적은 포스트잇을 핵심 단어가 있는 페이지 우측면 모서리에 부치는 데 이 때 밖으로 나오는 부분이 2㎜ 이상 나오지 않도록 부착합니다. 왜냐하면 2㎜ 이상 돌출하게 되면 책장을 넘길 때 찢어지거나 구겨져서 활용도가 떨어질 수 있기 때문입니다. 아울러 책에서 필요한 내용을 찾을 때 포스트잇만 봐도 거의 대부분의 내용을 찾을 수 있습니다.

또한 책 우측 모서리를 한 번만 쭈~우욱 훑어봐도 이 책의 주요 핵심단어나 콘텐츠로 전체 스토리를 이해할 수 있어서 너무 좋습니다.

한편 포스트잇 사용법과 관련하여 ≪생산적 책읽기≫의 안상헌 작가는 자신의 저서를 통해 "읽었던 책을 오래 기억하는 방법 중 포스트잇을 사용하는 것은 대단히 효과적이다. 엔젤과 그레텔이 숲속에 표시해 둔 조약돌처럼 포스트잇들을 따라가며 읽다 보면 책의 내용을 쉽게 이해할 수 있게 되고, 반복의 효과도 얻을 수 있게 된다."고 했습니다. 아울러 "중요한 문장, 활용 가능성이 높은 문장, 창의성이 뛰어난 문장, 핵심정리가 되어 있는 부분에 주로 포스트잇을 붙입니다. 이때 창의적인 표현이 담겨있는 부분에는 파란색 포스트잇을 붙이고, 저자가 말하고자 하는 중요한 문장이나 핵심문장에는 빨강색 포스트잇을 붙입니다. 생활 속에 숨어있는 중요한 사례나 이야기들이 있는 곳에는 노란색 포스트잇을 붙인다."라고 했습니다.

이와 같이 포스트잇을 사용하면 책을 다 읽은 후 책 측면에 붙어 있는 포스트잇에 적혀있는 핵심 단어만 보아도 책 전체 내용을 한눈에 알아볼 수 있습니다. 뿐만 아니라 글을 쓰거나 책을 쓸 때 포스트잇에 쓰여 있는 핵심단어만 보아도 바로 해당 되는 페이지의 관련 내용을 찾아서 자료로 활용할 수가 있어서 금상첨화입니다.

이와 관련하여 안상헌 작가는 자신의 저서 ≪생산적 책읽기 50≫에서 "표시 방법은 형광펜을 사용해도 좋고 포스트잇 같은 것을 붙여 놓아도 좋고 책장을 접어놓아도 좋다. 중요한 것은 다음에 다시 펼쳤을 때 책의 필요한 부분을 짧은 시간 안에 다시 볼 수 있습니다. 그리고 의문이 있거나 논리적 확장이 가능한 내용에는 반드시 또 다른 표시를 해두어야 한다. 어떤 점이 의문점인지를, 논리적 확장이 가능한 곳은 어떤 내용과 관련이 깊은지를 기록하는 것이다."라고 했습니다.

이 밖에도 책을 읽으면서 포스트잇을 잘 활용하면 독서에 많은 도움이 됩니다. 따라서 4~5색 컬러의 포스트잇을 구입해서 책을 읽을 때 항상 옆에 두고 그때그때 활용하면 많은 효과를 얻을 수 있습니다.

결과물이 있는 독서

앞 장에서도 말씀을 드렸듯이 저는 꿈을 이루기 위해 '1만 권의 독서'를 시작한 후 가장 먼저 벽에 부딪친 것이 독서법이었습니다. 독서법에 대해서 전혀 모르는 상태에서 독서를 하다 보니 많은 혼란을 경험하였으며 좌충우돌 하였습니다. 아울러 두 번째로 직면한 문제가 기억력이었습니다. 아무리 정신을 집중해서 읽고 또 읽어도 뒤돌아서면 싸그리 까먹어버리고 기억에서 사라져버렸습니다. 그리고 세 번째는 어휘력이었습니다. 어휘력이 떨어지다 보니 독해력과 함께 문해력과 인지력도 함께 떨어졌습니다. 따라서 저는 독서를 포기해버릴까? 하는 생각을 수없이 했습니다. 하지만 저의 마지막 꿈이라는 점과 아내와 딸과 그리고 아들에게 실망을 주지 않기 위해서 포기를 할 수 없었습니다.

따라서 저는 너무 조급하게 생각하지 말고 기초적인 것부터 체계적으로 하나하나 배우면서 독서를 하기로 마음을 편하게 먹었습니다. 그리고 가장 먼저 독서법과 관련 도서를 통해 독서법을 하나 둘 읽혀 나갔습니다. 그리고 다음 단계로 시작한 것이 어휘노트와 독서노트 작성이었습니다. 어휘노트는 책을 읽다가 모르는 어휘에 대해 스마트 폰을 검색해서 어휘의 사전적 의미는 물론 사용되고 있는 사례와 관련 내용까지를 찾아보았습니다. 아울러 찾아본 것에 끝나지 않고 별도의 노트를 만들어 어휘노트에 손 글씨로 적으면서 머리에 각인을 시켰습니다.

또한 독서 후 책에 등장하는 훌륭한 명언들은 별도의 명언집을 만들어 손글씨로 쓰면서 가슴에 새겼습니다. 뿐만 아니라, 책 전체 내용이 너무나 좋아 가슴에 담고 싶은 책은 한 권을 통째로 손글씨로 필사를 하기도 하였습니다. 또한 저는 어휘력과 문장력 향상을 위해 매일 신문 사설과 칼럼을 읽은 후 가장 가치가 있는 칼럼이나 사설을 손글씨로 필사를 했습니다. 컴퓨터 자판을 이용하지 않고 손글씨로 한 자 한 자 온 정성을 다해 정신을 집중해서 쓰다 보면 나도 모르게 몰입이 되어 황홀한 경험을 하기도 했습니다. 매일 손글씨로 베껴 쓰기를 하는 행위는 나의 영혼을 일깨워주고 마음을 맑게 정화를 시켜 힐링이 되기도 하였습니다.

이렇게 저는 책을 단순하게 눈으로 읽는데 그치지 않고 어휘노트를 쓰고, 명언을 쓰고, 독서노트를 쓰고, 베껴 쓰기를 하였습니다. 한편으로 중요한 부분은 암기를 하다 보니 읽었던 책 내용이 조금씩 기억에 남게 되었습니다. 결론적으로 독서를 하면 할수록 독서후 그 결과물로 성과물이 쌓이게 되고 지식도 축적이 되어 책을 읽으면 읽을수록 더 많은 보람을 느끼게 되었습니다. 그리고 하루하루를 열심히 보람 있게 살아가는 나 자신을 보면서 사우나에서 힘들게 일하면서도 최선을 다해 살아가는 제 자신이 대견스러웠고 나를 사랑하지 않을 수 없었습니다. 이것이 결과물이 있는 독서를 하는 이유입니다.

CHAPTER3

습관이 나를 만든다

9

습관이 나를 지배한다

"성공한 사람은 실패를 무릅쓰고
새 아이디어를 실행하지만
성공하지 못한 삶은 아이디어의 문제점을 지적하여
실행하지 않을 구실만 찾는다."
-브라이언 트레이시-

시간을 지배하는 자 인생을 지배한다

시간의 소중함에 대해서 모르는 사람은 없습니다. 그런데 시간의 소중함에 대해서 알면서도 시간을 헛되게 보내는 것은 무엇 때문일까요? 시간을 낭비하는 첫 번째 요인은 생활 습관과 업무 습관입니다. 시간의 소중함을 알면서도 몸에 배인 습관 때문에 시간관리가 잘 되지 않는 것입니다. 어떻게 하면 시간을 아껴 쓸 수 있을까요? 여러 가지 방법이 있겠지만 저는 일단 하루 동안 아침에 잠자리에서 일어나서 자신이 하는 일과 시간을 기록 해 보았습니다. 그랬더니 새벽에 신문을 보는 시간에 너무 많은 시간을 낭비하고 있다는 사실을 발견하였습니다. 아울러 회사에서는 회의를 비효율적으로 하고 있다는 것도 발견하였습니다. 뿐만 아니라 나와 전혀 상관없는 일인데도 불구하고 나도 모르게 대화에 참여하여 시간을 낭비하고 있었습니다. 이렇게 시간을 낭비하고 있는 요소를 발견한 후 나는 신문을 보는 시간은 30분 이내로 한정했습니다. 아울러 회의 시간은 회의 주제에 따라 탄력적으로 하지만 특별한 주제가 아니면 모든 회의는 30분 이내로 시간을 정해놓고 했습니다. 그리고 나와 상관이 없는 대화에는 일체 참여하지 않으려고 의도적으로 노력을 하였습니다. 그렇게 하다 보니 하루에 2~3시간 정도를 절약할 수 있었습니다.

그리고 오늘 계획했던 일은 꼭 오늘 끝내는 습관을 들이려고 노력했습니다. 따라서 매일매일 사전에 계획을 짜서 계획대로 실천해 나가는 삶을 생활화했습니다. 이렇게 생활을 하다 보니 차츰차츰 생활이 달라지고 습관이 달라지기 시작했습니다. 아울러 저는 시간을 관리하면서 시간에 대한 관점을 바꾸어 보았습니다.

우리들은 지금까지 시간은 흘러가는 것이라고 생각하고 관리하는 데 급급했습니다. 그러나 저는 시간은 지나가는 것이 아니라 먼 미래에서 나에게로 다가온다고 생각을 전환해보았습니다. 그리고 다가오는 시간에 나는 무엇을 할 것인지 미리미리 계획을 세워서 준비를 해 놓으면 그 시간이 내 인생 앞에 도착했을 때 기회를 포착하는 것입니다. 그렇게 되면 내가 원하는 것을 모두 이룰 수 있을 것입니다. 이렇게 시간의 관점을 바꾸면 내가 시간의 노예가 되는 것이 아니라, 내가 시간을 지배하는 사람이 될 수 있을 것입니다. 시간에 대한 관점을 바꾸지 못하기 때문에 시간을 지배하지 못합니다. 그렇다 보니 자기 자신도 모르게 시간의 노예가 되어 시간에게 질질 끌려 다니는 삶을 살아가고 있습니다. 따라서 자기계발을 하는 사람들에게 가장 중요한 것이 시간관리가 되어 버렸습니다. 결국 시간 관리를 하지 못하면 절대로 내가 시간을 지배할 수 없게 되었습니다. 누구보다도 독서를 통해 자기변화를 꿈꾸는 사람은 시간을 지배해야 자기변화를 이룰 수 있습니다.

≪탈무드≫에서는 "시간은 흘러가는 게 아니고 시간은 멈추어 있을 뿐, 흘러가는 것은 인생"이라고 합니다. (≪내 인생에 힘이 되어준 한마디≫에서 재인용)

하루 24시간이라는 한정된 시간을 가지고 직장생활을 하면서 독서를 통한 자기계발의 비결은 오직, 시간을 지배해야 내가 내 인생을 지배할 수 있습니다. 내가 내 인생을 지배해야 내가 내 삶을 살 수 있습니다. 매일매일 시간을 관리하면서 고정관점을 벗어나 시간에 대한 나만의 새로운 관점을 만들어보십시오. 훨씬 시간을 효율적으로 사용하면서 시간을 절약할 수 있을 것입니다.

뚜벅이 인생

내가 운전면허증을 취득한 1985년도는 마이카 붐이 막 일어나기 시작한 시점입니다. 나는 1985년 8월 1종 보통 면허를 취득한 후 포니 원부터 승용차를 몰기 시작하여 33년 동안이나 승용차의 안락함과 편리함에 노예가 되어 살았습니다. 그렇다 보니 승용차의 편리함에 길들여진 나와 우리 가족은 승용차 없이는 단 한 발짝도 움직이려고 하지 않았습니다. 따라서 승용차를 유지하기 위해 매월 고정적으로 적지 않은 돈이 새어 나갔습니다. 더구나 5~6년 주기로 새 차로 바꿀 때는 지역개발공채, 취득세, 등록세 등의 명목으로 뭉칫돈을 털어갔습니다. 더구나 매년 정기적으로 납부해야하는 자동차 세금과 자동차 보험료는 내 자산을 야금야금 갉아 먹었습니다. 뿐만 아니라, 승용차를 많이 사용하면 할수록 부가되는 각종세금과 주차요금 및 각종 과태료는 나의 자산을 더욱 축 냈습니다. 그럼에도 불구하고 나는 승용차가 주는 편리함과 안락함의 유혹으로부터 벗어나지 못했습니다.

그러다가 마침내 저는 내 나이 61살이 되던 해 (2018년 4월 30일) 회갑 기념으로 승용차가 주는 편리함과 안락함의 구속으로부터 33년 만에 해방이 되어 자유를 되찾았습니다. 그리고 2018년 5월 1일부터 현재까지 자유로운 영혼이 되어 두 발로 터벅터벅 걸어 다니는 뚜벅이 생활을 즐기고 있습니다.

승용차 없이는 단 한 발짝도 움직이지 않았던 내가 승용차를 처분할 용기가 어디에서 나왔는지 모르겠습니다. 애마를 보낸 후 약 6개월 동안은 거의 멘붕 상태로 마음고생을 심하게 했습니다. 더구나 서울에 살았지만 대중교통보다는 승용차를 이용하다 보니 서울 시내 대중교통 노선에 대해서 잘 알지 못했습니다. 따라서 때로는 대중교통을 이용하다가 버스를 잘못 갈아타 방향을 잃고 헤매기도 하였습니다. 그러다가 스마트폰 바탕화면에 네이버지도 어플을 깔아서 사용한 후에는 단 한 번의 실수도 없이 원하는 목적지를 척척 잘 찾아다니고 있습니다.

특히, 시내버스 차창 밖으로 펼쳐지는 서울 시내의 아름다운 거리 모습과 공간 디자인과 개성 넘치는 건축물 등 다양한 거리의 모습은 승용차를 운전하면서는 죽었다가 깨어나도 볼 수 없는 구경거리고 재밋거리입니다.

이는 서울 시내를 대중교통을 이용하면서 두 발로 서울 시내 구석구석을 걸어 다녀본 사람만이 느껴볼 수 있는 볼거리와 재미와 행복입니다. 더구나 피곤할 때 졸음이 쏟아지면 운전은 기사님께 맡겨놓고 창가에 어깨를 살포시 기대어 자는 단잠은 꿀맛이 따로 없습니다. 이 또한 승용차를 운전하면서는 도저히 경험해보지 못하는 여유이며 낭만입니다. 또한, 대중교통을 이용하면서 독서를 하는 재미는 이루 더 말할 수 없는 행복한 시간입니다. 이렇게 하다 보니 독서를 할 수 있는 시간의 여유가 더 생겼고 나 자신을 성찰할 기회가 잦아져 그동안 몰랐던 나를 새롭게 발견하는 기회가 되기도 했습니다.

특히, 승용차를 소유함으로써 준수해야 할 각종 법규 준수 의무로부터 벗어날 수 있었으며, 각종 세금 및 관리 유지에 필요한 경제적 구속으로부터 33년 만에 풀려나 해방이 되었습니다. 따라서 승용차를 가지고 있을 때 유지비용으로 매월 50~60 만원이 들어가던 돈이 절약이 되었으며, 대중교통비로 매월 단돈 1만 원이면 충분하였습니다. 더구나, 대중교통을 이용해 시내 구석구석을 찾아다니고 걸어 다니면서 구경하는 재미는 말로 다 표현할 수 없습니다.

당신의 컨트롤시스템은 무엇입니까?

나를 찾아 떠난 여행에서 53년 만에 나를 찾은 후 1만 권의 독서를 품에 안고 돌아온 나는 2010년 4월 14일 3P바인더를 만났습니다. 나는 3P바인더를 처음 만난 순간 한마디로 말해 예사스러운 플래너가 아니라는 것을 알았습니다.

지금으로부터 11년 전에 그렇게 인연이 된 3P 바인더는 나의 인생을 계획하고 실천하면서 꿈을 이루어 주는 컨트롤시스템이 되었습니다. 따라서 나는 2010년 4월 14일 처음 만난 이후 지금껏 3P바인더와 함께 동고동락을 함께 하고 있습니다. 첫 느낌 그대로 3P바인더는 나를 작심 3일의 덫에서 구해주었을 뿐만 아니라, 생사고락을 함께한 동지이자 꿈지기가 되었습니다. 특히, 3P바인더는 나를 찾아 떠난 여행에서 발견한 나의 꿈인 1만 권의 독서를 이룰 수 있도록 나를 이끌어 주었습니다. 또한 3P바인더는 지난 11년 동안 내가 온갖 고난과 역경을 부딪쳤을 때 내가 쓰러지지 않도록 내 손을 잡고 나를 일으켜 세워주고 이끌어 주었습니다. 또한 삶이 힘들어 지쳐 있을 때는 나를 위로해주고, 내가 게을러지거나 나태해지면 나를 꾸짖어 주었습니다. 또한, 나의 일거수일투족을 지켜보면서 내가 흔들릴 때마다 나를 바르게 잡아 주었습니다.

아울러 생각만 할 것이 아니라, 모든 것을 계획하고 실천하는 삶을 통해 후회 없는 삶을 살도록 해주었습니다. 또한 꿈을 이루기 위해서 목표관리와 시간관리를 철저히 할 수 있게 해주었습니다. 특히, 지난 53년 동안 나의 인생이 세월과 함께 역사의 뒤안길로 사라져 없어져 버렸지만, 3P바인더를 만난 뒤부터 지금까지는 나의 삶과 인생이 낱낱이 기록되고 역사적 산물로 남는 인생을 살도록 해주었습니다. 따라서 지난 11년 동안 걸어온 길을 뒤돌아보고 반성하고 앞으로 10년 동안 걸어서 가야 할 길을 안내해 주기도 하였습니다. 이렇게 3P바인더는 내가 꿈을 이룰 수 있도록 나를 이끌어주고, 나를 계획적이고 목표 지향적이며 성과까지 도출해주고 관리해주고 평가해주는 나의 보물 1호 컨트롤시스템이 되었습니다.

인생은 연습이 없다고 했습니다. 그러나 연습을 할 수 없는 인생을 연습할 수 있는 유일한 방법은 미리 계획을 철저하게 세워서 실천을 하면서 잘못된 계획은 수정을 하는 삶을 생활화하는 것입니다. 그것이 소중한 시간을 절약하고 연습 없는 인생을 사전에 계획을 통해 삶을 알차게 제대로 사는 길입니다. 따라서 삶을 계획하지 않는 것은 실패를 계획하는 것과 같습니다.

새벽을 지배하면 하루를 지배한다

하루 24시간중 소중하지 않은 시간이 없습니다. 그런데 똑같은 시간이지만 하루를 시작하는 새벽 시간은 그 어떤 시간보다 더욱더 소중하다는 말에 공감할 것입니다. 특히, 자기계발을 하는 사람에게 새벽 시간은 자기계발의 성공과 실패를 좌우할 정도로 매우 중요합니다. 따라서 어떻게 하면 새벽형 인간이 되어 하루를 지배할 수 있을까? 하는 고민을 하지 않을 수 없습니다. 더구나 자기계발을 통해 무엇인가 목적한 바를 이루려고 하는 사람은 새벽형 인간이 되기 위해 많은 노력을 합니다. 저도 1만 권의 독서를 시작한 후 새벽형 인간이 되기 위해 많은 노력을 하였습니다. 그렇다면 어떻게 해야 새벽형 인간이 될 수 있을까요?

첫째, 새벽에 일찍 일어나기 위해서는 새벽에 일어나야 하는 간절한 이유가 있어야 합니다. 새벽에 잠자리에서 일어나려고 할 때 쏟아지는 잠을 떨치고 일어나야 하는 간절한 이유가 있으면 잠을 자는 것보다 잠에서 깨어 일어나야 하는 일이 더 간절하고 중요하기 때문에 쏟아지는 잠을 떨쳐내고 일어납니다. 그렇게 하기 위해서는 나름대로 새벽에 일어나야 하는 간절한 이유를 만드는 것이 방법입니다.

둘째, 새벽에 일찍 일어나기 위해서는 밤 11시경에는 잠자리에 드는 습관을 들여야 합니다. 그래야 새벽에 일어날 때 몸이 가볍고 머리가 맑아 기분 좋은 새벽을 맞이할 수 있습니다. 그렇게 하기 위해서는 특별한 일이 아니고는 저녁 시간에 모임을 갖는 것은 자제를 해야 합니다. 저녁에 만나는 모임을 피하지 않고서는 새벽에 일어나는 것은 공염불입니다.

셋째, 새벽에 잠자리에서 일어나면 매일 주기적이고 반복적으로 할 수 있는 의미 있는 시간을 갖도록 해야 합니다. 저는 새벽에 일어나서 하는 모든 행동이 내 육신과 영혼을 깨우고 나를 즐겁고 행복하게 해주는 나만의 의식 행위입니다. 왜냐하면 처음 시작할 때는 어려울지 몰라도 습관이 된 후에는 새벽에 나 혼자서 갖는 의식이 나를 이끌어 갔습니다.

저는 매일 새벽 4시 20분에 일어나서 잠자리를 정리한 후 따끈한 물 한 모금으로 오장육부를 깨웁니다. 그리고 탕에 들어가 따끈따끈한 물로 목욕을 하면 잠자던 육신이 깨어납니다. 이어서 하루를 시작하는 경건한 마음으로 나만의 새벽 기도문을 소리 내어 읽어 청각과 영혼을 깨웁니다. 아울러 나의 오감과 감성을 일깨워주는 음악을 들으면서 5분 정도 명상을 합니다. 그리고 오늘 하루도 의미 있고 가치 있는 시간을 보낼 것을 나 자신과 약속을 합니다. 이렇게 하루를 시작하는 나만의 새벽 의식이 끝나면 컨트롤시스템인 3P바인더를 펼쳐서 오늘의 해야 할 일을 확인합니다.

그리고 필사를 하거나 독서 노트를 씁니다. 아울러 읽고 싶었던 책을 읽습니다. 이렇게 매일 새벽 4시 20분에 일어난 저는 새벽을 여는 기쁜 마음으로 저 자신을 위한 저만의 새벽 의식을 반복적으로 합니다. 그렇다 보니 어느 순간부터 매일 하는 새벽 의식이 하루를 시작하는 나에게 커다란 기쁨과 자신감을 주었습니다. 그렇게 되자 이제는 새벽 4시 20분에 일어나는 것이 즐겁고 행복합니다.

저도 새벽 4시 30분에 일어나는 습관을 들이기 위해 많은 노력을 했습니다. 나 자신과 수도 없이 밀당을 하였습니다. 회사에 다닐 때는 출근하기 전에 책을 읽고 출근하기 위해서 새벽 4시 30분에 꼬박꼬박 잘 일어났습니다. 그런데 퇴직을 한 후에는 아침 출근 시간으로부터 해방이 되어 게을러지기 시작했습니다. 더구나 힘든 일을 하지도 않았는데 잠을 자면 잘 수록 늘었습니다. 그러더니 급기야 몸무게가 점프를 하였습니다. 따라서 나는 매일 아침 6시 30~40분에 일어나던 버릇을 다시 고치기로 했습니다. 그런데 어느 날 갑자기 새벽 4시 30분으로 두 시간을 앞 당겨 일어나려고 하자 몸이 강력하게 저항을 하였습니다.

따라서 작전을 바꾸어 일단 한 시간만 앞당겨서 새벽 5시 30분에 일어나기로 했습니다. 새벽 5시 30분에 일어나는 것도 처음 3~4일간은 온 몸이 저항을 하였습니다. 그러나 여기에서 내가 무릎을 꿇으면 나는 평생 나쁜 습관에 노예가 된다는 생각이 들어 나 자신과 한 판 싸움을 하면서 새벽 5시 30분에 일어났습니다. 그렇게 일어나다 보니 일주일이 지나고 이주일이 지나자 몸도 포기를 했는지 저항을 멈추었습니다. 그렇게 1단계를 성공하고 한 달 후 30분을 앞당겨서 새벽 5시에 일어났습니다. 그런데 어느 순간부터 몸이 반항하지 않고 적응이 되더니 조금씩 습관이 되어 갔습니다.

그리고 나는 인생 2막으로 세신사가 되어 계약을 할 때 오전 7시에 출근해서 7시 30분부터 일을 하는 것으로 했습니다. 그러나 내가 출퇴근을 하지 않고 사우나에서 먹고 자면서 생활을 하기 때문에 7시에 잠자리에서 일어나서 영업을 준비하면 충분했습니다.

그러나 새벽 4시 30분만 되면 라커룸과 목욕탕에 조명이 모두 켜지기 때문에 더 잘 수가 없습니다. 더구나 인생 2막으로 세신사 일을 하면서 1년에 200권 독서를 목표로 한 이상 최대한 시간을 활용하기 위해서는 새벽 4시 30분에 일어나는 것이 불가피했습니다.

따라서 나는 매일 10분을 앞당겨 새벽 4시 20분에 잠자리에서 일어나 뜨끈뜨끈한 물로 육신을 깨운 후 나만의 새벽 의식을 치루고 새벽 독서를 하였습니다. 이 맛은 경험해 본 사람만이 느낄 수 있는 행복입니다. 이렇게 매일 새벽에 일찍 일어나서 하루를 여유 있게 시작하니 하루 종일 시간에 쫓기지 않고 일을 하면서 계획대로 독서를 하게 되니 나 자신을 사랑하지 않을 수 없습니다.

이제 막 자기계발을 시작한 사람들의 말을 들어보면 알람 소리에 눈을 뜨기는 뜨는데 도저히 일어날 수가 없다고 하소연을 합니다. 도대체 어떻게 해야 일어날 수 있을까요? 사람마다 다양한 개성을 가지고 있기 때문에 잠자리에서 일어나는 자기만의 스타일이 각각 다릅니다. 따라서 가장 기본적인 방법은 알람소리를 들었으면 눈을 뜨고 즉시 잠자리를 털고 '그냥' 일어나야 합니다. 알람소리를 듣기는 들었는데 눈이 떠지지 않은 상태에서 그냥 벌떡 잠자리를 털고 일어나지 않으면 찰나의 순간에 '게으름 신'이 꿀잠의 요술을 부립니다.

그러면 '게으름 신'의 요술에 걸리고 맙니다.

IMF 이후 평생직장에 대한 개념이 사라지면서 직장인들은 자기계발에 많은 관심을 가지고 자기계발을 위해 많은 노력을 하였습니다. 따라서 자기계발 도서로 사이쇼 히로시가 지은 ≪아침형 인간≫이 베스트셀러가 되어 히트를 치면서 수많은 사람들이 아침형 인간이 되기 위해 노력하였습니다. 그런데 ≪아침형 인간≫ 책을 읽고 얼마나 많은 사람들이 아침형 인간이 되어 살아가고 있는지 모르겠습니다. 아울러 웨이슈잉이 ≪하버드 새벽 4시 반≫을 주장하더니 여기저기에서 새벽 4시 30분에 관한 자기 계발 도서들이 대세를 이루고 있습니다. 이와 같이 베스트셀러들이 표현은 다르게 할 뿐 공통점은 새벽시간의 중요성에 대해서 강조하고 있습니다.

자기계발을 통해 자기 변화를 꿈꾸는 사람들에게 가장 중요한 것이 시간 관리입니다. 하루 24시간은 한정되어 있고 어떻게 하든 시간을 쪼개서 사용할 수밖에 방법이 없습니다. 더구나 직장 생활을 하면서 자기계발을 하는 사람은 잠자는 시간을 줄이고 새벽에 일찍 일어나는 수밖에 없습니다. 그렇게 새벽을 지배하면 하루를 지배할 수 있습니다. 그리고 매일 새벽을 지배하면 내 인생을 지배할 수 있습니다.

10

목적 있는 책 읽기

"책 읽기에는 반드시 왜 읽어야 하는지,
왜 이 책이 나에게 중요하며 필요한지,
책 읽기 자체가 즐거워서인지 아니면 특정 목적을 위해서 인지,
스스로 그 답을 아는 것이 중요하다."
≪전략적 책 읽기≫ 스티브 레빈

목적 있는 독서

나를 찾아 떠난 여행에서 1만 권의 독서를 꿈으로 간직하고 집으로 돌아온 나는 아무 목적 없이 독서를 했습니다. 나는 오로지 죽는 날까지 1만 권의 책을 읽고 죽자는 것이 유일한 목표였기 때문입니다. 그렇다보니 책을 순간적이고 즉흥적으로 선택을 해서 읽게 되었습니다. 그러면서 어떤 책은 조금 재미도 있고 관심도 있는 책인가 하면 어떤 책은 별로 재미도 없고 내용도 전혀 관심이 있는 분야가 아니어서 대충 훑어보는 식으로 독서를 하기도 하였다. 그러다 보니 독서에 대한 열정이 조금씩 식어갔습니다. 이때 독서포럼나비에 참석하고 얼마 되지 않아 ≪포커스 리딩≫ 박성후저자 특강을 들었습니다. 그 자리에서 박성후 작가는 "독서를 할 때는 '책을 읽는 뚜렷

한 이유'가 있어야 책을 집중해서 읽고 책에서 목적하는 것을 발견하고 발견한 것을 내 것으로 만들 수 있다고 했습니다. 그리고 취미로 하는 독서는 시간 낭비이자 돈 낭비"라고 했습니다. 즉, 독서를 할 때는 뚜렷한 목적을 가지고 독서를 해야 집중해서 책을 읽게 되고 책에서 발견한 것을 내 삶에 적용하여 효과를 볼 수 있다고 '목적 있는 독서'를 하라고 강조하였습니다.

나는 그때서야 내가 독서를 잘못하고 있다는 것을 깨달았습니다. 따라서 나는 즉시 책을 읽는 목적을 '책 읽는 아빠'로 정했습니다. 왜냐하면 자식들에게 공부해라! 공부해라! 라고 말하는 것보다 나 자신이 스스로 책을 읽으면 자식들도 자연스럽게 독서를 하겠지 하는 생각이 들었습니다. 이어서 다음 독서 목적은 독서법을 익히는 것이었습니다.

독서법도 모르면서 무턱대고 책을 읽는다는 것이 얼마나 어리석은 행위인가를 깨달은 후 독서 목적이 '독서법'이 되었습니다. 따라서 독서법에 대해서 전혀 아는 것이 없었던 저는 독서법을 배우기 위해 독서법에 관한 도서를 집중적으로 읽었습니다. 그렇게 뚜렷한 독서 목적을 가지고 관련 도서를 집중적으로 읽으니 다양한 독서법에 대해서 조금은 알게 되었습니다. 뿐만 아니라, 재미도 쏠쏠하면서 집중력도 높아져 자연스럽게 독서 습관도 조금씩 몸에 배게 되었습니다.

그 다음으로 책을 읽는 목적은 꿈! 전도사였습니다. 꿈! 전도사로서 기본 소양을 갖추기 위하여 어린이들의 정서 발달과 심리발달 및 교육 그리고 자기주도학습에 관한 책을 집중적으로 읽었습니다. 이런 종류의 책을 집중적으로 읽은 이유는 방과 후 교실 독서 논술과 자기주도학습 강사로 아이들을 지도하면서 조금이라도 더 아이들에게 제대로 가르쳐주고 싶었기 때문입니다. 그리고 그 다음으로 책을 읽는 목적은 나 자신의 성장과 변화였습니다. 이와 같이 그때그때마다 책을 읽는 분명한 목적을 가지고 책을 읽기 때문에 이 책에서 내가 무엇을 찾아야 하는지 명확히 알고 책을 읽었습니다. 따라서 독서 목적에 부합하는 책을 선정했으며 책에서 독서 목적에 부합하는 내용을 찾기 위해 집중해서 책을 읽을 수 있었습니다. 이렇게 독서의 목적을 가지고 독서를 하다 보니 하루하루 살아가는 삶의 목표도 독서와 함께 균형과 조화를 이룰 수 있었습니다. 그렇다 보니 나도 모르게 조금씩 생각이 바뀌고, 생각이 바뀌니 마음이 바뀌고, 마음이 바뀌니 행동이 바뀌기 시작했습니다. 그리고 마침내 행동이 바뀌다 보니 저의 삶이 바뀌었습니다.

≪나는 읽는 대로 만들어진다≫의 저자 이희성 작가는 "독서의 목적으로 실용적 목적을 위한 독서, 지적 욕구의 충족을 위한 독서, 즐거움을 위한 독서 그리고 인격 성숙을 위한 독서가 있다고 말하면서 "왜 책을 읽으려 하는가?"라는 질문은 아무리 짧은 시간을 독서에 투자한다고 하더라도 반드시 스스로 던져 보아야 할 질문이다, 라고 했습니다. 왜냐하면 독서의 목적에 따라 읽어야 할 책도 달라지고 읽는 방법도 달라지기 때문이라고" 말했습니다.

이렇게 뚜렷한 목적을 가지고 독서를 하다 보니 책을 읽으면 읽을수록 재미도 있고 집중력도 향상되어 보람을 느꼈습니다. 그리고 책에서 발견하고 깨달은 것을 삶에 적용하여 내 것으로 만들었으며 책을 읽는 순간순간 다른 책과 연계시켜서 활용하거나 적용할 것을 폭넓게 생각하게 되었습니다.

부모는 자식의 거울

"속담에 사위를 얻으려면 그 아버지를 보고, 며느리를 얻으려면 그 엄마를 보라"고 했습니다. 이 말은 결국 자식은 부모의 모든 것을 보고 배우기 때문에 그 부모를 보면 자식의 됨됨이를 알 수 있다는 말입니다. 뿐만 아니라, 근래에도 "자식은 부모의 등을 보고 자란다." "부모는 자녀의 거울이다." 혹은 "자식을 보면 그 부모를 알 수 있다"는 말은 자식 교육에 있어서 부모의 말과 행동 하나하나가 얼마나 중요한지를 단적으로 말해주고 있습니다. 저는 인생 2막으로 세신사가 되어 일을 하면서 이 말이 거짓이 아니고 사실이라는 것을 두 눈으로 똑똑히 확인하였습니다. 어느 날 똑같이 초등학교 입학 직전의 아이와 초등학교 3~4학년쯤 되어 보이는 아들을 데리고 목욕탕으로 들어온 40대 초반의 두 아버지의 모습과 두 아들들의 상반된 모습을 보고 부모의 행동 하나하나가 얼마나 소중한지 다시 한 번 깨달았습니다.

A 가족의 아버지가 상의를 벗어 반듯하게 옷장의 옷걸이에 옷을 가지런히 걸자, 아버지가 시키지도 않았는데 두 아이들 모두 아버지가 한 행동을 그대로 따라서 옷을 벗어서 옷걸이에 가지런히 걸치더니 옷장에 걸었습니다.

그리고 아버지가 상의 속옷을 벗어 네모반듯하게 접어서 옷장에 넣자 두 아들도 아빠가 한 행동 그대로 상의 속옷을 벗어 네모반듯하게 접어서 각자 자기 옷장에 넣었습니다. 이어서 아버지가 팬티를 벗어서 예쁘게 접어서 옷장에 넣자 두 아들도 아빠가 하는 모습을 바라보면서 재미있다는 표정으로 입가에 미소를 띠며 아빠가 한 행동 그대로 팬티를 벗어서 예쁘게 접어서 각자 옷장에 넣었습니다. 그리고 아버지가 탕 입구에 있는 체중계에 올라가 몸무게를 달아 본 후 샤워용 수건을 한 장 가지고 탕으로 들어갔습니다. 두 아들도 아빠가 한 행동을 그대로 따라서 체중계에 올라서서 몸무게를 달아보고 샤워용 수건을 한 장씩 가지고 아빠의 뒤를 따라 조르르 탕으로 들어갔습니다. 탕으로 들어간 아버지가 샤워기 앞에 서서 비누로 머리를 감자 두 아이들도 각자 샤워기 앞에서 아빠가 한 것처럼 똑같이 비누로 머리를 감았습니다.

그리고 아빠가 거품 수건에 비누를 칠해서 팔과 다리 몸 구석구석을 깨끗하게 문지르자 두 아들도 아빠가 한 행동 그대로 아빠를 따라서 행동을 하였습니다. 이어서 아빠가 샤워기를 눌러 몸에 묻은 비누 거품을 물로 씻어 내자 두 아들도 샤워기를 눌러 몸에 묻어있는 비누 거품을 씻어 냈습니다. 다음으로 아버지가 온탕 안으로 들어가 몸을 푹 담그자 두 아들도 아빠의 뒤를 따라 조르르 온탕 안으로 들어가 몸을 물속에 살며시 담그는 것이었습니다.

한편 또 다른 B가족의 경우는 어떻게 하고 있을까요?

옷장 앞에 선 아버지가 손으로 바지를 벗는 것인지 발로 벗는 것인지 구분할 수 없을 정도로 바지를 벗더니 바지를 발로 휙 뿌리쳐 옷장 안으로 넣었습니다. 이를 옆에서 말없이 지켜본 두 아이는 서로 얼굴을 쳐다보더니 입가에 의미심장한 미소를 지으며 바지를 벗어서 아버지가 한 행동과 똑같이 발로 둘둘 말아 휙 뿌리쳐서 옷장 안으로 골인을 시켰습니다. 이어서 아버지가 상의 속옷과 셔츠를 한꺼번에 벗어서 둘둘 말아 옷장으로 휙 던져서 넣더니 두 아들도 똑같이 상의 옷을 속옷과 셔츠를 한꺼번에 벗더니 둘둘 말아 휙 던져서 옷장 안으로 넣었습니다. 그리고 아버지가 수건을 들고 탕 안으로 들어가자 아이들도 각자 수건을 한 장씩 들고 아버지 뒤를 따라 탕으로 들어갔습니다. 그런데 탕으로 들어온 아버지는 샤워도 하지 않은 체 바로 온탕 안으로 들어가 물 속에 몸을 철푸덕하고 담갔습니다. 그러자 아이들도 아버지 뒤를 조르르 따라 바로 탕으로 들어가더니 샤워도 하지 않는 체 온탕 안으로 들어와 물속에 몸을 풍덩 담그더니 아버지 옆에 나란히 앉는 것이었습니다.

이렇게 저는 너무나 상반된 행동을 하는 두 부자지간의 모습을 두 눈으로 보고 놀라지 않을 수 없었습니다. 그리고 순간적으로 자식은 아버지의 등을 보고 자란다는 말이 헛된 말이 아니라는 것을 절실하게 깨달았습니다. 아울러 두 가족의 아이들이 자라서 어른이 되었을 때 어떤 모습의 어른으로 성장할까? 마냥 궁금하지 않을 수 없었습니다.

알베르토 슈바이처는 자녀교육에서 가장 중요한 것은 "첫째도 본보기 둘째도 본보기 셋째도 본보기다," 라고 하였습니다.

독서는 내 인생에 대한 예의다

제가 고등학교를 졸업할 때는 형편이 어려워 대학 진학을 할 수 없었습니다. 따라서 전 고등학교를 졸업한 후 취업을 해서 내 손으로 돈을 벌어 대학 진학을 꿈꾸었습니다. 그러나 3개월 동안 마산, 창원공단을 샅샅이 뒤졌으나 단 한 곳도 병역미필이라는 이유로 서류조차 받아주지 않았습니다. 정말 하늘이 노랗게 변했습니다. 모든 것을 포기하고 시골 집으로 내려가 부모님께 말씀을 드리고 군대를 지원해서 갔다와야 할지? 진퇴양난에 놓이게 되었습니다.

그렇게 몇 날 몇 일을 고민하고 있는 데 갑자기 머릿속에서 "두드려라! 그러면 열릴 것이다" 라는 말이 뇌리를 스치고 지나갔습니다. 그런데 어디를 두드리지? 곰곰히 생각해보니 대한민국에서 대문이 가장 크고 튼튼한 청와대가 떠올랐습니다. 저는 즉시 볼펜을 들고 편지지에 "존경하는 대통령각하께" 밤새워 장문의 편지를 썼습니다. 그리고 한 달 후 청와대 비서실에서 한 장의 공문이 왔습니다. 저는 그렇게 해서 청와대 문을 두드려서 경남 창원에 소재한 삼미종합특수강(주)에 생산직 노동자로 취업을 하였습니다.

그런데 20살 생산직 청년 노동자의 눈에 비친 회사 시스템은 불공평했습니다. 아무리 실력이 있어도 입사 당시에 고졸 사원은 평생 고졸 사원을 벗어날 수 없었습니다. 그래서 나는 대한민국에서 사람대접을 받고 살려면 죽을힘을 다해서 꼭 대학을 가야겠다고 결심했습니다. 그리고 생산현장에서 6년 8개월 동안 주경야독을 한 후 27살에 7전 8기 끝에 4년제 대학에 진학했습니다. 그리고 천신만고 끝에 5년만에 졸업을 하였습니다. 그 후 민주화 시대가 되고 IT 정보 통신 시대가 지나 제 4차산업혁명 시대를 맞이하면서 학벌보다 실력이 우선이라는 인식이 사회 전반에 공유되면서 대학 진학에 대한 인식이 바뀌어 가고 있어 정말 다행스럽게 생각합니다. 만약 제가 6년 8개월 동안 주경야독을 하지 않았다면 저는 평생을 고졸 생산직 노동자로서 가슴에 한이 맺혀 살았을 것입니다.

저는 법학을 전공했습니다. 그런데 전공하고는 전혀 관계가 없는 전시연출전문회사 기획실에 입사했습니다. 그리고 기획실에서 3년 넘게 근무한 후 관리부로 자리를 옮겼습니다. 그런데 업무의 특성상 꼭 전공만을 가지고 업무를 처리할 수가 없었습니다.

결국 회사에서는 이것저것 다 할 수 있는 엔터테이먼트형 인간을 필요로 했습니다. 저도 회사에서 살아 남기 위해 역사, 민속, 건축, 디자인, 영상시스템, 진열장, 전시조명 등에 대한 공부를 하지 않을 수 없었습니다. 따라서 매일 아침 출근 시간보다 2시간 먼저 출근해서 공부를 한 후 업무를 보다가 하루 일과를 끝마친 후 회사에 남아서 자정 무렵까지 공부를 하고 퇴근을 하였습니다. 이와 같이 모든 일에 공부를 하여 사전에 준비한 덕분에 공부는 나에게 자신감과 당당함으로 보답해 주었습니다. 그렇게 살아오다가 53살에 삶의 위기를 맞아 나를 찾아 떠난 여행에서 책과 운명적으로 만나 1만 권의 독서를 꿈꾸게 되었습니다. 그리고 뒤늦게 발견한 꿈 덕분에 56살에 절망의 늪으로 곤두박질쳤으나 좌절하지 않았습니다. 더구나 전혀 알지도 못하는 생소한 보험설계사에 용기를 내어 도전할 수 있었습니다. 뿐만 아니라, 인생 2막으로 세신사에 도전할 수 있었던 것도 독서의 힘 덕분이었습니다. 따라서 저는 제 2의 인생을 창업하면서 제가 가장 우선적으로 검토하고 판단한 것은 수입이 아니라,

저의 꿈인 1만 권의 독서를 지속적으로 할 수 있느냐 없느냐 하는 문제였습니다. 지금까지는 오로지 먹고 살기 위해 공부를 했다면 지금부터는 학창시절에 읽고 싶었던 수많은 고전들, 각 분야의 명저들을 마음껏 읽고, 쓰고, 성찰하면서 늙어가고 싶었기 때문입니다. 더구나 100세 시대에 건강이 최고의 화두인 요즈음 독서는 뇌과학적으로 치매 예방이나 기억력 감퇴에 최고의 방법이라고 했습니다.

아울러 ≪지적으로 나이 드는 법≫의 저자 와타나베 쇼이치는 "두뇌를 단련시키는 가장 좋은 방법은 뭐니 뭐니 해도 독서가 최고다." 라고 했으며, "정신을 긴장시키고 시간을 의미 있게 보내는 방법으로 독서보다 더 좋은 것은 없다는 사실을 절대 잊지 말라."고 강조했습니다. 또한 "독서는 뇌세포 뿐만 아니라 정신도 단련시켜주며, 뇌세포를 지적으로 연마시키고 정신적 활기를 되찾아 주는 가장 단순하고 빠른 방법"이라고 했습니다. 저는 와타나베 쇼이치의 말에 절대적으로 공감합니다. 와타나베 쇼이치의 말처럼 "생이 다하는 날까지 품격 있게 행복한 삶을 살 것인가, 죽음의 순간을 기다리며 하루하루 무의미하게 보낼 것인가? 우리는 그 해답을 지적 생활에서 찾을 수 있다."고 했습니다. 어떤 삶을 살 것인가? 그것은 각자 선택에 달려 있습니다.
하지만 최소한 내 인생의 주인으로서 나 자신에게 당당하고 떳떳하기 위해서는 나이가 들수록 끝없이 배우고 성장하며 멋지게 살다가 지구별을 떠나는 것이 자기 자신에 대한 최소한의 예의라고 생각합니다. 뿐만 아니라, 나이 먹어서 하는 공부가 진짜 공부라고 했습니다. 100세 시대에 건강하게 늙어가는 비결은 공부밖에 없습니다.

11

독서는 절대 나를 배신하지 않는다

"독서는 나를 성장하게 하고 어떤 삶의 위기에도 넘어지지 않게
붙잡아 주는 가장 강력한 도구다"
≪독서는 절대 나를 배신하지 않는다≫사이토 다카시

삶의 위기에서 나를 살린 독서

한 번도 아닌 두 번씩이나 다니고 있던 회사가 문을 닫아 버리는 바람에 나의 삶은 하루아침에 절망의 늪으로 곤두박질치고 말았습니다. 삶의 대한 모든 의욕을 잃어버린 나는 이게 아닌데? 이게 아닌데? 하는 소리밖에 할 말이 없었습니다. 정신을 차린 후 지금 당장 내가 할 수 있는 일을 찾아보니 초등학교 방과 후 교실 독서논술 강의와 자기주도학습 강의밖에 없었습니다. 따라서 저는 지푸라기라도 잡고 싶은 절박한 심정으로 전혀 알지도 못하고 경험도 없는 보험업계에 발을 딛었습니다. 그러나 보험이라는 것이 저 혼자 노력과 열정만으로 성과를 낼 수 있는 것이 아니라는 것을 깨달았습니다. 이

때 천만다행으로 퇴직 전 동일 업종인 전시연출전문회사에 재취업이 되어 보험설계사를 그만 두었습니다. 그런데 재취업의 기쁨도 잠시 입사 9개월 만에 권고사직을 당하고 말았습니다. 마지막 남은 자존감에 치명적인 상처를 입은 나는 결국 모든 미련을 버리고 전시업계를 완전히 떠나기로 마음을 먹었습니다. 이렇게 한번 추락해버린 삶은 아무리 살아보려고 몸부림쳐도 마음먹은 대로 되지 않았습니다.

더구나 차일피일 미루어 왔던 건강검진 결과가 제 숨통을 죄어 왔습니다. 신장 167㎝에 체중이 78.5㎏, 고혈압 148/82, 공복혈당 115로 당뇨전단계, 지방간, 고지혈증, 복부비만(허리둘레 37인치), 헬리코박터, 콜레스트롤 등의 질병이 있으니 조속한 시일 내에 재방문하여 전문의와 상담을 하라는 것이었습니다.

저는 이 모든 결과가 퇴직 후 저의 잘못된 생활과 식습관에서 비롯된 것이라는 사실을 알지만 그래도 하늘이 원망스러웠습니다. 엎친 데 덮친 격으로 건강에 빨간불이 켜지면서 가정 경제마저 파탄 직전에 몰려 삶이 풍전등화의 위기에 놓이고 말았습니다.

이 위기를 어떻게 극복해야 할지 앞이 캄캄하였습니다. 이렇게 내 인생이 비참하게 끝나는 것인가? 하는 생각마저 들었습니다. 저는 도대체 내가 무엇을 잘못했기에 인생 1막을 정리하는 시점에서 인생의 밑바닥으로 추락을 했는지 절대자에게 그 이유를 묻고 싶었습니다. 그런데 그렇게 하면 할수록 가슴 속 깊은 곳에서 솟구치는 화와 분노로 저의 숨통을 더욱더 죄어 왔습니다. 그런데 어느 순간, 내 탓이다! 하는 소리가 가슴속 깊은 곳에서 올라왔습니다. 그 소리를 들고 보니 정말로 이 모든 상황은 제 탓이었습니다. 퇴직을 했어야 할 나이가 되었음에도 불구하고 퇴직에 대해 아무런 준비도 하지 않은 채 어떻게 잘 되겠지 하는 막연한 희망만을 가지고 살아온 저의 죄였습니다.

어느 순간 나는 이 모든 것이 내 탓이고 내 잘못이라고 인정한 순간 이렇게 비참하게 살 바에는 차라리 모든 삶을 끝내버리는 것이 편하겠다는 생각이 들었습니다. 그런데 그런 생각을 할 때마다 어린 아들의 모습이 눈앞에 아른거렸습니다. 그리고 한편으로 마음속에서 "죽을 용기와 힘이 있으면 그 용기와 힘으로 살아라."하는 것이었습니다. 그때 언젠가 읽었던 신영복 선생의 ≪감옥으로부터의 사색≫이 생각났습니다. 나는 신영복 선생의 암울했던 상황을 생각하면서 매일 ≪감옥으로부터의 사색≫ 한 꼭지씩을 필사하기 시작하였습니다. 그렇게 하루가 지나고 이틀이 지나 한 달이 지날 즈음 저도 모르게 뜨거운 눈물이 주르륵 흘러 내렸습니다. 그렇다! 내가 잘못 살았구나. 오늘의 나는 내가 지금까지 살아온 결과다. 누구를 원망하고 누구를 탓할 수 있겠는가? "지나간 과거는 모두 잊어버리고 죽을 힘을 다해 다시 한 번 제대로 살아보자" 하는 울림이 마음속 깊은 곳에서 올라왔습니다. 이렇게 책은 저에게 단순한 책이 아니라 잠자던 나를 잠에서 깨워주고 의식을 성장시켜 주었습니다. 뿐만 아니라, 자살 직전에 나를 살린 은혜로운 책입니다.

≪독서는 절대 나를 배신하지 않는다≫ 저자 사이토 다카시는 "독서는 나를 성장하게 하고 어떤 삶의 위기에도 넘어지지 않게 붙잡아

주는 가장 강력한 도구다",라고 하였으며 "책을 읽는 한 좌절하거나 실패할 일은 없다."고 하였습니다. 그렇습니다, 독서는 절대로 나를 배신하지 않습니다. 아울러 독서는 저를 삶의 위기에서 살렸습니다. 따라서 책에게 은혜에 보답하기 위해서라도 죽는 날까지 멈추지 않고 책을 읽고 책을 쓸 것입니다. 그리고 삶에 지치고 힘들어하는 많은 사람들에게 독서의 힘에 대해서 말할 것입니다.

책은 나의 스승이다

 사람마다 각자 추구하는 목표와 가치가 다르듯이 또한 평소 생활 속에서 소중하게 생각하는 덕목이 각각 다르다. 나는 1만 권의 독서를 하기 전에는 하루하루 살아가는 데 별 의미와 가치를 두지 않고 그냥 근면, 성실하게 열심히 사는 것이 최선의 삶으로 생각했고 살았습니다. 따라서 회사 생활을 하면서도 근면, 성실을 최고의 덕목으로 생각하고 근무했습니다. 그런데 삶의 위기를 맞아 '나를 찾아 떠난 여행'에서 1만 권의 독서라는 꿈을 발견한 후 독서를 하면서 근면, 성실만이 최고가 아니라는 것을 깨달았습니다. 그리고 독서를 하면서 그동안 제가 소홀히 했던 것들에 대한 가치를 새롭게 발견하였습니다. 독서는 이렇듯 나에게 스승이 되어 저를 이끌어 주었습니다.

첫째, 시간의 소중함을 깨달았습니다.

저는 1만 권의 독서를 하기 전에는 하루 24시간에 대해 별 생각 없이 살았습니다. 그러나 1만 권의 독서를 시작 한 후에는 30분 단위로 시간을 체크하게 되었고 그러다 보니 5, 10분의 시간이 얼마나 소중한지를 깨달았습니다. 따라서 저는 1만 권의 독서를 시작한 후에는 업무와 직접적으로 관련되거나 아주 중요한 모임 외에는 일절 참석하지 않았습니다. 더구나, 인생 2막을 창업한 후에는 딸 결혼식 외에는 가족 행사도 일절 참석하지 않았습니다.

둘째, 나는 누구인가? 53년 만에 찾은 '나'

나를 찾아 떠난 여행에서 53년 만에 저를 발견한 후 저는 제 자신에 대해서 더 넓고 깊이 알기 위해서 다양한 방법으로 노력을 하였습니다. 모닝 페이퍼를 한 달 내내 써보기도 했는가 하면 MBTI를 이용해 수십 번도 더 테스트를 하였습니다. 뿐만 아니라, 애니어그램을 공부하면서 저 자신에 대해서 보다 더 깊이 있게 이해할 수 있게 되었습니다.

셋째, 책을 읽으면 긍정적인 사람으로 변합니다.

책을 읽는다는 것은 사람을 만나는 것과 같다고 했습니다. 따라서 다양한 책을 많이 읽는다는 것은 수많은 사람을 만난다는 것과 같습니다. 아울러 책을 읽으면 읽을수록 부정적인 생각이 사라지고 매사에 긍정적인 사람으로 변하는 나 자신을 발견하였습니다. 아울러 긍정적인 생각이 쌓이면서 행동이 변하고 행동이 변하면서 삶이 변했습니다.

넷째, 모든 독서는 일독일행을 원칙으로 한다.

아무리 탁월하고 훌륭한 생각도 행동으로 실천하지 않으면 아무런 소용이 없다고 했습니다. 독서 후 일독일행을 생활화 하면서 모든 일을 미루지 않고 즉시 실천하는 삶이 습관화 되었습니다. 그렇게 하다 보니 고정 관념에 단단하게 굳어있던 마음이 바뀌면서 생각이 바뀌고 생각이 바뀌면서 행동이 바뀌었습니다.

다섯째, 자기를 성찰하는 삶을 통해 진정한 자아를 발견할 수 있었습니다.

독서량과 함께 독서의 폭이 넓어지고 깊이도 한층 깊어지면서 독서를 통해 나를 돌아보며 성찰하는 기회가 증가하고, 내가 누구인지 나를 알기 위해 끊임없이 노력하게 되었습니다. 반면에 상대를 이해하고 배려하는 마음이 깊어졌습니다. 나아가 독서를 통해 진정한 나를 발견할 수 있고, 독서를 통해 나 스스로를 경영 할 수 있었습니다.

여섯째, 경청하는 삶이 생활화되었습니다.

독서를 하기 전에는 성격이 급한데다가 말하는 상대편의 잘못된 점을 귀신처럼 잘 찾아내 지적을 잘하는 성격이었습니다. 그렇다 보니 상대편이 말을 다 하기도 전에 중간에 말을 끊어버리고 내가 말을 하다 보니 원활한 대화가 이루어지지 않았습니다. 그러나 독서를 한 후 저의 이러한 단점을 보완하고 상대편의 말에 귀를 기울이며 경청을 하게 되었습니다. 아울러 타인의 의견을 존중하게 되고 배려하게 되면서 점진적으로 주변의 사람들과 소통이 원활하게 되었습니다.

일곱째, 상대를 이해하려고 노력합니다.

나를 알기 위해 공부를 하다 보니 나를 알아가는 만큼 반대로 상대편에 대해서도 자연스럽게 알게 되었습니다. 따라서 회의를 하거나 대화를 나눌 때 저의 생각과 다르다고 해서 상대방이 틀렸다고 생각하지 않고 단지 저의 생각과 다르다는 것을 인정하였습니다. 특히, 애니어그램 공부를 하는 동안 다양한 사람들의 특징과 장·단점을 파악하면서 상대를 이해하기 위해 더욱더 노력을 하지 않을 수 없었습니다.

이와 같이 독서를 하면서 새롭게 발견한 새로운 가치들을 소중하게 생각하면서 생활을 하다 보니까 삶이 훨씬 보람이 있고 풍요로웠습니다. 그렇다 보니 모든 문제를 책속에서 답을 찾으려는 습관이 생기고 말았습니다. 이렇게 언제부터인가 책은 저도 모르는 사이에 제 스승이 되어 있었습니다.

독서는 나를 이렇게 바꾸었다

많은 사람들은 사람이 책을 읽으면 변하는지 여부에 대해 매우 궁금해합니다. 따라서 책을 읽으면 변한다는 사람과 아무리 책을 많이 읽어도 변하지 않는다는 사람들로 상반된 주장을 하고 있습니다. 그런데 어떤 종류의 책을 어떤 목적을 가지고 어떻게 읽고, 깨닫고, 느낀 것을 삶에 어떻게 적용하느냐에 따라서 바뀌는 정도가 사람마다 각각 다릅니다. 제가 직접 책을 읽고 체득한 경험을 토대로 말씀을 드리면 책을 읽으면 사람이 분명히 변합니다.

저처럼 60살이 넘은 사람도 몸에 배인 나쁜 습관과 고정관념과 타성을 떨쳐내고 나도 모르게 내가 바뀌었다는 사실에 나 자신도 깜짝 놀랐습니다. 따라서 나는 누구나 책을 읽으면 분명히 사람이 변한다는 사실을 확실하게 말해주고 싶습니다. 아울러 저는 머리가 좋은 사람도 아니고, 공부를 많이 한 사람도 아닙니다. 더구나 머리 회전이 팍팍 돌아가는 혈기 왕성한 젊은 나이도 아닙니다. 이미 머리가 녹슬 대로 녹이 슬고 고정관념과 아집이 뼛속까지 박혀버린 꼰대입니다. 이런 제가 책을 읽고 책을 쓰면서 책을 읽으면 변한다는 말을 꼭 해주고 싶은 것은 누구나 책을 읽으면 변한다는 사실을 직접 몸으로 체험한 사실대로 말해주고 싶습니다.

저를 가장 잘 아는 아내의 말에 의하면 책을 읽기 전에 저는 자기중심적이고 말투가 공격적이어서 스트레스를 많이 받아 나 몰래 우울증 치료를 받을 지경이었다고 했습니다. 그런데 제가 독서를 시작한 후 조금씩 변해가더니 요즈음은 전혀 그런 말투를 찾아볼 수 없어서 너무 좋다고 합니다. 아내로부터 이 말을 들은 나는 아내에게 큰 죄를 지은 사람이 되었습니다. 그리고 저 스스로 가슴에 손을 얹고 많은 반성을 하였습니다. 이렇게 독서는 64년을 살아온 제 인생을 180도 확 바꿔 놓은 마술사가 되었습니다.

따라서 저는 독서의 힘에 힘입어 남들이 기피하는 세신사라는 직업으로 인생 제2막을 창업하였습니다. 내가 만약 독서를 하지 않았다면 나는 인생 제2막으로 세신사라는 직업을 선택하지 못했을 것입니다. 왜냐하면, 그래도 한때는 잘나가는 전시연출전문회사에서 상무이사까지 지냈기 때문에 모든 것을 내려놓고 세신사에 도전하기란 쉽지 않았을 것입니다. 그러나 독서의 힘으로 잠에서 깨어나고 의식이 성장하고 확장되면서 내가 과거에 무엇을 하였던 간에 중요한 것은 '지금'이라는 사실을 너무나 잘 알기 때문입니다. 뿐만 아니라, 내 인생의 주인공은 나 자신이라는 것을 알기 때문에 남의 눈치를 보거나 남을 의식하면서 살아갈 이유가 없었기 때문입니다. 남을 의식하고 남에게 잘 보이기 위해 사는 것은 내 인생이 아니라 남의 인생이라는 사실을 알기 때문입니다.

저는 다른 사람이 나를 어떻게 보고, 어떻게 생각하느냐? 하는 것에 대해 신경을 쓰지 않습니다. 나는 누가 뭐라고 하든 다른 사람들의 말에 휘둘리지 않고 오롯이 내 삶을 묵묵히 살아갈 뿐입니다. 이렇게 제가 다른 사람들이 나를 어떻게 생각하든 의식하지 않고 내 삶에 주도성을 가지고 세신사 일을 할 수 있었던 것은 모두 1만 권의 독서라는 꿈과 독서의 위력입니다.

지성이면 감천이다

저는 제 나이 55살이 되던 2012년도에 독서논술지도사 자격증과 자기주도학습지도사 자격증을 따기 위해 서울교육대학교 평생교육원에서 1년 동안 주경야독을 하였습니다. 그리고 천신만고 끝에 독서논술지도사 자격증과 자기주도학습 지도사 자격증을 취득하였습니다. 아울러 초등학교 방과 후 교실 강의를 하기 위해 독서논술 강의와 자기주도학습 강의 지도안을 제출해 놓고 심사가 통과되기만을 애타게 기다리고 있었습니다. 이렇게 예순살을 바라보는 나이에도 불구하고 책 속에서 발견한 꿈은 저의 가슴을 뛰게 했습니다. 따라서 나도 가슴이 시키는 대로 뜨거운 열정을 가지고 열심히 뛰었습니다. 그런데 체력이 달렸는지 거의 매일 아침 코피를 줄줄 쏟아냈습니다. 그렇지만 설마 죽기야 하겠냐? 하는 마음으로 포기하지 않고 당초의 계획대로 밀고 나갔습니다.

마침내 2013년 1월 10일 서울교육대학교 평생교육원에서 교수님으로부터 한 통의 전화가 걸려 왔습니다. 내용인즉 "이메일을 보냈으니까 내용을 검토한 후 잘 작성해서 다시 메일을 보내라"는 말씀이었습니다. 이메일을 열어보니 초등학교 방과 후 교실 자기주도학습 지도안 샘플이었습니다. 나는 지난해 1년 동안 공부한 내용을 토대로 1시 50분 동안 수업할 내용을 5분 간격으로 세분화하여 지도안을 작성한 후 교수님께 전송하였습니다. 아! 얼마나 간절하게 바랐던 초등학교 선생님인가? 그것도 다른 사람들은 은퇴를 앞두고 있는 시점에서 56살에 초등학교 때 꾸었던 꿈을 이룰 수 있는 기회가 눈 앞에까지 왔다는 사실에 제 가슴은 기쁨과 환희로 가득 찼습니다.

그리고 며칠 후 서울 교육대학원 울림교육연구소에서 또 한 통의 전화가 걸려왔습니다. 1학기 15주 동안 독서논술지도안을 작성해서 보내 달라는 연락이었습니다.

그렇습니다. "지성이면 감천이라고 했습니다." 지난 한 해 동안 회사에서 일하랴 지방으로 출장 다니랴 공부하랴 흘린 땀과 노력이 헛되지 않았습니다. 저의 간절한 마음이 신을 감동시켰는지 여기저기에서 반가운 소식이 연달아 왔습니다. 저는 갑자기 여러 곳에서 찾아오는 반가운 소식에 흥분된 감정을 억제할 수가 없었습니다. 그리고 잠시 벅차오르는 감동을 억제하고 어떻게 하면 회사 일에 지장이 가지 않도록 하면서 강의를 잘 해나갈 수 있을까? 하는 행복한 고민에 빠졌습니다.

세계적인 발레리나 강수진은 그의 저서 ≪나는 내일을 기다리지 않는다≫에서 "열정만이 당신의 성공을 지켜줄 것이다. 열정을 잃었다면 아무것도 기대하지 마라. 열정을 잃은 작가의 글은 읽고 싶어하는 독자는 없다. 열정을 잃은 발레리나에게 감동을 기대하는 관객은 없다. 몸은 따뜻한 방안에서 휴식을 취하고 잠에 취해 있어도 당신의 열정을 밖에서 떨게 하라."고 했습니다. 세계적인 발레리나 강수진의 말처럼 저는 뜨거운 열정을 가지고 최선을 다해 지난 한 해를 살았습니다. 그리고 마침내 2013년 새해를 새로운 희망과 설렘으로 가득한 가운데 맞이하였습니다.

12

내가 책을 읽는 이유

"독서는 우연의 씨앗을 뿌리는 과정이다. 우리가 일생을 통해 독서를
해나간다는 것은 언젠가 새로운 기회를 만날 씨앗을 뿌리는 행위이며,
나를 준비된 사람으로 만들어 가는 과정이다."
–시골의사 박경철의 자기혁명–

자식에게 물려 줄 유산?

나의 사랑하고 존경하는 아버님께서 운명하신지 34년의 세월이 흘
렀습니다. 그리고 인자하신 어머니께서 운명하신지도 10년이라는 세
월이 흘렀습니다. 그런데 저는 아직도 하루에 수십 번씩 부모님을
생각하며 두 분께 진심으로 감사를 드립니다. 그 이유는 여러 가지
가 있지만, 첫째 건강하고 튼튼한 몸으로 낳아주신 것이며, 둘째는
평소에 근면, 성실한 생활을 몸으로 직접 보여주셔서 근면, 성실을
생활신조로 삼고 살아가도록 저를 훈육시 주셨기 때문입니다.

저는 이렇게 부모님으로부터 소중한 유산을 물려받았음에도 불구
하고 53살에 나를 찾아 떠난 여행을 하기 전에는 자식들에게 유산
으로 무엇을 물려줄지에 대해 단 한 번도 생각해보지 않았습니다.

134

그런데 나를 찾아 떠난 여행에서 1만 권의 독서라는 꿈을 발견한 후 독서를 하면서 생각을 하게 되었습니다. 그중에 첫 번째 유산으로 제가 아버지로부터 물려받은 근면, 성실이며, 두 번째가 새벽형 인간이며, 세 번째가 독서하는 습관을 물려줄 것입니다. 사랑하고 존경하는 아버지께서는 "일찍 일어나는 새가 모이 한 알 더 주워 먹는다." 는 말씀을 매일 아침 밥상머리에서 하셨습니다.

어떤 때는 그 말씀이 듣기가 싫고 짜증도 났지만 '그래도 자식인 저를 위해서 하시는 말씀이지 틀린 말씀이 아니니까 무조건 아버지께서 하라는 대로 하자' 하는 생각을 하였습니다. 그런데 아버지께서도 매일 새벽 4시 30분에 일어나 하루 일을 준비하시는 데 단 하루도 게으름을 피우시지 않으셨습니다. 아버지는 그렇게 자식들에게 근면, 성실하게 사는 참모습을 직접 몸으로 묵묵히 보여주셨습니다.

뿐만 아니라. 제가 1만 권의 독서를 꿈으로 발견한 후 독서를 중단하지 않고 꾸준하게 지속적으로 할 수 있었던 것도 아버지로부터 물려받은 유산입니다. 즉, "무슨 일을 하다가 중간에 그만둘 바에는 아예, 처음부터 시작을 하지 마라! 그리고 만약 무슨 일이든 시작을 했으면 어떤 일이 있어도 끝장을 봐라"는 가르침 덕분입니다. 따라서 저도 자식들에게 공부해라! 공부해라! 강요할 것이 아니라 제가 먼저 솔선수범하여 말없이 책을 열심히 읽으면 언젠가는 자식들도 책을 읽겠지 하는 마음으로 죽는 날까지 열독을 할 것입니다. 아울러 각 분야별로 명저만을 고르고 골라 구입해서 읽은 고전을 유산으로 물려줄 것입니다. 또한 제가 책을 열심히 읽고 그 흔적으로 명언 모음집, 개념노트, 사례모음집, 독서노트, 필사노트 등을 작성하여 책과 함께 유산으로 물려줄 것입니다.

그리고 먼 훗날 제가 지구별을 떠나고 없더라도 저의 흔적과 채취를 통해 자자손손 독서명문가로서 가풍이 이어져 가기를 간절하게 바라는 마음입니다. 또한 제가 읽은 책에 연필로 밑줄을 긋고 형광펜으로 칠하고 포스트잇을 붙여 나의 흔적을 남겨둠으로써 자식과 손자들에게도 아버지로서 그리고 할아버지로서 채취를 느낄 수 있도록 할 것입니다.

지적으로 나이 들기

2019년 통계청에서 발표한 한국인 평균 수명 및 기대수명 자료에 의하면 평균 기대 수명이 83.3세라고 합니다. 따라서 평균수명이 늘어난 현대인에게 은퇴 후 삶은 또 하나의 기회가 되고 있습니다. 아울러 은퇴 후 삶을 어떻게 사느냐에 따라 소중한 기회가 될 수 있는가 하면 그냥 아무 의미없이 지나가는 세월이 될 수도 있습니다.

사우나에 오시는 손님 중에 78세 되는 어르신이 계십니다. 그런데 어느 날 그 분께서 얼음방에서 책을 읽고 있는 저에게 다가오시더니 푸념을 하셨습니다. 어르신께서는 22년 전인 56살에 퇴직을 하셨는데 퇴직을 할 당시에는 중국어 공부를 해야지 하고 생각을 했다고 합니다. 그러나 중국어 공부는 커녕 아무 공부도 하지 않은 체 어영

부영하다가 22년의 세월이 흘러 버렸다고 아쉬움을 털어놓았습니다.

그리고 퇴직 후 22년 동안 오로지 매일 사우나에 다닌 것 밖에는 한 일이 없어서 후회가 막심하다고 하였습니다. 그러면서 저처럼 공부를 할 것인데 하면서 미련과 아쉬움으로 한탄했습니다.

이렇게 100세 시대에 정년퇴직 후에도 20년 이상 넘는 황금 같은 시간이 우리들을 기다리고 있습니다. 그렇다면 이 황금 같은 시간을 어떻게 사용할 것인가?

그저 하루하루 놀면서 삼시세끼 밥만 먹고 아무것도 하지 않은 채 무의미하게 늙어만 갈 것인가? 아니면 무엇인가 의미와 가치 있는 새로운 일을 찾아 인생을 뜻있고 보람 있게 보낼 것인가? 와타나베 쇼이치는 자신의 저서 ≪지적으로 나이 드는 법≫에서 "오늘 마시는 한 잔 술은 순간의 즐거움으로 그치지만, 오늘 저녁의 개인적인 투자는 훗날 지적 자극이 넘쳐 나는 여생의 밑거름이 된다."라고 했습니다. 아울러 "은퇴한 후에 남성들은 텔레비전 앞에 앉아 있는 시간이 많아진다. 전에는 아내들이 즐겨보던 드라마를 이제 남편들이 더 즐겨본다. 텔레비전만 쳐다보는 여생은 너무나 안쓰럽다." 면서 황혼이혼을 당하는 원인 중 하나가 비로 이런 모습 때문이라고 했습니다.

아울러 와타나베 쇼이치는 ≪지적으로 나이 드는 법≫을 통해 지적 여생을 보내기 위해 삶에서 놓지 말아야 할 50가지를 주장하면서 "누구나 태어나는 순간부터 나이 들고 늙어간다. 그것은 인간이라는 유한한 생명체에게 주어진 어쩔 수 없는 운명이다. 하지만 누군가는 나이가 들수록 끝없이 배우고 성장하며 멋지게 사는 반면, 누군가는 일상에 치여 젊은 날을 허우적거리며 보내다가 은퇴와 함께 의미 없이 무너진다. 생이 다하는 날까지 품격 있게 행복한 삶을 살 것인가, 죽음의 순간을 기다리며 하루하루 무의미하게 보낼 것인가? 우리는 그 해답을 지적 생활에서 찾을 수 있다. 지적 욕구와 배움에 대한 열망은 인간의 본능이며, 지의 열정에는 나이가 없기 때문이다. 이 책은 인생의 후반을 만족스럽고 멋지게 보내기 위해 죽을 때까지 놓지 말아야 할 것들이 무엇인지 곰곰이 생각해보게 한다.” 라고 말하고 있습니다. 특히 “두뇌를 단련시키는 가장 좋은 방법으로 독서가 최고다. 독서는 뇌세포를 연마시키고, 정신적 활기를 되찾아 주는 가장 단순하고 빠른 방법”이기 때문에 노년에 독서를 하라고 권하고 있습니다.

그렇습니다. 100세 시대에 은퇴하고도 남은 시간 20~30년 동안 무엇을 할 것인가? 아무 의미 없이 바보상자를 보면서 시간을 헛되게 보낼 것인가? 아니면 그동안 먹고살기 바빠서 읽고 싶어도 읽지 못했던 다양한 책들을 읽고 지적으로 늙어갈 것인가? 나는 책을 읽고 지식의 바다에 흠뻑 빠져 나를 성찰하고 인생을 관조하면서 지적으로 나이 들고 싶습니다.

독서 명문가 만들기

한때, 지방자치 시대를 맞이하면서 각 지방자치단체마다 관광객을 유치하기 위해 볼거리, 먹거리, 즐길 거리를 등을 앞다투어 개발하였습니다. 이러한 시대적 흐름에 부응하여 명문세도가 후손들도 덩달아 전시관, 기념관을 건립하였습니다. 당시에 전시연출전문회사에서 근무하고 있었던 저는 명문세도가들의 전시관 건립 사업에 참여할 기회가 있었습니다. 그런데 전시관 건립을 위해 기초적인 자료조사 및 유물조사 등을 하면서 명문가문들은 우리들의 평범한 가문하고 는 다른 점을 발견하였습니다.

첫째, 명문가문은 집안 대대로 내려오는 가훈이나 가풍이 있었습니다. 그리고 후손들은 조상 대대로 내려오는 가훈과 가풍을 정성을 다해 받들고 따랐습니다. 둘째, 명문가문은 조상으로부터 물려받은 유물이나 유품을 잘 보관하고 후손에게 물려주어 후손들이 유물을 통해 조상들의 얼을 되새기며 후손으로서 무한한 자긍심을 가지고 있었습니다. 그런데 이와 같은 덕망 있는 명문가문들은 아주 오래 전부터 조상님들께서 후손들을 위해 명문가의 기초를 다지고 씨앗을 뿌렸다는 것입니다.

최효찬 작가가 쓴 ≪5백년 명문가의 자녀교육≫을 보면 "풍산 류씨, 서애 유성룡 가문에서는 자녀들을 평생 책 읽는 아이로 키워라고 하고 있으며, 해남 윤씨, 고산 윤선도 가문은 자녀를 '문화의 바다'에 빠뜨리라"고 하였습니다. 또한 최효찬 작가의 ≪5백년 명문가의 독서교육≫은 조선 최고의 학자 이황 가문, 최고의 문장가 최치

원 가문, 조선의 독서왕 김득신 가문, 조선 최고의 책벌레 이덕무 가문 등의 가문처럼 후대에 훌륭한 인재를 배출한 것은 선대 조상들의 독서에 대한 노력의 결과라고 하였습니다. 저는 비록 이와 같은 명문가문의 선 대조와 비교할 수는 없지만 자식을 사랑하는 마음이나 후대를 생각하는 마음만큼은 절대로 부족하지 않다고 자부합니다.

사랑하고 존경하는 나의 부모님께서는 근면, 성실의 중요성에 대해서 평생을 강조하셨으며 직접 몸으로 모범을 보여주셨습니다. 이러한 부모님의 가르침을 이어받아 저는 사랑하는 딸과 아들에게 독서의 소중함을 일깨워주고 독서의 생활화를 통해 독서명문가로서 초석을 다져나가 손자손녀들도 독서하는 습관이 되어 독서가 생활화하기를 간절하게 바랍니다. 아울러 폭넓고 깊이 있는 독서로 의식이 성장하고 확장되어 창의적이고 진취적인 사고로 시대를 리드하는 리더가 되어 대한민국과 세계를 위해 봉사하고 공헌할 수 있기를 기원합니다. 이렇게 저는 독서명문가를 만들기 위해 초석을 다진다는 마음으로 씨앗을 뿌릴 것입니다.

운명이다!

지금에 와서 생각해보면 작가는 나의 운명인지도 모르겠습니다. 53살에 삶의 위기를 맞기 이전 회사를 다니고 있을 때 퇴직 후 제 꿈은 작가였기 때문입니다. 아내와 대화를 하다가 아내가 가끔 당신은 퇴직하면 무엇을 할 것이냐고 물어보면 한순간도 머뭇거리지 않고 책을 쓰고 싶다고 했습니다. 삼류소설같은 이야기입니다만 당시에 나는

"동해안 바닷가 푸른 언덕 위에 그림 같은 하얀 집을 짓고 매일 아침에 붉게 타오르는 태양을 맞이하면서 하루를 시작하여 바닷가를 바라보면서 책을 읽고 책을 쓰고 싶다"고 했습니다.

그러나 53살에 갑자기 삶의 위기를 맞는 바람에 소중하게 간직했던 꿈이 물거품이 되고 말았습니다. 그렇지만 '1만 권의 독서'를 시작하면서 다시 가슴속 저 깊은 곳에 잠자고 있던 작가의 꿈이 다시 꿈틀거리고 깨어났습니다. 그렇기 때문에 절망의 늪으로 곤두박질친 운명 앞에서 '이대로 죽을 수 없다!'는 생각을 하였습니다. 그리고 세 신사가 되어 비지땀을 흘리면서도 꿈을 이루기 위해 필사적으로 책을 읽고 또 읽었습니다. 그런데 아무리 책을 읽고 또 읽어도 허기지고 채워지지 않는 부분이 있었습니다. 그래서 독서노트를 쓰기 시작했습니다. 독서노트를 쓰면서 폐부를 찌르고 온몸을 전율케 하는 수많은 명문장을 만났습니다. 그럴 때마다 저는 저 자신도 모르게 명문장에 홀딱 반해 탄성을 자아내고 있었습니다. 아울러 어떻게 하면 저런 문장이 탄생할 수 있을까? 하는 의문을 가지게 되었습니다.

그래서 신영복 선생의 《감옥으로부터의 사색》과 정호승 시인의 시집 《외로우니까 사람이다》와 산문집 《내 인생에 힘이 되어준 한마디》 그리고 톨스토이의 《살아갈 날들을 위한 공부》 등을 손글씨로 필사를 하면서 나도 작가가 되고 싶다는 간절한 마음이 뜨겁게 솟구치기 시작했습니다. 53살에 삶의 위기를 맞아 나를 찾아 떠난 여행에서 1만 권의 독서라는 꿈을 발견하고 꿈을 이루기 위해 필사적으로 독서를 한 지 벌써 10년의 세월이 지나갔습니다.

아울러 꿈도 이루고 건강도 회복하고 파탄 직전의 가정 경제를 살려야겠다는 일념으로 세신사가 되어 인생 2막을 시작하여 창살 없는 감옥과 같은 생활을 한 지도 벌써 6년이 지났습니다. 저는 인생 1막에서 정들고 익숙한 모든 것과 결별을 하고 모든 것을 내려놓고 가장 낮은 곳에서 새롭게 태어난다는 각오로 살아왔습니다.

때로는 미치도록 사랑하는 가족과 형제들이 보고 싶고, 친구들이 그리웠습니다. 하지만 혼자 있는 시간을 오롯이 제 자신을 성찰할 수 있는 기회로 삼기위해 참고 또 참았습니다. 아울러 혼자 있는 시간을 더욱더 의미 있고 가치 있게 보내기 위해 사우나 라커룸 한 쪽 구석 얼음방에서 사용하다 버린 세신대를 책상으로 삼아 책을 읽고 책을 쓰고 있습니다.

이 책은 53살에 1만 권의 독서를 꿈으로 간직하고 꿈을 이루기 위해 지난 10년 동안 2천 권의 책을 읽고 삶에 적용하면서 깨달은 내용을 한 권의 책으로 엮은 삶의 투쟁기이며 자기혁명기입니다. 아울러 제가 53살의 나이에 삶의 위기에서 운명적으로 책을 만나 잃어버렸던 꿈을 다시 찾고, 나를 발견하며 독서를 통해 꿈을 이루어 가는 과정에서 직접 몸으로 체험했던 것을 사실적으로 기록하였습니다. 그리고 1만 권의 독서를 시작한 후 10년 동안 제가 어떤 책을 어떻게 읽고, 쓰고, 삶에 어떻게 적용했으며, 그 결과 잠자던 저를 깨우고 의식을 확장시켜 제 자신을 어떻게 변화시켰는지에 대해서 사실적으로 썼습니다.

CHAPTER4

내가 읽은 책이 나를 만든다

13

나를 성장 시켜주는 독서

"시간이 없어서 책을 못 읽는 사람은 시간이
있어도 여전히 책을 읽지 못한다."
–맹자–

1만 권의 독서!

저는 지금으로부터 11년 전인 2010년 2월 25일 대둔산 자락 장대골
로 나를 찾아 여행을 떠났습니다. 그리고 책과 운명적으로 만나 '1만
권의 독서'를 꿈꿨습니다. 당시에 저는 전시연출전문회사에서 임원으
로 근무하고 있었습니다. 대학 졸업 후 전시분야에서 약 25년 넘게
근무해왔습니다. 전시연출전문회사란 박물관, 과학관, 역사관, 전시
관, 엑스포, 테마파크 등의 전시연출 기획, 설계, 디자인 및 전시물
제작 설치 등을 주 업으로 하는 회사입니다. 따라서 이와 같은 프로
젝트를 원활하게 진행하기 위해서는 관련 도서와 자료는 물론 국내
외 유사시설을 벤치마킹한 후 분석하고 검토하여 차별화되고 독창적
이며 품격 높은 전시관을 건립해야 했습니다.

그러므로 공부를 하지 않고서는 프로젝트 자체를 수행할 수가 없었습니다. 따라서 거의 매일 책과 관련 도서와 자료는 물론 국내외 유사시설을 벤치마킹한 후 분석하고 검토하여 반영하였습니다. 뿐만 아니라, 열악한 중소기업의 특성상 각 분야별로 전문 인력이 턱없이 부족하기 때문에 기획, 홍보, 디자인, 기술개발 등 업무에 필요한 부분은 전공을 불문하고 공부를 해서 회사 업무를 진행해 나가야 했습니다. 따라서 저는 제 고유의 업무(관리부장) 외에 전시연출기획 및 영업 및 진열장 개발 등 담당 업무를 불문하고 업무를 진행해야 했습니다.

심지어 진열장 특허 출원 및 전시조명, 박물관 환경 시스템, 수장고 시스템 등에 관련해서도 도서 및 자료를 읽고 숙지하여 과업 진행 시 시방서 기준을 과업에 충실하게 반영하여 준공검사에 차질이 없도록 하기도 하였습니다.

이렇게 매일 책과 자료를 보는 일이 하루 일과중 절반을 차지하였습니다. 따라서 아무리 책을 못 봐도 한 달에 20~30권의 책을 봐야 업무를 원활하게 추진할 수 있었습니다. 그러므로 1년이면 최소한 200~300권의 책을 봐야 했습니다. 따라서 25년 넘게 근무하는 동안 5천 권 이상은 족히 책을 봤을 것입니다. 그렇기 때문에 남은 내 인생에 5천 권의 책을 읽으면 1만 권의 책을 읽을 수 있겠다는 생각에서 1만 권의 독서를 꿈꿨습니다. 그런데 어찌 된 영문인지 프로젝트가 종결되고 나면 거의 머리에 남은 것이 없이 까맣게 잊어버렸습니다. 이렇게 저는 책의 소중함을 모르고 단지 일을 하는 데 자료적 가치로서 밖에 생각하지 못했습니다. 따라서 독서의 유익에 대해 전혀 모르고 살았습니다. 그리고 나를 찾아 떠난 여행에서 책의 새로운 가치와 소중함을 깨달았습니다.

아울러 제가 '1만 권의 독서'를 꿈으로 정한 배경은 고염무의 "독서만권(讀書萬卷) 행만리로(行萬里路)" '만 권의 책을 읽고, 만 리 길을 다녀라'라는 말에서 착안했습니다. 저는 이 말을 책을 읽고 지혜와 지식을 습득한 후 삶에 적용하면서 오감으로 체득하는 공부가 진짜 살아있는 공부라는 것을 알기 때문입니다. 따라서 저는 죽는 날까지 1만 권의 책을 읽고, 만 리 길을 여행하며 책에서 보고, 깨달은 것을 삶에 적용하고 실천하면서 온몸으로 체득하며 살아갈 것을 남은 인생에 마지막 꿈으로 간직했습니다.

삶에 변화가 필요할 때는 독서를 하라

오늘보다 더 나은 내일을 위해 삶의 변화를 원하는 독자께서는 무엇을 생각하십니까? 제가 지난 10년 동안 삶의 위기와 절망의 늪에서 직접 몸으로 체득한 경험으로는 독서보다 더 나은 방법은 없다고 생각합니다. 일단 내가 생각하는 목표와 부합하는 책을 선택해서 읽다 보니 나도 모르게 서서히 내가 원하는 방향으로 조금씩 변하게 되었습니다. 저는 53살이라는 늦은 나이에 1만 권의 독서를 꿈으로 발견한 후 독서를 시작했습니다. 나쁜 생활 습관이 골수에까지 깊게 박힌 나이에도 불구하고 독서를 통해 저 자신을 180도 확 바꾸었습니다. 나를 찾아 떠난 여행에서 1만 권의 독서라는 꿈을 안고 집으로 돌아온 저는 한 권, 두 권씩 읽기 시작하여 열 권, 백 권, 이백 권 독서량이 늘어나면서 저도 모르게 조금씩 변해가는 저 자신을 발견할 수 있었습니다.

이렇게 독서를 시작해서 한 달이 지나고 6개월이 지나면서 조금씩 독서에 재미를 느끼기 시작하였습니다. 그렇게 재미를 붙인 후 목적 있는 독서를 통해 한 단계 성숙된 독서를 할 수 있었습니다. 이렇게 독서를 하다 보니 어느 새 1년이라는 시간이 눈 깜박할 사이에 훌쩍 지나가 버렸습니다. 그리고 우연한 기회에 나 자신이 1년 동안 꾸준하게 읽은 독서로 인하여 매사에 생각이 긍정적으로 바뀌었다는 것을 발견하게 되었습니다. 그러더니 모든 일에 자신감이 생기고 도전해보고 싶은 열정이 솟구쳤습니다.

한편, 저는 독서를 하기 전에는 성격이 매우 급하고 직선적이며 자기중심적인 사람이었습니다. 따라서 회사에서는 직원들에게 따뜻한 마음으로 이끌어 주는 리더보다 잔소리와 꾸지람을 많이 하는 못된 상사였습니다. 또한 집에서는 자상하지 못하고 직설적인 말투와 버럭버럭 화를 잘 내는 바람에 아내와 아이들은 나만 보면 숨이 콱! 막힐 지경이라고 했습니다. 결국 아이들은 나만 보면 슬금슬금 눈치를 보기 일쑤였고, 심지어 아내는 우울증 약을 복용할 지경이었습니다. 저는 이 정도로 괴팍한 성격과 자기중심적인 제가 서로 생각의 차이를 인정하며 배려할 줄 아는 성숙된 인간으로 확! 뜯어 고쳤습니다.

또한, 매사에 완벽만을 추구하고 요구하던 내가 주변 사람들의 실수를 보고 그럴 수도 있지 하면서 웃어넘기는 여유가 생겼습니다. 또한, 모든 것을 남의 탓만 하던 제가 내 탓이라고 내 잘못을 인정하기 시작했습니다. 그리고 나와 다른 생각을 하는 사람은 모두 틀렸다고 생각했던 제가 틀린 것이 아니라 저와 생각이 다르다는 것을 이해하고 인정하게 되었습니다. 아울러 독서량이 점진적으로 늘어나면서 '일독일행'을 생활화하자 제 자신의 변화가 눈에 보이도록 달라졌습니다. 엄청나게 급한 성격이 아주 차분한 성격으로 변화하면서 마음의 여유가 생기면서 항상 평온하고 안정된 생활을 하게 되었습니다. 그리고 독서량의 증가와 함께 의식이 확장되면서 사고력이 향상되고 생각의 깊이가 달라졌다는 것을 느낄 수 있었습니다.

내 삶에 변화가 필요하다고 느낄 때 한 권의 책을 손에 들고 책장을 한 페이지, 두 페이지 읽다 보면 어느 순간에 새로운 변화가 찾아올 것입니다. 삶의 변화는 엄청난 사건에서 이루어지는 것이 아니라 아주 조그만 행동의 변화부터 시작됩니다. 아무리 좋은 생각 좋은 목표도 생각으로는 절대 변화가 일어나지 않습니다.

내 인생 최고의 여행

구순을 눈앞에 둔 어머니께서 갑작스럽게 쓰러지신 바람에 119를 불러 홍익병원 응급실로 모셨다. 3일동안 정밀검사결과 담낭암 말기라는 청천병력같은 판정을 받았습니다. 그럼에도 불구하고 병원 측에서는 어머니께서 연로하시기 때문에 아무것도 해줄 것이 없다고 하였습니다. 아울러 과장님께서는 길어야 한 달 아니면 15일 이내에 운명하실 수 있기 때문에 마음의 준비를 하라고 하셨습니다. 평온했던 우리 가족은 갑작스런 비보에 비상이 걸렸습니다. 저는 자식으로서 얼마 남지 않은 삶이지만 어머니를 위해 무엇을 어떻게 해드리는 것이 최선을 다하는 길일까? 고민을 하다가 엘리자베스 퀴블러 로스의 ≪인생수업≫과 오츠 슈이츠의 ≪죽을 때 후회하는 스물 다섯가지≫을 구입해서 책을 뒤졌습니다. ≪인생수업≫은 20세기 최고의 정신의학자이자 호스피스운동의 선구자인 엘리자베스 퀴블러 로스가 죽음을 앞둔 사람들을 인터뷰한 것을 토대로 쓴 책이였습니다. 그리고 ≪죽을 때 후회하는 스물 다섯가지≫는 호스피스 전문의인 오츠 슈이츠가 죽음을 눈앞에 둔 말기 암 환자 1000명이 남긴 마지막 후회들을 모아서 펴낸 책입니다.

저는 이 두 권의 책을 읽고 어머니에게 마지막 소원이 무엇이냐고 여쭈었습니다. 그랬더니 시골집(전남 곡성)에 한 번 다녀오면 죽어도 소원이 없겠다고 하셨습니다. 따라서 저는 어머니의 마지막 소원을 들어 드리기 위해 과장님께 계획을 말씀 드렸습니다. 처음에는 안된다고 말씀하시던 과장님께서는 엠블런스를 타고 간호사를 대동해서 다녀오는 조건으로 허락을 하셨습니다. 이렇게해서 저는 시골집에 다녀오는 도중에 엠블런스 안에서 운명을 맞이할 수도 있는 위험을 무릅쓰고 어머니를 모시고 고향으로 내려갔습니다. 꿈속에서도 그리워했던 고향 시골집에 도착한 89살 노모는 시골집을 보시고는 한없이 눈물을 흘리셨습니다. 그리고 서울로 상경 후 15년 만에 만나는 동네 이웃과 친척들의 손을 잡고 하염없이 눈물을 흘리셨습니다. 건강하실 때 모시고 내려오지 못하고 어머니의 생전 마지막 길에 모시고 내려온 불효가 심장을 갈기갈기 찢었습니다. 어머니께서는 다시 볼 수 없는 고향이 얼마나 그리우셨는지 하룻밤만 고향에서 자고 서울로 가자고 하여 부랴부랴 시골 병원을 물색해서 입원을 하였습니다.

그런데 생사를 다투는 허약한 몸에 너무 무리한 고향 방문이었는지 밤새워 진통이 와서 잠을 주무시지 못하셨습니다. 다음날 그리고 그 다음날도 서울로 출발하지 못했습니다. 고향에서 돌아가시고 싶어서 마지막으로 이 길을 선택하셨나? 하는 생각이 들었습니다. 그렇게 고향에 내려와 시골 병원에 입원한 지 꼬박 일주일 만에 조금 기력을 찾으셨습니다. 간신히 기운을 차리신 어머니께서 다시 서울 병원으로 올라가자고 하셨습니다. 저는 다시 엠블런스를 불러 간호사를 대동하여 서울 홍익병원으로 출발을 하였습니다. 비상등과 경고등을 켜고 삐~뽀 삐~뽀 소리를 내며 달리고 또 달렸습니다. 아울러 도로 위에서 운명하시는 불효를 당하지 않기 위해 간절히 빌고 또 빌면서 국도를 달리다가 고속도로를 달리다가 때로는 고속도로 갓길을 달려 온몸이 땀으로 범벅이 되고 나서야 서울 홍익병원에 무사히 도착하였습니다. 그렇게 생사를 넘나드는 위험을 무릅쓰고 고향을 다녀오신 어머니께서는 꼬빡 3일 낮, 밤을 주무시고 깨어나셨습니다. 깊은 잠에서 깨어나신 어머니께서는 '아~들' 하고 저를 부르시더니 내 손을 꼭 붙잡으시고는 우리 아들 최고! 하시면서 이제는 죽어도 여한이 없다고 말씀하셨습니다. 그리고 일주일 후 어머니께서는 생신을 세시고 3일 후에 지구별을 떠나셨습니다.

이렇게 저는 구순 노모를 간병하면서 두 권의 책을 읽고 깨달아 죽음을 눈앞에 둔 어머니를 모시고 평생에 잊지 못할 내 인생에 최고의 여행을 어머니와 함께 했습니다. 그리고 저는 어머니의 죽음을 통해 삶과 죽음의 경계는 찰나의 순간이라는 것을 두 눈으로 확인하였습니다. 아울러 한 번뿐인 인생을 헛되게 살아서는 안 되겠다는 것을 다시 한 번 깨달았습니다. 한편 어머니의 장례를 치루고 허전한 마음 달랠 길이 없어 멍 때리고 있는 나에게 다가온 책이 원재훈 작가의 ≪네가 헛되이 보낸 오늘은 어제 죽은 이가 그토록 그리던 내일이다≫입니다. 이 책은 코코 샤넬, 로맹가리, 니코스카잔차키스, 헬렌 켈러, 마더 테레사 등 49인이 삶의 목표를 이루기 위해 자신의 삶을 완전히 불태운 사람들이 지상에 남기고 간 마지막 한마디를 모은 책입니다. 그들은 언제나 자기 삶의 주인이었고 그래서 생의 단 한순간도 헛되게 보내지 않았습니다. 따라서 이 책은 저에게 "내가 헛되게 보낸 오늘은 어제 돌아가신 어머니가 그토록 살고 싶어 했던 내일이었다.' '아들아! 이 엄마처럼 사람은 언젠가는 죽는다. 따라서 앞으로 삶을 살 때는 오늘이 생에 마지막 날인 것처럼 순간순간 모든 일에 최선을 다해 사는 것이 후회 없는 삶을 사는 것이란다."라는 메시지를 영혼이 되어서도 사랑하는 아들에게 마지막 교훈을 주셨습니다.

내 인생의 발자취

사랑하는 나의 아들이 읽은 책 중에서 가장 감동적이라고 하여 무슨 내용인지 궁금해서 펼쳐 든 책이 랜디 포시가 지은 ≪마지막 강의≫입니다. 이 책은 세 명의 어린 자녀와 사랑하는 아내를 둔 마흔일곱 살의 대학교수가 췌장암으로 시한부 인생을 선고 받은 후 감동적이고 눈물겨운 마지막 강의 내용을 엮은 책입니다. 랜디 포시는 카네기 멜론대학 컴퓨터공학 교수였습니다. 그는 췌장암이라는 시한부 인생을 선고받고도 좌절하지 않았습니다. 그는 좌절만 하고 있기에는 남은 시간이 너무 짧았고 사랑하는 가족과 아끼는 제자들과 얼마 남지 않은 시간을 뜻깊게 그리고 가치 있게 보내기를 원했고 끊임없이 고민했습니다. 아끼는 제자들에게 가르쳐줘야 할 많은 것들을 전하기엔 시간이 짧았기에 수없이 고민하고 생각했습니다.

또한 살면서 부딪히게 될 수많은 걸림돌들을 헤쳐 나가는 방법에 대해 가르쳐주길 원했습니다. 그러면서도 사랑하는 자녀들이 자라면서 아버지의 존재가 빈자리로 남게 되는 것이 그를 괴롭고 고통스럽게 했습니다. 자신이 죽는 것보다 자녀들이 아빠를 잃고 슬퍼할 것을 생각하니 더 가슴이 아프고 안타까웠습니다. 그런 슬픔 속에서도 랜디 포시는 마지막 강의를 준비했습니다. 동료 교수와 제자들에게 삶에 있어서 장애물을 헤쳐 나가는 방법과 꿈을 이룰 수 있게 돕는 방법 그리고 모든 순간을 가치 있고 뜻있게 사는 방법들을 전하려고 했습니다. 특히 저자는 행복한 삶은 '지금 이 순간'이라는 것을 강조했습니다. 또한 오늘을 힘들게 살아가는 이들에게 용기를 심어주어 삶을 살아가는 즐거움을 전해주고 싶었습니다.

아들이 느끼기에도 랜디 포시의 마지막 강의는 남은 사람들에게 즐거운 삶이 무엇인지? 지금 하루하루가 얼마나 소중한지? 다시 한번 깨닫게 해주는 감동적인 강의였습니다. 아울러 만약 나에게 이와 같은 일이 벌어진다면 나는 사랑하는 가족을 위해 남은 시간 동안 무엇을 어떻게 해주는 것이 가장 의미 있고 가치 있는 것인지에 대해 깊이 고민하였습니다.

그리고 저는 자서전을 쓰기로 결심을 하였습니다. 2018년 회갑을 맞이하여 내가 걸어온 60년 동안의 발자취를 글로 써서 남기기로 하였습니다. 비록 내세울 것 하나 없는 민초의 일생이지만 A4용지 200쪽 분량의 자서전을 썼습니다. 그리고 출력해서 제본을 하면 한 권의 책이 될 수준으로 편집을 한 후 사랑하는 아내와 아들과 그리고 딸과 사위에게 전해주었습니다. 아울러 지난 60년 동안 걸어온 발자국을 돌아다보고 남은 인생에 대해 로드맵을 그렸습니다.

14

간절함이 나를 이끈다

"인생을 가장 짧은 시간에 가장 위대하게 바꿔줄 방법은 무엇인가?
현재까지 인류가 발견한 방법 가운데서만 찾는다면,
결코 독서보다 더 좋은 방법을 찾을 수 없을 것이다."
-워런 버핏-

어떤 책을 읽을 것인가?

저는 독서를 처음 시작한 사람에게 가장 중요한 것이 첫 책 선정이라고 생각합니다. 왜냐하면 삶의 변화를 위해 독서를 시작한 사람에게 첫 번째 펼쳐 든 책은 재미와 함께 제대로 동기부여가 되기 때문입니다. 나를 찾아 떠난 여행에서 1만 권의 독서라는 꿈을 안고 집으로 돌아와 맨 처음 손에 펼쳐 든 책이 데이비드 호킨스의 ≪의식혁명≫과 앤소니 드 멜로의 ≪깨어나십시오≫이었습니다. 그런데 기대와 설레이는 마음으로 손에 든 첫 책은 저를 완전히 실망을 시키고 말았습니다. 더구나 전혀 재미를 느낄 수가 없었습니다. 한마디로 말해 책을 읽기는 읽었지만 도저히 무슨 내용인지 알 수가 없었습니다.

아울러 1만 권의 독서에 대한 나의 각오마저 흔들었습니다. 53살이라는 녹슬고 노쇠해져 버린 머리는 생각하지 않고 어떤 책인 줄도 모르고 겁 없이 책을 손에든 것이 커다란 실수였습니다. 이렇게 독서를 막 시작하면서 첫 번째 책 선정에 실패를 한 후 독서에 대한 두려움과 함께 독서를 어떻게 해야 할지 고민에 빠졌습니다. 그러다가 안용식 회장님의 안내로 독서포럼나비에 참석하였습니다. 그리고 독서포럼나비에 참석한 첫날 최희수 작가의 《몰입독서》를 소개받았습니다. 따라서 독서모임을 마치고 집으로 돌아오는 길에 서점에 들러 책을 구입해 온 나는 《몰입독서》를 읽고 도서 선정에 대한 나의 무지함을 다시 한번 깨달았습니다.

그리고 독서를 처음 시작하는 독서 초보자는 자기 수준보다 난이도가 약간 낮은 책을 선정해서 읽는 것이 독서에 대한 자신감을 갖는데 매우 중요하다는 것을 깨달았습니다. 그런 다음 어느 정도 독서에 재미를 붙이고 난 후부터 독서 목적을 정하고 독서를 하면 책을 고르거나 선택하기가 매우 쉬워집니다. 왜냐하면 목적 있는 독서를 하다 보니 자연스럽게 계독(어떤 분야의 책을 읽으면서 연계된 도서를 읽어나가는 것)을 하게 되고 같은 주제에 대한 책을 1차적으로 인터넷에서 검색을 한 후, 주문도서 목록을 작성해 서점에 가서 최종적으로 검토한 후 도서를 구입했습니다. 이런 방법으로 도서를 고르고 선정해서 책을 읽다 보니 또한 자연스럽게 연계 독서가 되어 한 가지 주제를 가지고 넓고 깊이 있는 독서를 하게 되었습니다. 아울러 이런 방법으로 독서를 하다 보니 점진적으로 책을 읽는 속도도 빨라졌고 자연스럽게 자신감도 생겼습니다.

이와 같이 독서에 대한 기초 지식이 전혀 없는 상황에서 독서를 시작하는 사람에게는 맨 처음 어떤 책을 선정하느냐가 독서 성공에 결정적인 요인이 될 수 있다는 것을 절실하게 깨달았습니다. 따라서 독서를 통해 자기계발을 시작하시는 분께서는 책을 선정하실 때 자신의 수준에 맞고 재미있게 읽을 수 있는 책을 선정하시기 바랍니다. 아울러 가장 필요하고 좋아하는 분야의 책을 계속해서 여러 권 읽은 후 어느 정도 독서 습관이 들고 자신감이 생겼을 때 다른 주제의 책을 골라 읽으시기 바랍니다. 그렇게 하면 책 읽기가 쉬워질 뿐만 아니라, 내용도 잘 정리가 되고 기억에 남아 독서하는 보람을 느낄 수 있습니다.

꿈을 이루어 주는 오감 독서

나는 첫 도서 선정의 실패로 커다란 혼란을 겪고나서 독서포럼나비에 참석한 후 조금씩 독서에 재미를 붙이기 시작했습니다. 그런데 아무리 정신을 집중해서 읽어도 책을 덮고 나면 머릿속에 남은 것이 사라지고 말았습니다. 그러던 어느 날 독서포럼나비에서 백금산 작가의 《책 읽는 방법을 바꾸면 인생이 바뀐다》를 지정도서로 선정해 읽고 토론한 후 독서법에 눈을 번쩍 떴습니다. 그리고 안상헌 작가의 《생산적 책읽기 50》과 《생산적 책읽기 두 번째 이야기》는 독서의 효과적인 방법 뿐만 아니라, 재미있게 읽는 방법도 알게 되었습니다. 따라서 안상헌 작가의 이 두 권의 책은 저에게 독서법을 안내해 준 친절한 네비게이션이 되었습니다. 그리고 이어서 신영복 선생의 저서인 《감옥으로부터의 사색》과 정호승 시인의 산문집 《내 인생에 힘이 되어준 한마디》는 메마른 나의 감정에 푸른 새싹을 틔워주었습니다.

그리고 《책은 도끼다》의 박웅현 선생과 《무량수전 배흘림기둥에 기대어 서서》최순우 선생님 그리고 《나의문화유산답사기》의 유홍준 선생은 나로 하여금 온몸으로 느끼는 독서를 하도록 하였습니다. 《책은 도끼다》을 읽은 후 감은사에 취해 새벽에 책과 카메라를 챙겨서 차를 몰고 경주 감은사로 내려갔는가 하면, 《무량수전 배흘림 기둥에 기대어 서서》을 읽다가 늦가을 새벽녘에 승용차를 몰아 영주 부석사 무량수전으로 달려가기도 하였습니다. 이렇게 나는 《책은 도끼다》의 박웅현 작가와 《무량수전 배흘림기둥에 기대어 서서》 최순우 선생님 그리고 《나의 문화유산 답사기》의 유홍준 선생의 책을 읽은 이후에는 책 속의 현장으로 직접 달려가 작가의 시각으로 보고, 채취를 맡아보고, 느끼고, 현장에서 소리를 들어보고, 피부로 생동감 있게 접촉해 보았습니다. 이와 같이 한 권 한 권의 책을 읽고 현장으로 달려가 오감으로 독서를 하다 보니 저 자신도 모르게 독서삼매경으로 푹 빠져들고 말았습니다.

사람마다 각각 스타일과 취향이 다르겠지만 나는 책을 읽은 후 발로 뛰고 눈으로 보고 온몸의 감각기관을 다 살려서 하는 오감 독서야 말로 독서 중에 최고의 독서가 아닐까? 생각합니다. 중국 명말. 청초의 사상가 고염무가 주장한 "독서만권(讀書萬卷) 행만리로(行萬里路)"(만 권의 책을 읽고, 만 리 길을 다녀라)는 말은 단순히 앉아서 공부만 할 것이 아니라, 공부를 했으면 만 리 길을 걸어 다니면서 많은 것을 보고 많은 것을 느끼고 활용하고 적용하면서 온몸으로 체득한 공부야말로 최고의 공부라는 의미가 아닐까요?

≪읽는 만큼 나를 성장시키는 생존독서≫의 저자 김은미 작가는 "오감이 살아야 제대로 읽힌다"고 하면서 "자기 자신의 감정과 욕구에 충실한 사람만이 죽었던 오감을 되살려 인생의 참맛을 맛보고 즐기는 주인공의 삶을 살 수 있다. 보고, 듣고, 맛보고, 냄새 맡고, 느낄 수 있는 주체인 '자기'가 있어야 보고 싶고, 듣고 싶고, 먹고 싶고, 냄새 맡고 싶고, 느끼고 싶은 무언가도 떠오르는 것이다. 그래야 책을 읽고, 음악을 듣고, 그림을 보고, 영화를 볼 때 더 깊이 느끼게 되고, 깊은 공감을 통해 카타르시스를 느끼고 삶에 필요한 통찰을 얻게 된다." 고 하였습니다. 따라서 나는 답사기행문이나 고고, 역사 관련 도서를 읽고 감동을 받은 내용에 대해서는 책과 카메라를 들고 현장으로 달려갔습니다. 그리고 현장에서 작가의 시선으로 바라본 후 그 감동을 온 몸으로 느껴봤습니다. 이렇게 나의 시선으로 새롭게 보고, 깨닫고, 느낀 후 머리로 기억하고 가슴에 담고 온 몸으로 느끼는 오감독서야 말로 독서중에 최고의 독서라는 것을 절실하게 깨달았습니다.

필사로 기억력과 문장력을 높여라

많은 사람들이 독서를 하면서 힘들어하는 부분이 책을 읽기는 읽었는데 도대체 머릿속에 남은 것이 없다고 하소연을 합니다. 저 또한 독서법도 모르면서 독서를 시작한 입문기에는 마찬가지였습니다. 그런데 독서법과 관련된 책을 읽다 보니 독서 노트와 필사의 중요성에 대해서 많은 책들이 강조하고 있었습니다.

단 한 권을 읽어도 제대로 남는다는 《메모독서법》의 신정철 작가는 "수 십 권의 독서보다 한 권의 독서노트가 삶을 바꾼다."고 강조하면서 메모독서의 중요성을 역설하였습니다. 아울러 신정철 작가는 독서노트를 써야 할 이유에 대해 다음과 같이 설명하고 있습니다.

첫째, 기억에 오래 남는다.
둘째, 제대로 음미할 수 있다.
셋째, 제대로 생각할 수 있다.
넷째, 생각을 축적할 수 있다.
다섯째, 창의적인 생각을 할 수 있다.
여섯째, 실천하게 된다. 고 했습니다.

또한 송숙희 작가는 《공부습관을 잡아주는 글쓰기》에서 "최고의 공부는 글쓰기다" 라고 하면서 "잘 쓴 글을 베껴 쓰는 동안 어휘가 폭발적으로 늘어나며, 어휘력이 증폭되면 자신의 생각을 더욱 정교하고 더욱 설득력 있게 표현이 가능해집니다. 눈으로 읽을 때보다 베껴 쓰기를 할 때 어휘를 더 잘 기억하게 됩니다. 새로운 단어가 나오면, 그 단어가 하나가 아니라 문장 전체를 베껴 쓰기 때문에 활용법도 자연스럽게 익힐 수 있습니다. 베껴 쓰기를 하다 보면 한 편의 글을 완성하기 위해 동원된 재료를 파악하게 됩니다." 라고 했습니다.

따라서 저도 책을 읽고 나면 머리에 남은 것이 없어서 내 머리의 기억력에 대해 심각한 고민을 하다가 일단 독서 노트라도 한 번 써 봐야겠다고 생각하고 독서 노트를 쓰기 시작하였습니다. 처음에는 한 문장을 쓰기가 매우 힘들었는데 일주일이 지나고 한 달이 지나고, 석 달이 지나면서 조금씩 나아지더니 긍정적인 반응이 조금씩 나타나기 시작하였습니다. 베껴 쓰기를 하다 보니 집중력이 향상되면서 몰입의 기쁨을 느낄 때도 있었습니다. 뿐만 아니라, 베껴 쓰는 순간순간 문장 하나하나의 의미를 되새기다 보니 자연스럽게 조급한 마음이 안정이 되고 폭넓고 깊이 있는 생각을 하게 되었습니다.

또한 베껴 쓰기를 하다 보니 나도 모르는 사이에 내 마음이 정화가 되고 힐링이 되는 것을 느꼈습니다.

좋은 문장, 명언의 경우 베껴 쓴 후에 또 다시 한 번 문장이나 문구를 곱씹어 읽으면서 의미를 되새겨 보고 생각을 하는 과정에서 나 스스로를 되돌아보는 성찰의 기회도 되었습니다. 베껴 쓰기의 효과에 감동을 받은 나는 내가 읽은 책중에서 내가 꼭 기억해야 할 가치가 있는 문장이나 명언은 거의 대부분 베껴 쓰기를 하였습니다. 그렇다 보니 책 한 권을 읽는 시간보다 독서노트를 쓰는 시간이 더 걸릴 때도 있었습니다. 하지만 한 권의 책을 읽더라도 제대로 읽고 싶어서 베껴 쓰기를 생활화하였습니다.

　그리고 나는 한 발 더 나아가 책 한 권을 통째로 필사해보고 싶은 생각이 들었습니다. 그래서 레프 톨스토이가 지은 ≪살아갈 날들을 위한 공부≫와 고 신영복 선생님께서 지으신 ≪감옥으로부터의 사색≫ 그리고 정호승 시인의 산문집 ≪내 인생에 힘이 되어준 한마디≫와 시집 ≪외로우니까 사람이다≫ 를 통째로 베껴 썼습니다. 나는 매일 새벽 4시 20분에 일어나 뜨끈뜨끈한 물로 육신을 깨운 후 한 꼭지를 베껴 쓰면서 내 영혼을 깨웠습니다. 아울러 잘못 살아온 지난날을 반성하고 나 자신을 성찰하면서 '이대로는 죽을 수 없다!'는 생각을 수없이 하였습니다. 그리고 나의 나쁜 습관과 잘못된 생각을 모두 버리고 뜯어고쳐 자기혁명의 기회로 삼겠다는 각오로 베껴 쓰기를 하였습니다. 특히 화가 나고 분노가 치밀어 올라와 감정 컨트롤이 안되고 폭발할 것만 같을 때나, 머리가 복잡하고 정리가 안 될 때 내가 좋아하는 책을 보고 한 문장 한 단락을 손으로 베껴 썼습니다. 그러자 어느 순간 분노가 사라지고 마음이 편안하게 안정이 되면서 정신이 맑아졌습니다.

영혼을 따뜻하게 해준 독서

수많은 책들 중에는 사람의 마음을 아프고 슬프게 하는 책이 있는가 하면, 사람의 마음을 평온하고 편안하게 진정시켜주는 책이 있습니다. 또한 인간의 영혼을 피폐하게 파괴시키는 악서가 있는가 하면, 인간의 영혼을 따뜻하고 영롱하게 해주는 책도 있습니다. 포리스터 카터가 지은 ≪내 영혼의 따뜻했던 날들≫이라는 이 책은 저자가 부모님을 잃고 어린 나이에 체로키족 거주지 내 산속에서 할아버지 할머니와 함께 생활했던 어린 시절의 이야기를 엮은 자전적 소설입니다. 엄마 아빠가 없는 어린 작은 나무는 인디언 할아버지 할머니와 함께 깊은 산속에서 살아갑니다. 체로키족인 할아버지와 할머니는 손주인 '작은 나무'에게 세상을 보고 판단하는 지혜를 가르쳐주려고 많은 노력을 합니다. 아울러 할아버지와 할머니는 자신들이 죽은 뒤에 어린 작은 나무가 숲속에서 인디언으로서 자연과 함께 더불어 살아가는 방법과 필요한 것을 자연으로부터 얻는 방법 등에 대해서 가르쳐줍니다. 이때 필요한 양만큼만 자연으로부터 얻고 절대로 더 이상은 빼앗지 말라고 가르칩니다.

손자인 어린 작은 나무를 사랑하시는 할아버지와 할머니의 애틋한 사랑이 철철 넘쳐흐릅니다. 이 책을 읽다 보면 때로는 익살스러운 이야기에 배꼽을 잡고 함박대소를 할 때도 있지만 가끔은 가슴이 뭉클해지고 눈시울이 뜨거워집니다. 나는 이 책을 읽는 내내 나의 가슴과 영혼을 따뜻하게 해줬습니다.

한편 나는 가슴이 답답하고 어머니 생각이 하루종일 머릿속에서 떠나지 않을 때는 미치 앨봄이 지은 ≪모리와 함께한 화요일≫을 책장에서 꺼내 읽습니다. 바쁜 일 상속에서 영혼의 결핍을 느끼던 저자가 루게릭병을 앓으며 죽음을 앞두고 있는 노교수와 사랑하는 제자가 나눈 열 네 번의 대화를 엮은 책입니다. 저자와 은사인 모리 교수는 매주 화요일마다 세상, 가족, 죽음, 자기연민, 사랑 등을 주제로 함께 인생을 이야기 한다. 이 책은 살아있는 이들을 위한 열네 번의 인생수업입이다.

나는 이 책을 만나기 전에 구순 노모의 장례를 치렀습니다. 어머니께서는 담낭암 말기 판정을 받았으나 연로하다는 이유로 아무런 치료도 받지 못한 체 73일 동안 병원에 입원해 계시다가 90번째 생신을 지내시고 3일 후 영혼의 세계로 돌아가셨습니다. 어머니께서 병원에 입원해 계시는 73일 동안 간병인을 쓰지 않고 나와 아내와 누나 그리고 여동생이 번갈아 가면서 어머니를 간병을 했는데 나는 금요일 저녁부터 월요일 새벽까지 어머니 간병을 하였습니다. 그때 어머니와 평소에 나누지 못한 많은 이야기를 함께 나누었습니다. 죽음을 앞두고 있는 어머니와 그동안 우리들을 낳고 기르시면서 있었던 수많은 이야기를 하다가 때로는 웃다가 때로는 울다가 하면서 평생 동안 간직할 소중한 시간을 함께 보냈습니다. 그렇게 어머니와 여한 없이 많은 이야기를 나누었다고 생각했지만 장례를 치루고 나니 더 오랫동안 많은 이야기를 나눌 수 없다는 것이 가슴이 아팠습니다. 저는 가끔씩 어머니에 대한 그리움과 함께 나눈 대화가 머릿속을 스쳐 지나갈 때 책장에 꽂혀있는 ≪모리와 함께한 화요일≫을 뽑아 읽곤 합니다.

저는 이 책을 읽는 동안은 마치 어머니께서 돌아가시기 전에 병원에 입원해 계실 때 간병을 하면서 어머니와 마지막 순간까지 나누었던 수많은 이야기가 오버랩 되면서 순간순간 가슴을 뭉클하게 했습니다. 뿐만 아니라, 이 책은 살아있는 우리 모두에게 인생의 의미와 가치에 대해 깊이 성찰할 수 있는 기회를 주고 있습니다.

15

삶의 위기를 맞다

> "한 번 넘어졌을 때 원인을 깨닫지 못하면
> 일곱 번 넘어져도 마찬가지다. 가능하면
> 한 번만으로 원인을 깨닫는 사람이 되어야 한다."
> – '경영의 신' 일본 마스시타 고노스케 –

내 인생 최고의 강의

2013년 2월 초등학교 두 곳에 방과 후 교실 독서논술 강의안을 제출해 놓고 매일매일 들뜬 기분으로 기쁜 소식이 오기만을 목이 빠지게 기다리고 있었습니다. 그런데 갑자기 2월 22일 일산에 소재한 덕양구청어린이집 원장님으로부터 한 통의 전화가 걸려왔습니다. 올해부터 새롭게 시작하는 프로그램(독서논술)인 만큼 신경 써서 수업을 잘 진행해 달라는 말씀이었습니다. 사실 덕양구청어린이집은 지도안을 제출해 놓고 나이가 많고 남자이기 때문에 큰 기대를 하지 않았습니다. 전혀 기대를 하지 않은 어린이집에서 연락이 와서 기쁘기도 하지만 한편으로는 걱정이 되기도 하였습니다. 아울러 예순 살을 바라보는 나이에 어린이집 아이들(초등학교 1·2학년)에게 독서 논술을 가르친다는 것이 쉽지 않을 것이라는 걱정에 몇 날 며칠을 잠을 설쳤습니다. 그러나 부딪혀보지도 않고 포기할 수는 없었습니다. 일단은 부딪쳐 보고 해결 방안을 찾아야 했습니다.

2013년 3월 7일 드디어 내 생애 첫 어린이집 제자들과 만나는 뜻깊은 날입니다. 나는 수업 시간보다 30분 전에 덕양구청어린이집 주차장에 도착하였습니다. 먼저 원장선생님께 인사를 드린 후 담당 선생님의 안내를 받아 수업할 장소로 올라갔습니다. 잠시 후, 밖에서 떠들썩한 아이들의 소리가 들려왔습니다. 그리고 쿵쿵쿵 마루 계단을 뛰어 올라오는 소리가 들리는가 싶더니 어느새 문이 드르륵~~~하고 열렸습니다. 그리고 동시에 와~하는 함성을 지르며 아이들이 우르르 몰려 들어왔습니다.

뛰어 올라와서 숨이 가쁜지 헤~헤~ 하면서 입을 벌리고 혓바닥을 내민 채 숨을 헐떡거리더니 동시에 "선생님~! 선생님이 우리 독서 논술 선생님이에요?" 하는 것이었습니다.

초롱초롱하고 반짝반짝 빛나는 해맑은 눈동자로 나를 올려다보면서 조잘대는 아이들 모습이 너무나 사랑스럽고 귀여웠습니다. 아이들은 한참동안이나 내 주위를 빙빙빙 돌면서 천진난만한 모습으로 재잘재잘거리며 나에게 신고식을 종용했습니다. 나는 아이들 겁박에 그만 항복을 하고 내가 너희들의 독서논술 선생이라고 자백을 하고 말았습니다. 그러나 아이들은 자리에 앉아서도 무슨 모사를 꾸미는지 재잘재잘거리더니 갑자기 "선생님 결혼은 했어요? 선생님 몇

살이에요?" 하면서 뚱딴지같은 질문을 해댔습니다. 어린이들도 자신들의 질문이 황당하고 어이없는 질문이라는 것을 아는 지 하~하~하 웃으며 배꼽을 움켜잡았습니다.

이렇게 해서 덕양구청어린이집 독서 논술 수업 첫날 즐겁고 행복한 신고식을 마치고 수업에 들어갔습니다. 출석부를 펼친 후 사랑하는 아이들의 이름을 한 명 한 명 정성껏 불러 보았습니다. 그리고 가슴에 이 감동의 순간을 새겼습니다. 얼마나 간절하게 꿈꾸었던 선생님인가? 아이들과의 첫 수업은 흥분되고 감동적인 순간이었습니다.

그런데 본격적으로 수업을 진행하다가 1학년 어린이들 중 몇몇 어린이가 한글을 읽는 데 약간 서툰 어린이가 있다는 것을 발견하였습니다. 전혀 예상하지 못했던 문제라 순간적으로 저는 당황하였습니다. 어떻게 해야 하지? 고민을 하다가 책읽기 릴레이 게임으로 수업 방식을 바꾸어 진행했습니다. 다행스럽게도 아이들 모두가 재미있게 따라왔습니다. 등줄기에 식은땀이 주르르 흐르는 순간을 지혜롭게 넘기고 나니 안도의 한숨이 저절로 나왔습니다. 이렇게 시작한 일산의 덕양구청어린이집 독서 논술 수업은 빠르게 안정을 찾아갔습니다. 그리고 아이들과 2년 6개월 동안 내 평생 잊지 못할 추억의 수업을 하였습니다.

43년 만에 이룬 꿈!

2013년 3월 8일 서울영원초등학교 방과 후 부장님으로부터 방과 후 교실 독서 논술 수업을 해 달라는 전화를 받았습니다. 통화를 끝내는 순간 야~호! 하는 환호성이 나도 모르게 저절로 나왔습니다. 나는 즉시 강의지도안을 펴고 스톱워치로 시간을 제어 가면서 진행이 매끄럽지 못한 부분은 다시 수정하고, 순서도 바꾸면서 강의 준비에 만전을 기울였습니다. 드디어 2013년 3월 12일 서울영원초등학교 방과 후 교실 독서 논술 수업 첫날이 다가왔습니다. 얼마나 갈망했던 초등학교 선생님인가? 먹고 살기 위해 바쁘다 보니 초등학교 때 간직했던 꿈을 까먹게 잊어버리고 살았습니다.

그런데 56살이 되어 초등학교를 졸업하고 43년 만에 꿈을 이루기 위해 초등학교 정문 앞에 섰습니다. 잠시 후면 초등학교 교실에서 선생님의 자격으로 아이들 앞에 서서 수업을 하는 역사적인 날입니다. 두근두근 뛰는 심장과 셀레이는 가슴을 안고 아이들을 빨리 보고 싶은 마음에 수업시간 보다 한 시간가량 일찍 도착하였습니다.

보안관 아저씨에게 독서논술 강의를 하러 왔다고 하자 반갑게 맞아 주시면서 책상 서랍에서 출입증을 꺼내 주셨습니다. 내 사진이 부착되어 있는 출입증을 받으니 울컥하니 감정이 벅차 올라왔습니다. 출입증을 받고 나서야 내가 진짜로 강사가 되었다는 사실을 실감할 수 있었습니다. 나는 쿵쾅쿵쾅 뛰는 가슴을 안고 방과 후 강사들을 도와주는 코디실로 갔습니다. 코디 선생님과 인사를 나눈 후 출석부를 가지고 방과 후 교실 독서논술 강의실로 왔습니다. 그런데 강의실 입구에도 내 사진이 부착되어 있는 사인물이 예쁘게 제작되어 걸려 있었습니다.

나는 강의 준비를 넣어간 캐리어를 칠판 앞 선생님용 책상 위에 올려놓고 천천히 걸어서 교실을 한 바퀴 둘러보았습니다. 그리고 잠시 눈을 감고 이 자리에 설 수 있도록 나에게 지혜와 용기와 힘을 주신 신께 감사를 드렸습니다.

아울러 캐리어에서 지도안과 출석부를 꺼내 책상 위에 펼쳤습니다. 출석부에 적힌 아이들 이름 한 명 한 명씩을 호명하면서 아이들의 모습을 상상해 보았습니다. 이어서 칠판 중앙 상단에 분필로 수업 주제를 한 자 한 자 정성을 다해 적었습니다. 이때 수업을 시작하기 10분 전, 1학년으로 보이는 여자 어린이 3명이 교실 문 앞에서 저를 바라보더니 대뜸 "독서 논술 선생님 맞아요?" 하면서 물었습니다. 나는 귀엽고 당돌한 질문에 쏟아지려는 웃음을 꾹 참고 "응! 내가 독서 논술샘이야," 라고 대답을 했습니다. 그리고 "빨리 들어오세요." 라고 하자 아이들은 무엇이 신이 났는지 서로 얼굴을 쳐다보더니 깔~깔~깔~ 거리며 배꼽을 잡고 웃으면서 우르르 몰려 들어왔습니다. 뒤이어 2학년으로 보이는 아이들 4명도 동시에 우르르 몰려 들어오면서 "안녕하세요!" 라고 인사를 했습니다. 잠시 후 수강생 15명 전원이 참석을 했습니다. 잠시후 수업시작을 알리는 음악소리가 울려 퍼지자 아이들 스스로 독서논술 교재를 하나씩 꺼내 책상 위에 펼쳤습니다.

저는 어린이 한 명 한 명 이름을 부르면서 아이들과 눈도장을 찍었습니다.

그리고 출석을 부른 뒤 칠판에 제 이름 석 자를 큼직하게 적었습니다. 그런데 갑자기 1학년으로 보이는 한 어린이가 내 뒤통수에 대놓고 "선생님 결혼했어요?"라고 뚱딴지같은 질문을 해왔습니다.

그 순간 교실은 한바탕 깔~깔~깔 웃음바다가 되었습니다. 저는 아이들의 기대에 부응하기 위해 아직 장가를 못 갔다고 했습니다. 그러자 옆자리에 있던 아이가 "선생님 어디가 모자라서 장가를 못 간 것 아니에요?"라고 하면서 한 방을 날렸습니다. 그러자 교실 안은 또다시 까르르~ 까르르~ 자지러지듯 소리를 내면서 아이들이 포복절도를 하였습니다. 초등학교 1, 2학년 아이들은 웃는데 이유가 없었습니다. 세상 모든 것이 신기하고 재미있고 웃음거리였습니다. 그 속에 같이 있으니 나 역시 별것도 아닌 것에 함께 웃음이 터지고 배꼽을 잡아야 했습니다. 이렇게 시작한 서울영원초등학교 독서논술 수업은 걱정했던 것보다 훨씬 아이들 수준이 높았고 수업에 집중을 잘하여 재미있게 수업이 잘 진행되었습니다.

서울영원초등학교를 시작으로 출발한 초등학교 방과 후 독서논술 수업은 개화초등학교와 금백초등학교 그리고 양재초등학교로 수업이 늘어났습니다.

그러면서 초등학교 1, 2학년 때 만났던 어린이가 어느새 3, 4학년으로 성장한 모습을 보면 대견스럽기도 하면서 가슴이 뿌듯하였습니다. 그런데 3학년 때 만났던 어린이가 1년이 지난 후 4학년이 되자 영어, 수학 학원을 가기 위해 더 이상 독서 논술 수업을 들을 수 없다고 하면서 인사를 하고 어깨가 축쳐져 돌아서는 뒷모습을 바라볼 때는 마음이 아팠습니다. 어린이가 이제 막 독서 논술에 재미를 붙이고 책 속으로 흠뻑 빠질 결정적인 순간에 아이의 의견은 물어보지 않고 엄마가 독서 논술을 중단하고 영어, 수학 학원을 가라고 하니 어린이는 힘이 빠졌던 것입니다.

수업의 꽃

회사에 출근하랴, 업무로 출장을 가랴, 아이들 수업을 하랴, 정말로 눈코 뜰 새 없이 바쁜 시간을 보내다 보니 어느새 봄, 여름학기가 훌쩍 지나 가을학기가 되었습니다. 가을에는 초등학교 수업 중 수업의 꽃이라고 할 수 있는 공개수업이 있습니다. 아이들의 학부모님과 교장, 교감선생님 그리고 방과 후 부장님께서 참석한 자리에서 공개적으로 수업을 진행하는 것입니다. 뿐만 아니라, 제가 방과 후 강사로 소속되어 있는 울림교육연구소 선생님께서 오셔서 공개수업 전체를 캠코더로 촬영을 한 후 수업 전반에 관한 내용을 평가받는 날이기도 합니다.

따라서 태어나서 처음으로 공개수업을 하는 저에게는 엄청난 부담감과 긴장감을 주었습니다. 가장 먼저 공개수업 한 달 전에 강의지도안을 작성하여 학교에 제출해서 승인을 받아야 했습니다.

아울러 1시간 50분짜리 지도안을 가지고 스톱워치로 시간을 체크하면서 수차례 반복해서 리허설을 했습니다. 드디어 2013년 11월 19일 공개수업을 하는 날이 다가왔습니다. 공개수업 시작 시간보다 30

분 전에 도착하여 학부모님이 앉는 자리에 공개수업지도안과 강사 평가지를 펼쳐 놓았습니다. 공개수업을 시작하기 10분 전이 되자 학부모님들께서 한 분 두 분 교실로 들어오시기 시작했습니다. 학부모님들께 자리를 안내한 후 공개수업 내용과 함께 강사 평가지 작성 방법에 대해서도 설명을 드렸습니다. 잠시 후 공개 수업 시작을 알리는 음악이 흘러 나왔습니다. 그런데 얼굴이 화끈거리고 가슴이 쿵쾅쿵쾅 요동을 치기 시작하였습니다. 나는 아랫배에 힘을 준 후 호흡을 길게 들이마셨다 내쉬어 마음을 가다듬고 평상시 수업과 다름 없이 수업을 진행하였습니다.

그러자 잠시 후 마음이 서서히 안정을 되찾아 평상시와 같이 수업을 진행하였습니다. 그런데 문제는 평상시의 수업 시간보다 공개수업은 시간이 두 배 이상으로 소요된다는 사실입니다. 그렇다 보니 공개수업 경험이 없는 나는 시간에 쫓기면서 수업을 진행할 수밖에 없었습니다. 왜냐하면 공개수업이라 모든 어린이에게 질문과 답변의 기회를 주어야 하기 때문입니다.

따라서 수업에 참여한 어린이가 15명이니까 한 어린이당 질문과 답변에 2분씩만 해도 30분이라는 시간이 소요됩니다. 그렇다보니 아무리 공개수업 지도안을 잘 짠다고 해도 수업을 직접 진행하다보면 절대적으로 제한된 시간에 맞추어 지도안대로 진행을 하는 것은 불가능했습니다. 단 한 번이라도 경험이 있었다면 슬기롭게 잘 진행을 하였겠지만 처음이라 부족한 시간에 지도안에 충실하게 수업을 진행하다보니 진땀이 났습니다. 그런 가운데 어느새 1시간 50분이 쏜살같이 지나가 공개수업을 무사히 마쳤습니다.

이렇게 서울영원초등학교 공개수업을 시작으로 서울개화초등학교, 서울금백초등학교, 서울양재초등학교로 이어져 가을 내내 공개수업을 했습니다. 이때 공개수업을 하면서 느낀 것은 공개수업을 잘하고 싶은 마음에 열심히 수업 준비를 한 만큼 수업의 질도 높아진다는 사실과 나 자신도 많은 것을 배우는 좋은 기회가 되었습니다.

꿈 전도사

저는 나를 찾아 떠난 여행에서 발견한 '1만 권의 독서'라는 꿈을 이루기 위해 세미나, 강연, 독서모임 등을 찾아다니며 독서에 푹 빠졌습니다. 아울러 저는 꿈 전도사가 되어 꿈이 없는 어린이들과 청소년들에게 꿈을 찾아주고, 꿈을 이루는 방법을 알려주는 것도 의미 있고 가치있는 일이 되겠다는 생각을 하였습니다. 따라서 서울교육대학교 평생교육에서 실시하는 자기주도학습지도사 과정(1년)을 마치고 자기주도학습지도사 자격증을 취득하였습니다. 그리고 마침내 2013년 2월 중순 서울숭인초등학교에 방과 후 교실 자기주도학습 지도안을 제출한 후 심사가 무사히 통과되기만을 가슴 조이며 기다리고 있었습니다. 2013년 3월 13일 드디어 서울숭인초등학교 방과 후 교실 담당 선생님으로부터 전화가 왔습니다. 잘 준비하셔서 아이들을 잘 가르쳐 달라는 말씀이었습니다.

야~호! 감동의 순간이었다. 세상에 "꿈은 이루어진다!"는 말을 내가 직접 경험할 줄은 꿈에도 몰랐습니다.

2013년 3월 16일 서울숭인초등학교 자기주도학습 첫 수업이 있는 날입니다. 저는 수업 시간에 늦지 않기 위해 화곡동 집에서 아침 8시에 출발하여 오전 9시 서울숭인초등학교 주차장에 도착하였습니다.

저는 승용차 트렁크에서 수업시간에 사용할 스크린과 빔 프로젝트와 노트북 및 수업자료가 들어있는 캐리어를 꺼내 양손에 들고 끙끙대면서 학교 정문으로 갔습니다. 보안관 아저씨께서 무슨 일로 왔냐고 물어보길래 자기주도학습 강의를 하러 왔다고 했습니다. 그러자 보안관 아저씨께서는 책상 서랍에서 내 사진이 부착되어 있는 출입증을 꺼내 주었습니다. 저는 출입증을 받아 목에 걸고 강의실을 향해 발걸음을 옮겼습니다. 2층에 있는 교실로 막 들어가려고 하는데 출입문에 예쁘게 만든 자기주도학습 한상선 선생님이라는 사인물이 걸려 있었습니다.

내 사진이 부착되어 있는 사인물을 보는 순간 나도 모르게 코끝이 찡 해졌습니다. 이 자리에 서서 아이들과 함께 꿈을 찾고 함께 꿈을 쫓기 위해 지난 1년 동안 수도 없이 코피를 쏟으면서 공부를 했다. 그 노력이 헛되이 되지 않아 내가 오늘 이 자리에 설 수 있었구나 하는 생각을 하면서 문을 열고 교실로 들어갔습니다.

교실로 들어서니 깜찍하고 앙증맞은 책상들이 마치 장난감처럼 놓여 있었다. 교탁 위에 지도안을 펼쳐놓고 노트북과 빔프로젝트를 연결한 후 스크린을 펼쳐서 초점과 거리를 맞추었습니다. 그리고 첫 수업의 집중도와 몰입도를 높이기 위해 책상과 의자를 부채꼴 모양으로 배치하였습니다. 잠시 후 3, 4학년쯤 되어 보이는 어린이들이 하나 둘씩 교실로 들어왔습니다. 자기주도학습 수강생들은 4~6학년이 대부분이었다. 출석을 체크 한 후 어린이들 각자 자신을 소개하는 순서가 되었다. 어린이들은 자기 자신을 소개하는 데 어찌나 재미있게 소개를 잘 하던지 교실이 한바탕 웃음바다가 되었다. 아이들 모두가 개그맨 수준이었다. 자기소개 시간이 끝나고 본격적으로 수업에 들어갔다.

빔프로젝트를 이용하여 파워포인트로 수업을 시작하자 아이들은 처음 본 듯 신기하게 스크린 앞뒤를 둘러보았다. 15명의 어린이 가운데 3명 만이 꿈이 있고 나머지 12명의 어린이는 아무런 꿈이 없었다. 나는 15명의 어린이와 함께 각자의 꿈을 찾아 나섰다. 이렇게 시작한 자기주도학습 첫 시간은 웃고 웃으면서 수업을 하다 보니 눈 깜빡할 사이에 끝나고 말았다. 자기주도학습은 매주 수업 내용을 다르게 하고 또한 강의 방식을 바꾸어 가면서 진행하여 아이들이 지루하지 않고 재미있게 수업에 참석할 수 있도록 했다. 그렇게 수업을 진행하다 보니 아이들도 재미가 있었는지 수업이 끝날 때마다 다음 시간에 무엇을 하냐고 물어왔다. 이때 나는 수업의 질은 선생님이 얼마나 열정을 가지고 수업을 잘 준비를 하느냐에 따라 다르다는 것을 절실히 깨달았습니다.

명강사를 꿈꾸다

꿈! 전도사가 되어 꿈을 전달하는 자기주도학습 강의는 다음 학기에는 중랑구의 중원초등학교와 영등포구의 당산초등학교로 수업이 확대되었습니다. 꿈이 무엇인지 모르는 아이들에게는 꿈의 소중함을 일깨워주고, 꿈이 없는 아이들에게는 꿈을 찾아주고, 꿈이 있는 아이에게는 꿈을 꼭 이룰 수 있도록 도와주었습니다. 아울러 나는 대한민국 최고의 명강사라는 새로운 꿈을 꾸기 시작하였습니다. 왜냐하면 이제 막 시작하는 햇병아리 강사이지만 대한민국 최고의 명강사가 되겠다는 새로운 꿈을 가지고 수업을 하면 더욱더 열정적으로 수업을 할 수 있겠다는 생각이 들었기 때문입니다.

그렇다면 대한민국 최고의 명강사가 되기 위해서는 가장 먼저 필요한 조건은 무엇일까? 말을 잘하는 것? 수업을 재미있게 진행을 잘하는 것? 모두 다 중요하지만 무엇보다도 어린이들과 가슴으로 소통하는 선생님이 되는 것입니다. 그런 마음으로 어린이들을 사랑과 관심을 가지고 가슴으로 대하다 보니 아이들의 아픈 상처도 볼 수 있었습니다. 어떤 어린이는 3학년인데 뚜렷한 꿈을 가지고 있는 아이가 있었습니다. 그런데 한 어린이는 6학년인데도 불구하고 아직 자신의 꿈은 커녕 가슴속에 아빠에 대한 분노만 가득하고 정서가 불안하며 산만한 아이도 있었습니다. 놀라운 사실은 3학년이지만 꿈이 있는 아이는 아빠와 함께 도서관에도 가고 서점에도 가고 책도 함께 읽고 하면서 자신의 꿈을 찾았다고 하였습니다. 그러나 6학년이지만 꿈이 없는 어린이는 아빠에 대한 화와 분노로 자신의 꿈도 포기했다고 하였습니다. 그 이유는 아빠가 매일 저녁 술만 먹고 집에 들어오면 고함을 지르고 엄마에게 폭행을 일삼는 아빠가 미워서 아빠에 대한 분노와 복수심으로 가득 차 있었습니다.

"자식은 부모의 등을 보고 자란다"고 합니다. 6학년 어린이의 아빠처럼 매일 술을 마시고 집에 들어와 집안을 공포 분위기로 조성하는 아버지를 보고 자식이 무엇을 배울지 생각만 해도 소름이 끼쳤습니다. 아버지라는 사람이 언행은 그렇게 하면서 입으로는 공부해라! 책을 읽어라! 해본들 그것은 헛소리가 되고 맙니다. 오히려 공부는 커녕 아버지에 대한 분노만 증폭되어갈 것입니다. 어떻게 하면 사랑하는 아이들의 가슴에 박힌 분노와 화를 풀어줄 수 있을까? 명강사를 꿈꾸는 제가 풀어야 할 숙제입니다.

16

한 번 뿐인 인생이다

"시도했던 것이 모두 잘못되어 폐기되더라도
그것은 또 하나의 전진이기 때문에
나는 절대 실망하지 않는다."
-토마스 에디슨-

시도하지 않으면 아무것도 이룰 수 없다

저는 가끔씩 만약 내가 53살에 직장폐업이라는 삶의 위기를 맞지 않았다면 나는 지금 어떤 삶을 살고 있을까? 하는 생각을 해봅니다. 왜냐하면 직장폐업이라는 삶의 위기를 맞지 않았다면 나는 나를 찾아 여행을 떠나지 않았을 것입니다. 그렇다면 저는 아직도 의식이 깨어나지 못한 채 깊은 잠을 자고 있을 것입니다. 특히, 내가 누구인지? 무엇을 좋아하는지도 전혀 모른 채 내가 나의 삶을 사는지, 남의 삶을 사는지도 모르고 허겁지겁 살아갈 것입니다.

더구나 아무런 꿈도 희망도 없이 그저 하루에 삼시 세 끼 밥만 먹고 사는 것에 만족한 체 아무런 의미도 가치도 없는 삶을 살며 늙어갈 것입니다. 돌이켜 생각해보면 삶의 위기를 맞아 나를 찾아 떠난 여행은 오히려 내가 다시 태어날 수 있는 전화위복의 기회가 되었습니다. 뿐만 아니라 53년 동안 단 한 번도 경험해보지 못한 새로운 것들을 경험하고 발견하였습니다. 그리고 나는 깊은 잠에서 깨어났습니다.

아울러 53년 만에 나의 주인으로서 나를 찾았습니다. 더구나 '1만 권의 독서'라는 꿈도 발견하였습니다. 그리고 나를 찾아 떠난 여행에서 돌아온 나는 꿈을 이루기 위해 지난 10년 동안 나의 모든 열정을 쏟았습니다.

그렇습니다! "생각으로는 단 1그램의 먼지도 옮길 수 없습니다." 히말라야 정상도 한 걸음부터 걸어서 시도를 해야 정상에 오를 수 있습니다. 뿐만 아니라, 생각만 가지고는 아무런 것도 이룰 수 없습니다. ≪시도하지 않으면 아무것도 할 수 없다≫는 지그 지글러의 말처럼 "그대 아직도 주저하고 있는가." 오늘도 변하기 위해 시도하지 않으면 당신은 더 이상 물러설 곳이 없다고 경고하고 있습니다. 아울러 "늦었다고 생각할 때가 가장 빠르다."라고 합니다. 인생의 성공을 위해 무엇인가 도전하고자 한다면, 도전하기에 모든 조건이 완벽한 때는 없습니다. 따라서 준비가 다소 완벽하지 않더라도 마음먹었을 때 즉시 용기를 내어 도전하는 사람에게는 길이 열리게 됩니다.

≪10미터만 더 뛰어봐≫의 저자 천호식품의 김영식 회장은 자신이 거둔 성공의 8할은 생각한 것을 바로 행동으로 실천에 옮긴 결과라고 말했습니다. 그리고 우리가 꿈꾸는 그 어느 날은 생각만 하면 저

절로 오는 것이 아니라 준비하고 실천하는 사람에게만 온다고 했습니다. 따라서 저는 다시는 남에게 내 인생을 저당 잡히지 않기 위해 1만 권의 독서를 중단하지 않고 지난 10년 동안 꾸준하게 지속적으로 실천해 왔습니다. 그리고 독서의 힘 덕분에 세신사가 되어 인생 2막을 창업하였습니다. 그리고 사우나에서 비지땀을 흘리면서도 손에서 책을 놓지 않고 책을 읽고, 필사를 하면서 다시 작가의 꿈에 도전을 하였습니다. 그리고 이렇게 책을 출간하게 되었습니다.

책은 내 인생의 내비게이션

저는 1남 4녀 중 셋째입니다. 그러니까 위로 누나 두 분과 아래로 여동생 두 명이 있습니다. 즉, 형제 중에 남자는 저 혼자입니다.

그렇다 보니 아들이라고 부모님으로부터 사랑을 듬뿍 받았습니다. 그러나 한편으로 남자 형제가 없어서 어려서부터 항상 외롭고 쓸쓸했습니다. 더구나 고등학교를 졸업하고 등록금을 벌어서 대학에 가겠다는 꿈을 안고 사회로 진출하면서부터 나는 인생이라는 망망대해에 홀로 표류하는 외롭고 쓸쓸한 조각배였습니다. 왜냐하면 친구나 선,후배가 한 사람도 없는 타향인 경남 창원에 홀로 떨어져서 외롭게 생활하다 보니 고민거리가 생기면 고민거리를 누구에게 속 시원하게 털어놓거나 도움을 받을 만한 사람이 전혀 없었습니다. 그렇다고 잘 알지도 모르는 직장 동료에게 내 고민을 털어놓고 싶지는 않았습니다. 따라서 모든 문제는 저 혼자 고민하고 스스로 해결해야 했습니다.

　그렇다 보니 저는 고민거리가 생기면 자연스럽게 서점으로 가서 내가 고민하는 문제 해결에 도움이 될 만한 책을 사서 보고 방향을 결정하였습니다.

　그리고 대학 졸업 후 취업을 해서도 상황은 크게 달라질 것이 없었습니다. 그런데 회사에서 하는 업무가 책과 자료를 보고 컨셉을 잡고 콘텐츠를 뽑아 전시연출기본계획을 수립하고 전시연출시나리오를 쓰는 일이었습니다. 한마디로 내 적성에 딱 맞는 일이었습니다. 그렇다 보니 회사에 출근하는 일이 재미있고 즐거웠습니다. 따라서 적어도 저에게는 우리 회사는 공부를 실컷 하면서도 매달 월급을 꼬박꼬박 주는 최고의 회사였습니다. 그런데 직장폐업으로 강제퇴직을 당하고 보니 또 다시 혼자가 되었습니다. 따라서 나는 나의 평생 동지이자 유일한 친구인 책을 찾을 수밖에 없었습니다. 그리고 독서를 하면서 "공부라는 것은 죽을 때까지 해도 다 못한다." 는 말의 의미를 깨달았습니다. 그렇습니다. "죽을 때까지 해도 다 못하는 것이 공부"인 것 같습니다. 그렇기 때문에 나는 죽는 날까지 책을 손에서 놓지 않고 독서를 할 것입니다. 독서는 이렇게 내 인생에 있어서 과거에도, 현재에도, 그리고 미래에도 나의 스승입니다. 아울러 인생이라는 망망대해를 비추어 주는 등대입니다.

　한편 세계 문학계의 거장이자 1994년 노벨문학상 수상자 오에 겐자부로는 그의 저서 ≪읽는 인간≫에서 "산다는 것이 읽는다는 것이다"라고 하면서 "정녕 제 인생은 책으로 인해 향방이 정해졌음을,

인생의 끝자락에서 절실히 깨닫고 있다"고 하였습니다. 그렇습니다. 오에 겐자부로의 말처럼 "산다는 것이 읽는다는 것이다." 따라서 읽는 만큼 성장한다는 말은 그냥 하는 말이 아닙니다. 아울러 저는 살면서 미래를 알 수 없는 인생길에 대해서 모두 책에 물어봤습니다. 그러면 책은 내 인생에 내비게이션이 되어 내가 가야 할 길을 친절하게 안내해 주었습니다.

역경은 사람을 강하게 만든다

폴 스톨츠 Paul Stoltz박사는 인간의 능력을 말하는 데 있어서 지성도 중요하고, 체력도, 감성지수도 다 중요하지만 인생이란 어쨌든 수많은 예기치 못한 어려움들을 어떻게 극복하느냐에 달려 있으므로, 고난을 이겨내는 의지력인 역경지수(AQ: Adversity Quotient)가 가장 중요하다고 했습니다. 폴 스톨츠 박사의 연구에 의하면 인생의 역경에 부딪힌 사람은 보통 세 가지 유형의 반응을 보인다고 합니다.

첫째는, 힘든 문제만 부딪치면 포기하고 도망가는 '쿼터'Qultter형이다(전체 인구의 20퍼센트 정도). 둘째는 포기하고 도망가지는 않지만 그렇다고 역동적으로 문제를 넘어갈 생각은 못하고 그냥 그 자리에 주저앉아 현상 유지만 하는 '캠퍼'Camper형이다(인구의 60퍼센트 정도). 셋째는 역경을 만나도 포기하지 않고 모든 힘을 동원해 반드시 그 장애물을 기어 올라가 정복하는 '클라이머'Climber형이다(전체의 20퍼센트). 이 클라이머의 능력을 스톨츠박사는 '역경지수'라고 말합니다.

그런데 이 역경지수는 하루아침에 길러지는 것이 아니라 청소년기부터 성인으로 성장합니다. 크고 작은 힘든 역경을 몸으로 부딪치면서 함께 성장합니다. 베이비붐 세대인 제가 청소년기 일 때 어른들께서 종종 하시는 말씀이 "젊어서 고생은 사서도 한다."고 하셨습니다. 즉, 젊어서 한 고생은 고생이 아니라 어른이 되어 인생을 살아가면서 힘든 일이 있을 때 이를 이겨내는 자양분이 된다는 의미입니다. 저 또한 삶의 위기를 맞은 절박한 상황에서 고민하고 또 고민한 끝에 세신사라는 일에 도전할 수 있었던 것은 독서의 힘이 컸습니다. 그러나 독서의 힘을 뒷받침해주는 또 다른 힘이 있었습니다. 그것은 다름이 아니라 청소년기에 힘들고 어려웠던 수 많은 역경을 이겨냈던 과거의 힘 덕분이었습니다.

저는 고등학교를 졸업할 때 대학을 진학할 형편이 못 되어 경남 창원에 있는 삼미종합특수강(주)에 생산직 근로자로 취업을 하였습니다. 그리고 6년 8개월 동안 생산직 근로자로 일을 하면서 주경야독을 하여 7전 8기 끝에 4년제 대학에 진학하였습니다.

저는 지금까지 살아오면서 수많은 어려움에 직면할 때마다 당시에 힘들고 어려웠던 때를 생각하며 역경을 이겨내고 있습니다. 지금도 생각하면 그때 힘들었던 역경을 참고 이겨내서 대학을 진학한 것이 내 인생에서 가장 잘한 일이라고 생각합니다. 그 때 힘든 역경을 참고 꿈을 가지고 공부를 하여 꿈을 이루어 왔기 때문에 지금도 무슨 일이든 할 수 있다는 자신감이 있습니다. 그리고 어떤 고난과 역경도 피하지 않고 정면으로 돌파하는 방법으로 살아가는 지혜와 용기도 있습니다. 제가 인생 2막으로 세신사라는 직업을 선택할 수 있었던 것은 뜨거운 피가 끓는 청년기에 삼미종합특수강(주)에서 온갖 어려움과 고통을 참고 또 참으면서 이겨냈던 경험이 뼛속까지 배어 있는 역경지수 덕분입니다. 이렇게 역경지수는 인간의 의식을 성장시키고 사람을 강하게 만듭니다.

로마의 철학자 세네카는 "단언컨대, 위대한 사람은 때로는 역경을 반긴다. 신은 자신이 인정하고 사랑하는 자들에게 역경을 주어 단련시키고 시험하고 훈련시킨다. 불운을 당해보지 않은 사람만큼 불행한 사람은 없다. 불은 금을 단련하고, 불행은 용감한 자들을 단련시킨다."고 했습니다.

$$17$$

운명의 장난

"어떤 사람이든 추위, 더위, 배고픔, 목마름을 이기지 못하고,
불쾌한 일을 참고 견디는 힘이 없다면,
그는 결코 인생의 승리자가 될 수 없다.
그런 사람은 결코 빛나는명성을 얻을 수 없을 것이다.
인내는 정신의 숨겨진 보배다.
그것을 활용할 줄 아는사람이 현명한 사람이다."

–마하트마 간디–

다시, 절망의 늪으로 빠지다

사람이 태어나서 60년 넘게 살다 보면 누구나 한 번 쯤은 삶의 위기가 있기 마련입니다. 저에게 살아오면서 첫 번째 삶의 위기는 IMF 때 근무하고 있던 회사의 부도로 인한 실직이었으며, 두 번째 위기는 인생의 마지막 승부수를 두기 위해 상무이사로 스카웃되어 간 회사의 직장폐업으로 인한 실직이었습니다. 두 번째 삶의 위기를 맞이했을 때는 '체면이 밥 안 먹여준다?'라는 생각으로 10년 전에 퇴직한 회사의 회장님을 찾아가 재입사 요청을 드린 후 회장님의 배려로 삶의 위기를 간신히 모면하였습니다. 10년 전에 퇴사한 회사를 뻔뻔스럽게 재입사한 저는 회장님의 배려에 보답하기 위해서 전국적으로 쫓아다

니면서 영업을 하였습니다.

아울러 나를 찾아 떠난 여행을 마치고 돌아온 저는 마지막 꿈인 '1만 권의 독서'를 이루기 위하여 하루에 3시간 이상 독서를 하면서 독서포럼나비에 열정적으로 참석하였습니다. 또한 책 속에서 발견한 소망을 이루기 위해 서울교육대학교 평생교육원에서 실시하는 자기주도학습지도사 과정과 독서논술지도사 과정을 이수하고 자격증을 취득하였습니다. 그리고 초등학교 방과 후 교실 자기주도학습 강의와 독서논술 강의에 흠뻑 빠져 있었습니다.

그런데 어느 날 회사에 잘나가고 있는 회사 문을 닫는 다는 이상한 소문이 내 귀를 의심케 했습니다. 그런데 몇일 후 그 소문이 사실로 드러났습니다. 회사임직원들은 모두 손에서 일을 놓고 망연자실한 채 넋을 잃고 말았습니다.

소문이 사실이라는 것을 확인한 저 또한 또다시 마른 하늘에 날벼락을 맞고 말았습니다. 제 나이 56살! 머릿속이 하얗게 변하면서 눈 앞이 캄캄해졌습니다.

아! 무슨 운명의 장난이란 말인가? 3년 7개월 전 직장폐업으로 삶의 위기를 맞이하였다가 '체면이 밥 안 먹여준다'는 생각으로 10년 전 퇴직했던 회사를 다시 찾아와 자리를 구걸 했는데 또다시 직장폐업이라니? 하도 기가 막히고 어이가 없어서 말이 나오지 않았습니다. 이렇게 2013년 9월 27일 제 나이 56살에 세 번째로 내 인생 최대 위기를 맞았습니다. 더구나 갑자기 직장폐업을 하는 바람에 퇴직금 한 푼 받지 못하고 길거리로 쫓겨난 신세가 되고 말았습니다. 3년 7개월 전에 두 번째 삶의 위기에서 벗어나기 위해 재취업을 한 처지인 나에게 직장폐업으로 인한 실직은 사망선고나 다를 바 없었습니다. 이렇게 저는 3년 7개월 만에 다시 직장폐업으로 인하여 나의 삶은 절망의 늪으로 곤두박질치고 말았습니다. 한편으로 뒤늦게 발견한 1만 권의 독서라는 꿈을 이루기 위해 열독(熱讀)을 하면서 작가의 꿈에 부풀어 있던 저는 모든 희망을 잃고 또다시 절망의 늪으로 빠지고 말았습니다.

한 달 인생!

회사가 갑자기 문을 닫아 버리는 바람에 회사에서 쫓겨나다시피한 저는 2주일 후 말로는 표현할 수 없는 착잡한 심정으로 고용노동부 서울남부센터에 가서 실업급여를 신청하였습니다. 그리고 다음 날 저는 20년 넘는 영업 경험으로 자동차 영업을 한번 해보면 승산이 있을 것 같은 생각이 들어 자동차 회사 영업직 채용 부서에 전화를 걸었습니다. 그런데 전화를 받으신 분은 제 말을 들어보지도 않고 다짜고짜 나이를 묻더니 56살이라고 했더니 나이가 많아서 안 되겠다며 일방적으로 전화를 끊어버렸습니다.

저는 56살 밖에 안됐는데 자동차 영업직도 나이가 많아서 어렵다는 말에 대한민국에서 56살 먹은 남자에 대한 현 위치를 파악할 수 있었습니다. 그런데 다음 날 삼성화재에서 한 통의 전화가 걸려왔습니다. 전화로 몇 마디를 물어보더니 한 번 회사를 방문해 달라는 것이었다. 다음날 저는 "목마른 사람이 우물 판다"고 삼성화재(신도림)를 찾아갔습니다. 예상했던 대로 삼성화재에 와서 리스크 컨설턴트(보험설계사) 일을 해보라는 것이었습니다.

집으로 돌아온 나는 아내에게 삼성화재에 다녀온 이야기를 하였습니다. 그러자 아내는 보험은 너무 어렵고 힘든 일이라면서 너무 조급하게 생각하지 말고 시간을 두고 천천히 알아보라고 하였습니다. 하지만 저는 2013년 11월 11일 삼성화재 BTC과정(보험설계 업무에 필요한 관계 법령에 관한 공부)에 입소하여 교육을 받았습니다.

그런데 오전 9시부터 오후 6시까지 딱딱한 의자에 앉아 교육을 받자니 졸음이 쏟아지고 궁둥이가 쑤시고 몸이 뒤틀려 몸살을 앓았습니다. 뿐만 아니라, 집에 돌아와서는 인터넷 강의를 듣고 시험을 봐서 기본적인 점수를 획득해야 했습니다. 이렇게 받은 BTC과정 공부 때문에 머리가 터질 지경이었으나 어차피 시작한 것 중간에 포기하고 그만둘 수가 없었습니다. 그렇게 어렵게 어렵게 BTC과정을 모두 마치고 보험고시를 치렀습니다. 그리고 2013년 12월 17일 보험설계사 자격 면허에 해당하는 보험설계사 코드를 받았습니다.

갑작스러운 직장폐업으로 길거리로 쫓겨나다시피 한 상황에서 방향을 잃고 헤매다가 지푸라기라도 잡고 싶은 심정으로 시작하게 된 보험설계사 일은 이렇게 시작되었다. 매일 아침 조회시간에 참석하여 음악에 맞추어 체조를 하고, 신상품에 대한 교육을 받고, 매일매일 신입 보험설계사에게 주어진 기본과제 때문에 정신을 차릴 수가 없었습니다. 그런데 코드를 받고서 일을 시작한 첫날부터 보험회사에서 사용하는 전문용어와 보험 상품에 관한 교육과 공부로 또다시 머리에 쥐가 날 지경이었습니다. 더구나, 신입 보험설계사에게 주어진 매월 목표치를 달성하는 것이 피를 말리는 일이었습니다.

뿐만 아니라, 어떻게 된 영문인지 사람들이 보험 이야기를 꺼내기만 하면 나를 피하거나 하물며 전화마저 피해버렸습니다. 특히, 형제 친인척마저도 보험 이야기만 꺼내면 손사래를 치는가 하면 가슴에 대못을 박는 말을 서슴없이 해댔습니다. 결국 저는 '내가 아무리 열정을 가지고 열심히 노력을 한다 해도 한계가 있겠다.' 하는 생각을 하였습니다. 더구나 내가 생각하는 보험설계사(RC : 리스크 컨설턴트)라는 직업하고는 너무 거리가 멀었습니다. 그러자 이것이 아닌데 하는 생각이 들고 직업에 대한 회의를 느끼기 시작했습니다. 더구나 보험설계사의 인생은 한 달 인생이었습니다. 매달 초부터 말일까지 각자 주어진 목표를 달성하기 위해 매일매일 피가 마르는 영업을 해서 매월 말일 날 마감과 함께 끝이 났습니다. 매달 마감 마지막 날 마감을 끝내고 나면 아! 목표를 달성했습니다, 라는 안도와 위안의 한숨을 쉽니다. 그리고 또다시 다음 날 한 달이 시작되는 날 아침 한 달의 목표 달성을 위해 파이팅을 외칩니다. 매달 이렇게 한 달, 한 달을 사는 것이 보험인생이었습니다.

삶은 경험이다

　BTC 과정을 거친 후 보험설계사 시험을 통과하고 나면 보험설계사 면허인 코드가 부여됩니다. 일종의 전문직 직종에게 부여되는 면허증 번호였습니다. 보험설계사 코드를 받고나면 그 다음은 두 달 동안 수습 과정을 거치게 됩니다. 이 수습과정을 밟는 기간 동안에는 보험설계사만이 경험할 수 있는 다양한 경험을 하였습니다.

　제가 경험한 일 중에 가장 내 삶에 자양분이 된 것은 개척단이라는 프로그램이었습니다. 미래 고객을 발굴한다는 명분을 가지고 거리로 가서 나를 알리고 보험 상품을 홍보하는 일이었습니다. 2개월 동안 하루도 빠지지 않고 자신이 일정한 구역을 정해서 지속적으로 가게를 방문하는 일이다. 그런데 세상에 태어나서 단 한 번도 해보지 않은 일을 하려고 하니 발길이 떨어지지 않고 가슴이 쿵쾅쿵쾅 방망이질을 해댔습니다. 개척단 프로그램을 시작하는 첫날 맨 처음 가게 앞에 섰습니다. 그런데 문을 열고 안으로 들어가야 하는 데 발길이 떨어지지 않았습니다. 그리고 오만 생각이 다 들었습니다. 장사도 되지 않는 데 웬 보험설계사가 와서 귀찮게 한다고 짜증이나 내면 어떡하지? 하면서 해보지도 않고 미리 머릿속으로 상상을 했습니다. 그러다가 마침내 용기를 내어 가게 문을 열고 가게 안으로 들어 갔습니다. 그리고 아랫배에 힘을 주고 명함을 건넨 후 방문 목적을 설명했다. 그런데 내 생각하고 달리 대부분 모든 사장님들이 친절하게 맞이해 주었습니다. 그리고 보험 상품에 대한 설명도 관심을 가지고 들어주었다. 이렇게 자신이 경험해보지 않은 일을 새롭게 도전할 때 대부분의 사람들은 시도하기 전에 해보지도 않은 상태에서 오만가지 생각을 다 합니다. 그러나 용기를 내어 도전하는 사람에게는 새로운 경험이 되고 또 다른 기회가 된다는 것을 몸으로 직접 체험하여 평생을 살아가는데 좋은 경험이 되었습니다.

《내 인생에 힘이 되어준 한마디》의 저자 정호승 선생은 "아무것도 도전하려 하지 않는 자는 아무것도 바라지 않는 자입니다. 도전에서 오는 위험과 모험에서 오는 두려움을 가능한 한 최소화하려고만 하면 결국 최소화된 삶을 살고 맙니다."라고 말하였습니다. 그렇습니다. 도전하려 하지 않는 자는 아무것도 바라지 않는 자입니다. 역설적으로 말해 무엇이든 바라는 자는 도전해야 바라는 것을 이룰 수 있다는 이야기입니다. 사람은 본능적으로 익숙하고 편한 것만 하려고 합니다. 따라서 새로운 것에 대한 도전은 피하려고 합니다. 그러나 새로운 것에 도전해보지 않고 서는 성장하고 발전할 수 없습니다. 그러므로 잘 모르고 익숙하지 않은 일이지만 용기를 내어 도전하는 사람에게는 좋은 경험이 되고 그 경험이 어느 순간 삶에 자양분이 됩니다.

저는 보험설계사 7개월 간의 소중한 경험을 통해 사람이 살아가면서 배우는 모든 것이 삶이요, 삶이 곧 경험이라는 것을 깨달았다. 그리고 비록 7개월이라는 짧은 기간의 보험설계사 생활이었지만 보험설계사로서 경험은 내 인생에 엄청난 자양분이 되었습니다.

희망이 절망으로

지푸라기라도 잡고 싶은 심정으로 보험설계사 일을 시작했던 나는 코드를 받은 날로부터 7개월 만에 보험설계사 일을 그만두었습니다. 왜냐하면, 퇴직 당시에 근무했던 회사와 동일한 전시분야에 재취업의 행운이 왔기 때문입니다. 뭐니 뭐니 해도 내가 좋아하고 잘할 수 있는 분야인 전시분야의 일을 다시 할 수만 있다면 저에게는 가장 바람직한 방향이라 생각했기 때문입니다. 그러니까 2014년 5월 7일 57살의 나이에 상무이사로 다시 전시업계에 재취업에 성공하였습니다. 약 7개월간의 공백 기간이 있었지만 마치 정든 고향에 온 것처럼 마음이 편안했습니다. 나는 그때서야 내가 전시분야 일을 얼마나 좋아했는지 실감했습니다.

저는 7개월 동안의 공백을 메꾸고 최대한 빠른 시일 안에 성과를 내기 위해 또다시 매주 전국으로 출장을 다녔습니다. 새로 입사 한 회사의 카탈로그와 명함을 가지고 다니면서 새롭게 다시 태어난다는 각오로 최선을 다했습니다. 그러나 직장폐업으로 실추된 신뢰를 회복하기가 쉽지 않았습니다. 더구나 관공서만을 상대로 하는 일이라 동종업계 소식은 관공서 사업부서 담당공무원에게 발 빠르게 전달되어 전시업계 동향을 면밀하게 파악하고 있었습니다. 더구나 직장폐업을 했던 회사는 동종업계에서 다섯 손가락으로 꼽을 정도의 자본력과 실적, 기술력 등을 두루두루 갖춘 회사였기 때문에 경쟁 관계에 있는 회사에게는 곧 기회가 될 수 있기 때문입니다.

더구나 직장폐업을 한 회사는 모든 경쟁력을 갖춘 회사였으나 새로 입사한 회사는 모든 분야에서 열악했습니다. 따라서 거의 맨땅에 헤딩하는 식의 영업을 할 수밖에 없었습니다. 그런데 입사 후 6개월이 되자 회사 측에서는 영업의 성과를 노골적으로 요구하기 시작했습니다. 그렇다보니 하루하루가 피를 말리는 생활이었습니다. 더구나 회사 측에서는 회사의 재무구조가 어렵다는 이유로 더욱 조급하게 성과를 독촉하였습니다. 이유야 어찌되었든 간에 영업성과를 내어 회사도 살고 나도 살 수 있는 기사회생의 돌파구를 마련하고 싶었지만 돌파구는 쉽게 나타나지 않았습니다. 시간이 흐르면 흐를수록 저는 점점 더 초조해져 갔습니다. 그러던 어느 날 회사에서는 노골적으로 사표를 요구했습니다. 따라서 나는 더 이상 근무한다는 것이 의미가 없겠다는 판단을 하고 2015년 2월 28일 재입사 후 9개월만에 다시 거리로 쫓겨나고 말았습니다. 따라서 재입사의 기쁨도 잠시 나의 기사회생의 꿈은 물거품이 되어 산산조각이 나고 말았습니다. 따라서 모처럼 가졌던 희망은 다시 절망의 낭떠러지로 떨어져 곤두박질치고 말았습니다.

CHAPTER 5

절망 속에서 피는 꽃

18

위기가 기회다

"하늘이 장차 어떤 사람에게 큰 일을 맡기려고 할 때는 반드시
먼저 그이 마음을 괴롭게 하고 뜻을 흔들어 고통스럽게 하고,
그 몸을 지치게 하며 육신을 굶주리게 한다.
또한, 생활을 곤궁하게 하여 하는 일마다 뜻대로 되지 않게 한다.
그러한 이유는 이로써 그 마음의 참을성을 담금질하여
비로소 하늘의 사명을 능히 감당할 만하도록 역량을 키워서 전에는
이룰 수 없던 바를 이룰 수 있도록 하기 위함이니라."
≪맹자≫

이대로 죽을 수는 없다

재입사 후 9개월 만에 권고사직을 당한 나는 마지막 남은 자존감
마저 회복 불가능할 정도로 치명적인 상처를 입었습니다. 그리고 저
는 몇 날 며칠을 고민한 끝에 전시분야에 대한 모든 미련을 버리고
전시업계를 영원히 떠나 새로운 길을 찾기로 했습니다. 그런데 막상
25년 넘게 몸담아 왔던 전시업계를 하루아침에 떠난다는 것이 생각
처럼 쉽지 않았습니다.

더구나 40대도 아니고 예순 살을 눈앞에 둔 마당에 내가 아무리
하고 싶다고 해도 할 수 있는 분야가 극히 제한되어 있었습니다.

더구나 모아놓은 돈도 별로 없는 상황에서 새롭게 무엇을 한다는
것은 완전히 맨땅에 헤딩하는 격이었습니다. 그렇다보니 아무리 머

리를 쥐어 짜봐도 묘안이 떠오르지 않았습니다. 이런저런 고민을 하다 보니 나이가 나이인 만큼 어린 자식 걱정에 잠을 이루지 못하는 날이 많았습니다. 그럴 때마다 저를 달래주었던 것은 달콤한 한 잔의 술이었습니다. 한 잔, 두 잔 먹던 술이 점점 늘어 매일 밤마다 술을 마시지 않고서는 잠을 이룰 수가 없었습니다. 저 자신도 모르는 사이 술주정뱅이이자 알코올 중독자가 되어가고 있었습니다.

사람 망가지는 것은 순식간이었습니다. 그러던 어느 날 아내가 내 얼굴을 뚫어져라 쳐다보더니 얼굴색이 안 좋다고 하면서 어디 아픈 것 아니냐고 물었습니다. 저는 설마! 하는 생각을 하면서도 혹시나 하는 생각에 집 근처 병원을 찾아가서 그동안 미루었던 건강검진을 받았습니다.

그런데 아뿔싸! 건강검진 결과 제 키가 167㎝인데 체중이 78.5kg으로 과체중, 허리둘레 37인치로 복부비만, 고혈압 148/82, 공복혈당 115로 당뇨전단계, 지방간, 고지혈증, 콜레스트롤, 헬리코박터로 모든 성인병은 다 가지고 있었습니다. 의사선생님 말씀이 당장 술을 끊고 하루 속히 뱃살을 빼지 않으면 혈압이 더 상승할 뿐만 아니라, 당뇨가 오기 때문에 운동을 해서 뱃살을 빼는 것이 급선무라고 하였습니다.

이런 와중에 퇴직 후 수입이 일정하지 못하였고 얼마 안 되는 비상금도 일찌감치 바닥이 났습니다. 따라서 가정경제마저 파탄 직전으로 최악의 상황이 되어 버렸습니다. 아들 학원비는 엄두도 낼 수 없었으며, 공과금이 연체되어 독촉장이 날아왔습니다. 결국에는 고등학교 1학년인 아들은 육성회비와 급식비를 내지 못해 학교 행정실에서 독촉 전화가 계속해서 오고 있었습니다. 살아오면서 단 한 번도 이런 일을 겪어본 적이 없는 저와 아내는 누구에게 말도 못하고 하루하루 피를 말리는 생활을 이어갔습니다. 이 위기를 어떻게 헤쳐 나가야 할지 밤이면 온갖 걱정으로 밤잠을 제대로 이룰 수가 없었습니다.

그런데 엎친 데 덮친 격으로 건강마저 심각한 지경에 이르니 하늘이 너무 원망스러웠습니다.

아! 이렇게 내 인생이 끝장나는 것인가? 하는 생각마저 들었습니다. 그런 와중에 아내는 태연한 척하면서 오히려 저를 위로하였습니다. 저는 아내의 위로에 용기를 내어 그래, 이대로는 죽을 수는 없다! 무슨 일을 하던 건강을 잃으면 모든 것을 다 잃는 생각을 하였습니다. 그리고 어떻게 해서든지 이 고비를 넘겨야 한다는 생각에 머리가 터질 것만 같았습니다.

유레카!

저는 터질 것만 같은 머리를 식히고 목욕도 할 겸 해서 동네 사우나에 갔습니다. 뜨끈뜨끈한 물에 몸을 푹 담근 체 눈을 지그시 감고 깊은 생각에 잠겨있는데 희미하게 눈앞에 펼쳐지고 있는 한 장면이 내 눈에 들어왔습니다. 건장한 50대와 60대로 보이는 두 남자가 노란 수건을 감싼 손으로 테이블 위에 누워있는 남자 손님 팔과 가슴 그리고 등을 이쪽저쪽으로 돌아 눕혀 가면서 때를 밀고 있었습니다. 저는 순간적으로 벌떡 일어나 세신실로 걸어갔습니다.

저도 한 번 경험해보고 싶었습니다. 저는 그때까지 단 한 번도 세신사에게 때를 밀어본 적이 없었습니다. 그만큼 궁금하기도 하고 호기심도 컸습니다. 저도 밀어 달라고 한 후 세신사에게 옷장 열쇠를 건네주고 세신대 위에 누웠습니다. 세신사는 잠시 후, 수건으로 내 얼굴에 있는 땀을 닦아 주더니 우측 팔부터 때를 밀기 시작하였습니다. 그런데 와~우!

세상에 이렇게 시원하고 짜릿하고 기분을 좋게 하는 직업이 있을까? 저는 단 한번의 세신에 홀딱 반하고 말았습니다.

한마디로 표현하면 머리부터 발끝까지 시원하고 짜릿함은 지금까지 내가 경험해보지 못한 신비스러운 맛이었습니다. 나는 순간적으로 유레카!를 외쳤습니다. 이 일을 배워서 일을 하면 운동도 되고 뱃살도 빠지고, 돈도 벌고 일거양득의 효과를 얻을 수 있겠는데 하는 생각이 뇌리를 스치고 지나갔습니다. 그런데 어느새 때를 다 밀었는지 세신사께서 다 끝났다고 하면서 샤워를 하라고 했습니다. 세신대에서 일어난 저는 샤워기로 가서 샤워를 한 후 사우나 밖으로 나왔습니다. 그리고 수건으로 몸의 물기를 구석구석 닦으면서 곰곰이 생각했습니다. "쇠뿔도 단김에 빼라고 했듯이" 당장 세신사에게 어떻게 하면 이 일을 할 수 있는지 물어보기로 했습니다. 저는 옷을 입고 세신사가 밖으로 나오기만을 기다렸습니다.

잠시 후 세신사가 일을 마치고 탕 밖으로 나왔습니다. 저는 수고 하셨다고 하면서 시원한 음료수를 하나 사서 드렸습니다. 그리고 조용하게 이 일을 하려면 어떻게 하면 할 수 있냐고 물었습니다. 그러자 음료수를 마시던 세신사는 잠시 동작을 멈추고 고개를 좌우로 흔들며 저를 바라보더니 "사장님께서 이 일을 하시게요?" 하더니 "이 일은 아무나 못해요" 라고 하면서 입을 닫아 버렸습니다.

그러더니 "수없이 많고 많은 일 중에 왜? 하필이면 이 일을 하려고 그래요?" 하면서 손사래를 쳤다. 그리고 잠시 후 나를 위아래로 훑어보더니 "정말로 이 일을 해 볼 마음이 있으면 종로에 있는 학원에 가서 제대로 배우고 시작하라"고 귀띔을 해주었습니다. 본인도 나이가 63살인데 퇴직하고 3년 동안 놀다가 이 일을 시작했는데 너무나 좋다고 하였습니다. 처음에는 남들의 인식이 안 좋아서 망설였는데 남이 내 인생을 대신 살아주는 것도 아니고 내가 하고 싶으면 하는 것 아니겠느냐고 반문하였습니다. 더구나, 우리 나이에 하겠다는 마음만 먹으면 이만한 직업이 없다고 귀띔해 주었습니다. 아울러 식당이나 치킨집은 자본금이 많이 들어가고 장사가 안 되면 임대료 때문에 망할 수가 있는데 그런 일보다 훨씬 낫다는 말까지 덧붙였습니다. 나는 친절하고 자세하게 말씀해주신 세신사 아저씨의 말을 듣는 순간 그래! 이거다 하는 생각이 들었습니다. 저는 세신사 아저씨에게 고맙다는 인사를 드리고 사우나를 나왔습니다. 그리고 집으로 오는 길에 나는 결심을 했습니다. "세상에 죽으라는 법은 없다." "억울해서 이대로는 죽을 수 없다." 다시 한 번 밑바닥부터 시작하자는 각오를 다졌습니다.

≪결국 당신은 이길 것이다≫ 의 저자 나폴레온 힐은 "인생은 실패

란 없다. 단지 시련만 있을 뿐이다. 실패를 실패로 바라보지 말고, 극복해나갈 수 있는 것으로 보고 노력하자. 실패를 그렇게 다루어 나갈 때 인생도 자신이 가고자 하는 곳으로 향하게 된다." 고 하면서 "실패를 그렇게 다루어 나갈 때 인생도 자신이 가고자 하는 곳으로 향하게 된다. 넘어질 때마다 일어서고, 될 때까지 하는 끈기를 갖으라"고 했습니다.

그래, 아직 끝나지 않았습니다. 이것은 실패가 아니라 신께서 나에게 더 큰 기회를 주기 위해 나를 담금질하는 과정이다. 이 과정을 견디고 나면 더 큰 기회가 오겠지! 하는 생각으로 다시 용기를 내었습니다.

일거삼득

사우나에 다녀온 날 저녁 저는 아내에게 사우나에서 있었던 일을 조심스럽게 말을 꺼냈습니다. 아내의 눈치를 보면서 조심스럽게 "나도 한 번 이 일을 해 볼까?"라고 운을 뗐습니다. 그러자 아내는 두 눈을 번쩍 치켜세우면서 "당신! 미쳤어."라고 소리를 쳤습니다. 그리고 "그 일이 얼마나 힘든 일인지 알고 이야기하느냐며 지금까지 힘든 일이라고는 한 번도 해보지 않은 당신은 절대로 못한다."고 잘라 말했습니다.

더구나 다른 사람들이 무시하고 깔보는데 왜? 하필이면 많고 많은 일중에 그런 일을 하냐고 화를 벌컥 내면서 더 이상 말을 꺼내지도 못하게 하였습니다.

저는 아내에게 흥분을 가라앉히고 차분하게 이성을 가지고 이야기하자고 했습니다. 그리고 무엇보다도 현재 우리가 놓인 현실을 즉시하고 이 난관을 어떻게 돌파할 것인가? 그 방법만 생각하자고 했습니다. 체면이 중요한 것도 아니고, 남의 눈치를 볼 필요도 없고 과거에 어떻게 살아왔는지 따위는 생각하지 말고 이야기하자고 했습니다.

왜냐하면, 지금 우리 앞에 놓인 현실이 체면이나 과거 따위를 논할 처지가 아니었습니다. 그런 후 무거운 침묵이 집안 분위기를 억누른 체 일주일이 흘러갔습니다. 저는 조용히 아내에게 다시 한 번 세신사 일에 대해 진지하게 이야기를 꺼냈습니다.

그리고 현재 우리에게 놓인 현실이 하루속히 내가 돈을 벌어 파탄 직전에 있는 가정경제를 살려야 한다는 것과 운동을 하든 일을 하든 조속한 시일 내에 뱃살을 빼서 복부비만을 탈출해야 한다는 것을 확인해 주었습니다. 더구나 고혈압, 지방간, 고지혈증, 콜레스트롤, 헬리코박터 그리고 당뇨전단계에 놓인 몸을 최대한 빠른 시일 내에 건강한 몸으로 만들어야 했다.

뿐만 아니라 손님이 없는 대기 시간에는 나의 마지막 꿈인 '1만 권의 독서'를 중단하지 않고 계속할 수 있기 때문이라는 점도 말했습니다. 한마디로 말하면 "일거양득"이 아니라 "일거삼득"의 효과가 있는 일이라고 아내를 설득했습니다. 그런데 아내를 막상 설득을 시키고 보니 한편으로 내가 세신사라는 직업에 대해 잘 모르면서 너무 조급하고 성급한 판단을 하지 않았나? 하는 생각이 들었습니다.

그러나 ≪나는 도서관에서 기적을 만났다≫의 김병완 작가는 '인생 전략을 세우고 인생의 성공을 위해 무엇인가에 도전하고자 하는 사람들이라면 손자가 말한 "졸속(拙速)이 지완(遲緩)을 이긴다"는 말에 귀를 기울여야 할 것이다, 라고 말했습니다. 아울러 "완벽한 때를 기다리거나 완벽하게 준비하느라고 꾸물거리면서 아까운 시간을 낭비하는 것보다는 준비가 완벽하지 않더라도 결단하고 실천에 바로 옮기는 것이 더 낫다."고 용기 있는 결단과 도전정신 및 실천의 중요성을 강조했습니다. 그렇습니다. 무슨 일을 하는 데 완벽한 때란 없습니다.

또한 무슨 일을 하려고 하면 이것저것 다 따지다 보면 새로운 일에 도전을 포기해 버리기 때문에 일단 저지르고 앞으로 나가면서 부족한 부분에 대해서는 보완하는 방향으로 마음의 위안을 삼았습니다. 어차피 내가 가는 인생 2막의 길은 남이 가지 않은 길입니다. 이미 숲속에 나 있는 길은 내 길이 아닙니다. 그 길은 이미 다른 사람들이 지나간 길입니다. 지금부터 내가 가는 길은 없는 길을 내가 스스로 만들어서 가야 내 길이고 내 삶이고 내 인생입니다. 따라서 저는 내가 선택한 길은 아직 가보지 않아서 두렵지 만 더이상 망설이지 않고 당당하게 첫발을 내딛기로 결심을 하였습니다.

인생 2막

　저는 제 결심이 흔들리기 전에 우선 일을 저지르고 보자는 생각에서 2015년 7월 25일 종로에 있는 학원(대정 뷰티 아카데미)을 찾아 갔습니다. 그런데 상담을 하시던 원장님께서 나의 위 아래를 훑어보더니 갑자기 "사장님께서 이런 일을 할 수 있겠습니까?" 라고 질문을 하였습니다. 저는 그렇다고 대답을 한 후 왜? 그런 말씀을 하시냐고 물었다. 그랬더니 원장님께서 하시는 말씀이 "손을 보니까 전혀 힘든 일을 해본 손이 아니라서 힘든 일을 할 수 있을까? 하는 생각이 들어서 물어본 것이라고 말했습니다. 아마, 원장님께서 보시기에 세신사라는 일을 할 수 있는 사람으로 믿기지 않았나 봅니다. 수강료는 7일이 지나면 환불해주지 않으니까 잘 생각해보고 자신이 없으면 7일 이내에 오시면 환불해 드리겠다."고 친절하게 말씀해주셨습니다. 그리고 "마음에 확신이 서면 수강증에 표시되어 있는 사우나로 가서 수강증을 보여주면 선생님께서 잘 가르쳐 주실 것이라고" 말씀을 하였습니다. 저는 원장님께 친절하게 안내해 주셔서 고맙다고 인사를 드린 후 집으로 돌아왔습니다.

　그리고 다음날 나는 잠시도 머뭇거리지 않고 수강증에 표시되어 있는 송파구 풍납동에 소재한 토담사우나를 찾아 갔습니다. 남탕으로 들어가니 평상 위에 앉아 있던 몸매가 매끈하게 쫘~악 빠진 근육질의 남자가 웃으시며 반갑게 맞이하여 주었습니다. 그리고 종이컵에 커피를 타서 주시면서 그동안 무슨 일을 했으며, 왜? 이런 일을 하려고 하느냐고 물었습니다. 저는 세신사 일을 배우려고 왔지만 처음 만난 사람에게 내 신상잡변에 대해 구구절절 털어놓고 싶지 않았습니다. 그래서 그냥 그럴만한 사정이 있어서 왔다고 했습니다. 그랬더니 대뜸 하는 말이 "사장님이 어떻게 이런 일을 하시겠냐?"고 하면서 이 일은 아무나 하는 일이 아니라고 말하였습니다.

아울러 재차 "이런 일을 하실 분이 아닌 것 같은데 잘 생각해보시고 그래도 하시겠다면 내일 다시 오세요."라고 하였습니다. 저는 종이컵에든 커피를 다 마신 후 그럼 내일 다시 오겠다고 말을 하고 사우나 밖으로 나왔습니다. 그리고 집으로 되돌아오는 길에 나 자신에게 다시 한번 물었습니다. 처음 각오가 지금도 변함이 없는지? 다시 한번 나 자신에게 확인하였습니다.

아울러 이 길을 선택한 것에 대해 후회는 없는지? 하는 생각과 함께 내가 너무 아무것도 모르고 마음만 조급해서 덤벼들 듯이 일을 저지르는 것은 아닌지? 이런저런 고민들이 머릿속을 복잡하게 흔들었습니다. 그러나 사람이 하는 일인데 누구는 하고 누구는 못하는 일이 어디에 있겠느냐? 때로는 너무 이것저것 따지는 것보다 일을 그냥 저질러야 하는 경우도 있지 않느냐. 이번에는 일단 저지르고 보자라고 마음을 굳게 먹고 다음날 아침 일찍 다시 송파구에 있는 토담 사우나로 갔습니다.

사우나 문을 열고 들어서자 평상에 앉아 있던 선생님께서는 놀라운 눈으로 저를 바라보며 "안 올 줄 알았는데 오셨어요?" 라고 하면서 반갑게 맞이하여 주었습니다.

그리고 선생님께서는 종이컵에 봉지커피를 타서 마시라고 주면서 옆으로 앉으시더니 "무슨 사연인지는 모르겠지만 세상살이 다 마음먹기에 달려 있습니다. 누구 눈치도 볼 필요도 없고 눈 딱 감고 10년만 고생하면 다시 일어날 수 있습니다. 사장님께서는 충분히 그렇게 하실 수 있을 것 같아요." 라고 하면서 나에게 힘과 용기를 불어넣어 주었습니다. 이렇게 내 나이 58살에 한 번도 가보지 않은 새로운 길에 대한 두려움과 함께 떨리는 도전은 시작되었습니다.

내 길은 내가 만든다

세신사 선생님께서는 "세신에 있어서 가장 중요한 것은 마음 자세"라고 하였습니다. 왜냐하면, "세신사가 화가 나 있거나 기분이 안 좋은 상태에서 때를 밀면 세신사의 감정상태가 손님에게 그대로 전달되기 때문이라고 했습니다."

따라서, 항상 "일을 시작하기 전에 나 자신의 마음을 평온한 마음으로 진정을 시킨 상태에서 손님에게 나의 좋은 기운을 전달한다는 마음으로 해야 손님도 때를 밀고 나면 시원하고 기분이 좋다"고 강조하였습니다. 그리고 "다음으로 일을 할 때 중요한 것은 타올 잡는 법이라고" 했습니다. 왜냐하면 수건을 편안하고 주름이 없이 잘 잡아야 때를 밀 때 손님의 피부가 아프지 않고 잘 밀린다고 강조하였습니다. 따라서 수건을 잡는 훈련을 교육 첫날부터 교육이 끝날 때까지 쉬지 않고 계속했습니다.

뿐만 아니라, 저는 빠른 시일 내에 숙달을 하기 위해 수건을 가방에 넣어서 집으로 가지고 와 화장실에서 아내와 아이들 몰래 수건 잡는 연습을 했습니다. 아울러 교육을 받다가 잠시 쉬는 시간에는 탕 안으로 들어가 세신실에서 손님의 때를 미는 선생님의 실제 모습을 눈여겨보았습니다. 그리고 때를 미는 순서와 손놀림 하나하나를 놓치지 않았습니다.

교육을 시작하고 일주일째 되는 날 선생님께서는 수건 잡는 방법이 어느 정도 되었으니 직접 자신을 손님으로 생각하고 때를 밀어보라고 하였습니다.

저는 선생님께서 말씀하신대로 선생님을 손님으로 생각하고 실습을 하기 위해 손에 수건을 잡았습니다. 그런데 막상 때를 밀려고 하니 가슴이 쿵쾅쿵쾅 뛰고 얼굴이 화끈거려 도저히 때를 밀 수가 없었습니다. 난생처음 다른 사람 몸의 때를 밀려고 하니 쑥스럽고 당황스러웠다. 머뭇거리고 있는 나의 모습을 지켜보신 선생님께서는 "긴장을 풀고 연습이니까 아무런 생각하지 말고 그냥 밀어보라고 하였습니다. 처음이라 당연히 떨리고 실수할까봐 겁이 나겠지만 용기를 내어 하지 않으면 진짜 손님을 만나면 겁이 나서 팔을 움직일 수 없으니까 남자답게 배짱을 가지고 해보라고 용기를 불어 넣어주셨습니다. 저는 선생님의 말씀에 용기를 내어 숨을 한번 깊게 들이마신 후 다시 내 뿜고는 그동안 배운 기억을 되새기면서 선생님의 오른쪽 팔부터 시작해 때를 밀기 시작했습니다.

가슴과 배, 다리를 밀고 옆구리까지는 생각이 나는 데 그 뒤로는 내가 어디를 어떻게 밀었는지 전혀 생각이 나지 않았습니다. 얼마나 긴장을 하고 했는지 정신을 차리고 보니 어느새 끝이 났는지 끝이 났습니다. 나는 어떻게 된 영문인지 몰라 어안이 벙벙한 표정으로 선생님을 바라보니 환하게 웃으시면서 대만족을 하셨습니다.

교육을 본격적으로 시작한 후 선생님께서 웃으시기는 처음이었습니다. 선생님께서는 교육을 하는 동안 하루종일 잔소리와 욕설이 아니면 말이 되지 않았습니다. 때로는 교육을 받는 도중에 선생님의 지나친 잔소리와 심장을 찌르는 욕설로 화가 치밀어 올라 수건을 던져 버리고 사우나를 뛰쳐나오고 싶을 때가 한 두 번이 아니었습니다. 그럴 때마다 나는 여기서 선생님이 하는 잔소리와 욕설을 참아내지 못하면 나는 내 길을 갈 수 없다고 저를 스스로 위로하고 격려하면서 제 자신을 달랬습니다.

"어차피 새로운 길을 가기 위해 새로운 마음과 각오를 가지고 입문했다. 그렇다면 과거의 모든 것은 잊어버리고 다시 태어나는 고통을 참아내야 다시 태어날 수 있다"라고 하면서 내 마음을 다독였습니다. 왜냐하면 수료 후 실제로 사우나에서 일을 하게 되면 이보다 더 심했으면 심했지 덜 하지는 않을 것이라는 것은 짐작하고 있었기 때문입니다. 따라서 "매일매일 참고 또 참자! 그리고 마음속에 담아두지 말고 한 귀로 듣고 한 귀로 흘러버리자"라고 나 자신에게 주문을 걸었습니다. 그렇게 잔소리도 듣고 욕도 먹으면서 눈물 반, 후회 반, 믿음 반으로 교육을 받다보니 어느새 한 달이 훌쩍 흘러 8월 말이 되었습니다.

2015년 8월 30일 선생님께서 이 정도면 어디에 가든 일을 못한다는 소리는 듣지 않을 정도의 수준이 되었으니 소개소에 연락을 해서 일할 자리를 알아보라고 하였습니다. 아울러 교육을 받는 동안 자신이 잔소리를 하고 심한 욕설을 한 것은 사우나에서 일을 하게 되면 더 심한 모욕도 참고 견뎌내야 하기 때문에 일부러 한 것이니 마음에 담아두지 말라고 하면서 사과를 하였습니다. 선생님으로부터 사과의 말씀을 듣는 순간 저는 저도 모르게 코끝이 찡하면서 눈물이 핑 돌았습니다. 저는 이렇게 세신 분야에 최고의 선생님을 만나 가르침을 받고 세신사의 길에 입문하였습니다. 그리고 다음 날 내가 만든 길을 가기 위해 소개소에 전화를 해서 혼자서 일을 할 수 있는 사우나를 부탁하였습니다.

19

나는 나를 혁명한다

"스스로 혁명가가 될 때 비로소 나는 나의 주인이 될 수 있다.
혁명성은 자신이 가지고 있는 것에 대해, 스스로 인식하는 것들에 대해,
자신이 사물을 바라보는 시각에 대해 새로움을 경험하는 것이다.
서슴없이 경계를 허물고 기존의 것을 타파하는 행동이 나를 혁명가로 만든다."
≪시골의사 박경철의 자기혁명≫ 박경철

나를 바꾸는 자기 혁명

세신사로서 사우나에서 일할 사우나를 알아봐달라고 부탁을 했던 소개소에서 전화가 왔습니다. 일단 시흥, 광명, 인천 3곳 중에 가서 보고 마음에 드는 곳으로 가라고 했습니다. 저는 인천, 시흥을 둘러보고 광명을 마지막으로 보았으나 마음이 성큼 내키는 곳이 없었습니다. 착착함 마음으로 핸들을 돌려 집으로 가고 있는데 문득 여러 가지 생각이 머리를 혼란하게 만들었습니다.

아무리 파탄 직전에 놓인 가정 경제를 살려야 하고, 나빠진 건강을 되찾기 위해서 선택한 길이지만 막상 소개소에서 소개해준 사우나를 둘러보고 다니는데 갑자기 나 자신이 한없이 불쌍하고 안됐다

는 생각이 몰려왔습니다.

아울러 이유야 어찌 되었든 간에 비록 중소기업이지만 한 때는 상무이사로서 잘 나갔던 내가 직장폐업으로 절망의 늪으로 곤두박질 치더니 예순 살을 목전에 두고 때밀이 일을 하겠다고 일자리를 찾아다니는 나 자신이 너무나 불쌍하고 측은하다는 생각이 든 것입니다.

2013년 9월 27일 회사가 문은 닫아 버린 후 아무에게도 말을 못하고 혼자서 불안하고 초조한 마음으로 하루하루가 피를 말리는 불안한 나날이었습니다. 그런 가운데 내가 흔들리면 사랑하는 아내와 아들과 딸이 흔들린다는 생각 때문에 아무리 힘들고 가슴이 조여와도 내색하지 않고 태연하게 2년을 버텨왔습니다. 그런데 집으로 오는 길에 그만 가슴속에서 참고 참았던 뜨거운 눈물이 울컥하고 쏟아지고 말았습니다. 그동안 가슴에 켜켜이 쌓인 모든 감정들이 한꺼번에 봇물 터지듯이 쏟아져 흘러내렸습니다.

얼마나 울었을까? 어느덧 해는 뉘엿뉘엿 서쪽으로 기울어 땅거미가 지고 있었습니다. 저는 북받치는 서러운 마음을 진정시키고 "이 고통의 시련도 내가 잘못 살아온 삶에 대한 업보라면 응당 대가를 치르자"라고 나 자신을 타일렀습니다. 나의 잘못 살아온 과거의 모든 것을 버리고, 나를 새롭게 혁명하기 위해 새로운 길을 선택했지만 새로운 길로 접어든 초입부터 가보지 않은 길에 대한 두려움 때문에 긴장을 많이 한 것 같았다. 심호흡으로 마음을 가다듬고 인생 2막으로 선택한 세신사라는 직업에 대해 다시 한 번 각오를 다진 후 집으로 향했습니다.

≪시골의사 박경철의 자기혁명≫의 저자 박경철은 그의 저서에서 "혁명성은 안주하려는 인간의 속성과 달리 자신이 가지고 있는 것에 대해 스스로 인식하는 것들에 대해 자신이 사물을 바라보는 시각에 대해 새로움을 경험하는 것이다. 서슴없이 자신의 경계를 허물고 새로운 것, 새로운 사람, 새로운 가치를 받아들이는 것이다. 이렇게 기존의 것을 타파하는 행동이 바로 혁명성이며, 그것을 행한 결과가 바로 혁명이다." 라고 말하였습니다. 저는 세신사로 인생 2막을 시작한 순간부터 '나는 세신사다' 라는 생각을 뇌에 각인시켰습니다.

아무리 힘들고 더럽고 역겨워도 소태를 씹는 인내로 참고 또 참아 이겨내지 못하면 '나는 나를 혁명할 수 없다' 라는 생각을 수 없이 되뇌였습니다. 아울러 지금까지 살아오면서 몸에 배였던 나쁜 습관과 사고방식을 모두 버리고 나를 바꾸자. 내가 나 자신을 바꾸는 혁명만이 새롭게 태어날 수 있다는 사실을 저 자신에게 다시 한 번 되새겼습니다.

한편 변화경영전문가인 구본형선생께서는 ≪익숙한 것과의 결별≫을 통해 "어제의 인간으로 오늘을 살 것인가?" 라고 말씀한 것처럼, 오늘을 살아가기 위해서 나는 나 자신을 새롭게 바꿔야 했습니다. 내가 나를 혁명하지 않고서는 나는 절대로 새롭게 태어날 수 없었습니다. 그렇습니다. 자기혁명을 통해 새롭게 태어나기 위해서는 가장 먼저 어제까지 살아온 삶의 방식과 습관, 사고방식 등 익숙한 것과의 결별이 전제되어야 합니다. 그리고 새로운 비전을 가지고 타인을 의식하지 않고 내가 주도적으로 내 인생을 과감하게 바꾸어야 합니다. 이것이 자기 인생에 대한 도발이고 혁명입니다.

가보지 않은 길!

저는 2015년 9월 4일 오후 8시 인생 2막의 둥지를 틀기 위해 의정부골드자수정사우나에 짐을 풀었습니다. 전혀 경험해보지 않은 새로운 길을 가기 위해 너무 많은 긴장을 해서 그런지 머리가 깨어질 듯이 아프고 눈이 쑤셨습니다. 허기진 배를 달래기 위해 순대국을 한 그릇 시켜 먹는 데 밥이 꼭 모래알 같아 도저히 먹을 수가 없습니다. 저는 순대국을 먹는 둥 마는 둥 하고 사우나 라커룸 한쪽 구석에 잠자리를 펴고 누워 잠을 청했습니다. 몸은 천근만근인데 마음이 착잡하고 온갖 잡념이 떠오르면서 잠을 자려고 해도 도저히 잠을 이룰 수가 없었습니다. 더구나 사우나가 지하 2층이라 습하고 매캐한 곰팡이 냄새와 탁한 공기가 코를 찔렀습니다. 그리고 "나는 지금까지 한 번도 한 눈 팔지 않고 근면, 성실하게 열심히 살았는데 도대체 내가 무엇을 잘못해서 여기에 이러고 있지?" 하는 억울하고 분한 생각이 들었습니다. 그래도 잠을 이루기 위해 이리 뒤척 저리 뒤척이다가 시계를 보니 새벽 4시 30분이 되었습니다. 잠을 한 숨도 자지 못해서 그런지 눈이 쑤시고 아프면서 머리가 띵하니 개운하지 않았지만 인생 2막 첫날부터 게으름을 피울 수 없어서 잠자리를 털고 일어났습니다.

탕에 물을 받고 뜨끈뜨끈 물로 샤워를 한 후 정신을 가다듬고 보니 새벽 5시가 되었습니다. 잠시후 이른 새벽부터 동네 어르신으로 보이는 네 분이 첫 손님으로 들어오셨습니다. 어르신들에게 오늘부터 일하게 된 세신이라고 정중하게 인사를 드렸습니다. 이렇게 저의 인생 2막 창업 첫날 하루가 시작되었습니다. 잠시 후 목욕탕 문이 열리더니 젊은 청년이 고개를 삐죽 내밀고 사장님! 하고 저를 불렀습니다. 때를 밀어달라는 신호였습니다. 저는 사원 채용 면접을 보기 위해 면접실로 들어가는 신입사원 지원자처럼 잔뜩 긴장된 몸으로 탕 안으로 들어갔습니다. 세신대 위에는 조금 전 나를 불렀던 청년이 반듯이 누워 있었습니다. 그런데 그 청년을 본 순간 가슴이 쿵쾅쿵쾅 방망이질을 하더니 얼굴이 화끈거리고 손이 덜덜 떨리기 시작했습니다. 운명의 장난으로 세신사가 되어 첫 손님의 때를 미는 순간에 찾아오는 두려움과 낯섦과 불안 그리고 공포감이었습니다. 아! 이러면 안 되는 데 하는 생각과 함께 가슴이 답답해지면서 등짝에서 식은땀이 주르륵 흘러 내렸습니다. 그런데 순간적으로 세신학원에서 교육을 받을 때 선생님께서 했던 말씀이 번뜩 떠올랐습니다.

"첫 손님을 맞이할 때 절대로 두려워하지 말고 떨지 마라. 만약 두렵고 떨리는 경우에는 길게 숨을 들여 마신 뒤 내쉬고 아랫배에 힘을 준 후 연습할 때처럼 부담 갖지 말고 팔을 잡고 그냥 밀다 보면 차츰차츰 마음이 가라앉을 것이다"라는 말씀이 생각났습니다.

저는 선생님의 말씀대로 길게 숨을 들이 마시고 내쉰 후 아랫배에 힘을 준 뒤 손님을 선생님으로 생각하고 오른팔을 잡아 서서히 때를 밀기 시작했습니다. 신기하게도 잠시 후 마음이 서서히 안정이 되면서 손님의 모습이 뚜렷이 보이기 시작했습니다. 이렇게 힘들고 어렵게 신고식을 마치고 나자마자 계속해서 손님이 한 분 두 분 밀려드는데 너무 바빠서 정신을 차릴 수가 없었습니다. 얼마나 시간이 지났을까? 목이 말라 숨이 막힐 지경이었습니다. 그러더니 잠시 후 정신이 혼미해지면서 현기증이 났습니다. 순간적으로 이러다가 쓰러져 죽겠구나 하는 생각이 들었습니다.

저는 도저히 더 이상 참을 수가 없어서 손님에게 화장실에 잠깐 다녀오겠다고 양해를 구한 후 밖으로 나왔습니다. 그리고 생수병을 들고 물을 목에다 털어 넣었습니다. 아울러 비상식량으로 준비해둔 삶은 계란을 까서 한입에 쑤셔 넣었습니다. 나는 그렇게 계란을 마파람에 게 눈 감추듯이 먹어 치우고 화장실에 들러 생리적인 문제를 해결하였습니다. 후~ 그리고 나서야 조금은 살 것 같았습니다. 저는 다시 세신실로 돌아와 계속해서 밀려드는 손님들의 때를 밀었습니다. 그런데 이제는 허리가 아프고 다리가 아파서 쓰러질 것만 같았습니다. 그러나 이대로 포기할 수는 없었습니다. 어쩔 수 없이 오늘 하루는 채워야 한다는 생각으로 어금니를 악물고 참고 또 참았습니다. 마지막 손님의 때를 다 밀고 끊어지도록 아픈 허리를 펴고 보니 저녁 7시가 넘었습니다. 이렇게 저는 인생 2막 창업 첫날 신고식을 혹독하게 치렀습니다.

다시 태어나다!

제가 인생 2막으로 세신사라는 직업을 선택한 결정적 이유는 잘 못 살아온 나 자신을 벌하고 나 자신을 180도 바꾸기 위한 혁명을 통해 나를 새롭게 만들고 싶었기 때문입니다. 죄목은 퇴직에 대한 아무런 대책도 준비도 없이 막연하게 어떻게 잘 되겠지 하는 생각으로 살아온 '인생방관죄'입니다. 그리고 가장 낮은 곳에서 모든 것을 내려놓고 나 스스로를 냉철하게 돌아본 후 나 자신을 혁명하기 위해서 입니다. 저는 이런 각오를 가지고 사우나에 내 인생에 마지막 베이스캠프를 쳤습니다. 그리고 호된 신고식을 치룬 후 청소를 마치고 허리를 펴는 순간 배가 고프고 허기가 지면서 머리에서 발끝까지 피로가 몰려와 쓰러지기 일보직전 이었습니다.

그러나 입안이 소태를 씹은 것처럼 쓰고 입맛이 없어서 도저히 밥을 먹을 수가 없었습니다. 저는 할 수 없이 점심 때 먹고 남은 계란으로 허기진 배를 채우고 탈의실 한 쪽 구석에 쓰러져 곯아 떨어졌습니다. 이렇게 인생 2막 신고식을 호되게 치루고 난 후 하루하루가 생지옥과 같은 생활의 연속되었다. 그러나 내가 스스로 선택한 길이였기 때문에 누구도 원망할 수가 없었습니다. 저는 모든 것을 체념한 상태에서 하루하루를 악으로 버티어 갔습니다. 그렇게 하루가 지나고 이틀이 지나고 사흘일이 지나고 한 달이 지났습니다. 그런데 현실을 인정하지 않고 온몸으로 거부하던 몸과 마음이 현실을 인정하고 조금씩 조금씩 받아들이기 시작했습니다. 그리고 석 달이 지나고 나서야 몸과 마음이 현실을 인정하고 있는 그대로를 받아들였습니다. 그러던 어느날 내가 나 자신에게 내린 형벌이 너무 지나쳤나? 하는 생각도 하였습니다. 그러나 지나간 과거와 모든 것을 단절하고 새롭게 태어나기 위해서는 이만한 고통은 감내해야 했습니다.

헤르만 헤세는 그의 작품 ≪데미안≫에서 "새는 알에서 나오려고 투쟁한다. 알은 세계다. 태어나려는 자는 하나의 세계를 깨뜨려야 한다."라고 했습니다. 그렇습니다. 새는 알에서 나오기 위해 자기 스스로 죽을힘을 다해 껍질을 깨고 나와야 합니다. 저 또한 잘못 살아온 지난 과거를 반성하고 참회하는 마음으로 그동안 내 몸에 켜켜이 쌓인 낡은 생각, 고정관념, 권위의식, 편협한 사고, 나쁜 습관, 무사안일한 생각, 등을 철저히 깨어 부수고 다시 태어나야 했습니다. 그렇기 때문에 저는 어떠한 고통과 역경이 몰아쳐도 피하지 않고 당당하게 맞서 온몸으로 싸워서 이겨내야 했습니다. 이렇게 나 자신과 싸우면서 나를 혁명하기 위해 정신없이 보내다 보니 어느 새 인생 2막을 창업한 지 6년이 지났습니다.

그리고 마침내 저는 다시 태어났습니다. 다시 태어난 나의 몸무게는 67kg이고 허리둘레는 33인치로 복부비만과 과체중을 탈출하였습니다. 혈압은 120/80으로 정상이며 공복혈당도 85로 완전히 정상을 회복하였습니다. 뿐만 아니라 지방간과 콜레스트롤, 헬리코박터도 깨끗하게 정상을 되찾았습니다. 아울러 지난 6년 동안 가장 낮은 곳에서 가장 낮은 자세로 수많은 사람들에게 참 많은 것을 배웠습니다.

오직, 이곳 사우나에서 배울 수 있는 참다운 인생 공부를 하였습니다. 이것이 제가 지금까지 잘못 살아온 '인생방관죄'에 대한 형벌이며 새롭게 태어나기 위한 자기혁명이었습니다.

나의 삶은 예순 살을 눈 앞에 두고 절망의 늪으로 곤두박질치고 말았습니다. 그러나 억울해서 절대로 '이대로는 죽을 수 없다'는 각오로 세신사가 되어 사우나에 내 인생에 마지막 베이스캠프를 쳤습니다. 그리고 1만 권의 독서라는 꿈을 이루기 위해 '나는 나를 혁명한다.'는 각오로 나쁜 습관을 하나씩 하나씩 버리면서 술과 담배를 끊었습니다. 그리고 사시사철 다니던 등산, 여행을 중단했습니다.

또한, 지난 33년 동안 타고 다녔던 승용차를 과감하게 처분해 버리고 두 발로 걸어 다니는 뚜벅이 인생을 살고 있습니다.

더구나, 62년 동안 하루 세끼 식사를 제때 안하면 큰일 날것처럼 생각했던 고정 관념에서 벗어났습니다. 그리고 저녁 식사를 밥이 아닌 고구마, 당근, 토마토, 우유 등으로 대신하는 습관으로 바꾸었다. 이렇게 저는 저의 꿈을 이루기 위해 나쁜 습관은 버리고, 좋은 습관은 하나씩 하나씩 몸에 들이고 있습니다. 이것이 익숙한 것과의 결별을 통해 새로운 것을 맞이하기 위한 나 자신에 대한 혁명입니다. 이 혁명이 성공하는 날 나는 작가의 꿈을 이루고 다시 태어날 것입니다.

시이불견[視而不見] 청이불문[聽而不聞]하라!

"心不在焉(심부재언)이면: 마음이 있지 아니하면,
視而不見(시이불견)하며: 보아도 보이지 아니하며,
聽而不聞(청이불문)하며: 들어도 들리지 아니하며,
食而不知其味(식이부지기미)니라 : 먹어도 그 맛을 알지 못하느니라."

≪한국의 미 특강≫오주석에서 재인용

이 말은 ≪대학≫ 정심장(正心章)에 나오는 말로서 마음이 있지 아니하면 보아도 보이지 아니하며, 들어도 들리지 아니하며, 먹어도 그 맛을 잘 모른다는 뜻입니다. 그런데 저는 세신사로 인생 2막을 창업하던 날 "視而不見(시이불견)하며, 聽而不聞(청이불문)하라!"를 세신일을 하는 동안 나의 좌우명으로 삼았습니다. 그 이유는 세신학원 선생님께서 이 일을 처음 시작하면 사람들이 무시하고 말을 함부로 하기 때문에 속이 많이 상할 것이라고 미리 귀띔을 해주었기 때문입니다. 따라서 저는 그동안 독서를 하면서 오주석 선생께서 지은 ≪한국의 미 특강≫에서 읽었던 "시이불견(視而不見)' 보기는 보는데 보이지 않고, 청이불문(聽而不聞) 듣기는 듣는데 들리지 않는다."라는 문구를 나 나름대로 재해석하여 인생 2막을 창업하면서 나를 다스리기 위한 좌우명으로 삼았습니다. 즉, 손님이 하는 말은 들었어도 듣지 못했으며, 보았어도 보지 못했으며, 하고 싶은 말이 있어도 입을 다물고 가슴속에 새기고 일을 하다 보면 손님들과 트러블 없이 잘 지낼 수 있을 것으로 생각했기 때문입니다.

대다수의 사람들이 요즈음은 시대가 많이 좋아져 직업의 귀천이 없다고 합니다. 그러나 사우나에서 일을 하면서 보면 아직도 구태의 연한 생각을 가진 손님이 종종 있습니다. 그렇다보니 요즘도 세신사라는 이유로 노골적으로 사람을 무시하고 말을 함부로 하는 사람들이 있습니다. 따라서 나는 나 자신을 다스리기 위한 좌우명으로 "시이불견 청이불문(視而不見 聽而不聞)"을 A4 용지에 출력해서 벽에 부착해 놓고 수시로 보면서 나를 다스리고 있습니다. 그리고 저는 손님이 무어라 부르든, 어떤 말을 하던 신경쓰지 않고 나 자신만 처신을 정확하게 하면서 일을 하고 있습니다.

이렇게 해서 인생 2막을 창업을 한 후 저는 수많은 손님들과 접촉했지만 한 두 명을 제외하고는 크게 얼굴을 붉히지 않고 손님들과 사이를 적정하게 유지하면서 지혜롭게 지내고 있습니다. 따라서 "視而不見(시이불견)하며, 聽而不聞(청이불문)하라."는 말은 나의 인생 2막을 살아오는 데 나를 흔들리지 않게 중심을 잡아준 삶의 좌우명이 되었습니다.

그리고 지금도 나는 매일매일 매 순간순간 마다 "視而不見(시이불견)하며, 聽而不聞(청이불문)하라."는 말을 주문을 외우듯 입에 달고 생활을 하고 있습니다.

신이시여, 저를 용서하소서!

그런데 변명 같지만 때로는 " 視而不見(시이불견)하며, 聽而不聞(청이불문)하라"는 메시지 때문에 나 스스로 죄인이 될 때가 한 번이 아닙니다. 아무리 내가 나 자신을 낮추고 겸손한 자세로 상대를 배려한다 해도 때로는 인내의 한계에 직면할 때가 있습니다. 제가 인생 2막으로 사우나에 베이스캠프를 치고 나를 혁명하기 위해 나 자신과 투쟁하는 동안 인내의 한계를 경험한 일이 있습니다.

- 갑질의 끝판왕

사우나의 특성상 청소를 할 때 소독과 청소를 위해 락스를 사용할 수밖에 없습니다. 락스 특유의 독한 냄새와 가스를 없애기 위해 저녁 내내 환풍기를 돌리지만 새벽 5시 첫 손님이 탕에 들어서면 약간의 냄새가 남아 있는 경우가 있습니다. 그런데 새벽 5시에 들어오는 손님 중에 유독 락스 냄새에 알레르기 반응을 S씨라는 손님이 있습니다. 이 손님은 매일 새벽 탕에 들어오면 탕 안에서 락스 냄새가 난다고 육두문자를 써가면서 입에 담지도 못할 심한 욕설을 퍼부어댑니다.

저도 독한 냄새와 눈이 따갑도록 매운 가스가 발생하는 락스를 사용하고 싶지 않습니다. 그러나 탕 안의 소독과 청결을 위해서 불가피하게 사용할 수 밖에 없습니다. 그런데 락스 냄새를 트집잡아 하루를 시작하는 이른 새벽부터 갑질하는 손님에게 차마 입에 담지도 못할 폭언을 듣고 나면 나도 감정의 동물이기 때문에 좌우명인 "시이불견 청이불문(視而不見 聽而不聞)"으로 나 자신에게 주문을 걸어본들 주문이 먹혀들지 않는 경우가 있습니다.

더구나 탕 안에서만 일회성으로 끝나지 않고 제가 대기하고 있는 4층 얼음방까지 따라내려와서 눈을 부릅뜨며 입에 담지도 못할 폭언을 할때는 인내에 한계를 느낍니다. 아무리 사우나의 특성상 락스를 사용할 수밖에 없다고 설명을 하고 이해를 구해도 막무가내식입니다. 심지어는 동네 목욕탕에 와서 호텔 사우나와 비교를 하며 사람을 못살게 굴 때는 정말 미치기 일보 직전입니다. 그렇다고 무슨 말만 하면 눈을 부릅뜨면서 고함을 질러대니 응대를 안 한 것이 상책입니다. 응대를 안 하고 피해버리니까 이제는 내가 대기하고 있는 4층 얼음방까지 좇아 내려와서 못살게 굽니다. 견디다 견디다 못해 주인에게 하소연 해 보지만 그래도 손님이 왕이니까 무조건 참아야 한다고 말을 합니다.

따라서 제가 할 수 있는 방법은 아무것도 없습니다. 그렇다고 이런 일로 내가 이 일을 그만둔다는 것은 내 자존심이 허락하지 않습니다.

속에서 화와 분노가 치밀어 올라와 가스가 차고 명치 끝을 조이지만 내가 할 수 있는 유일한 방법은 응대를 안 하고 피하는 수밖에 없습니다. 사우나에서 때를 미는 세신사라는 이유로 사람의 인격을 무시하고 자존심을 짓밟아 버리며 마음을 갈기갈기 찢어 놓을 때는 인내에 한계가 왔습니다.

그럴 때는 순간적으로 이 정도 일로 인해 화와 분노가 올라오는 것은 내가 아직은 수양이 덜 되었기 때문인 것으로 생각하고 다시 나를 다스려 봅니다. 그러면서도 너무 분한 생각에 녹음을 해서 검찰에 고발을 해버릴까? 하는 생각을 수없이 했습니다. 그러나 검찰에 고발을 하면 나는 이곳을 그만둘 수밖에 없기 때문에 그렇게 할 수도 없습니다. 그래서 내가 선택한 방법은 실리콘으로 만든 귀마개를 사서 귀를 틀어막았습니다. 갑질을 하던 말건 무시하고 응대를 안 하는 것이 만이 최선입니다. 귀를 틀어막고 얼음방에서 책을 읽고 있으니까 뒤통수에 대놓고 한바탕 야단법석을 떨더니 제풀에 죽어 그만 5층 탕으로 올라갑니다. 일단은 대성공입니다. 그리고 그 다음날도 얼음방에서 책을 읽고 있으니까 두세 차례 제 뒤통수에다 대고 뭐라고 지껄이더니 제 풀에 지쳤는지? 더 이상 내려오지 않았습니다. 그리고 하루 이틀 시간이 지나더니 요즈음은 사우나에 오지 않습니다. 아마 갑질을 받아 줄 다른 사우나를 찾아간 모양입니다. 이렇게 일회성이 아니고 매일 반복적으로 사람을 못살게 괴롭히는 진상을 만나면 아무리 내가 나 자신을 낮추고 " 視而不見(시이불견)하며, 聽而不聞(청이불문)하라"를 가슴에 담고 산다고 해도 한계에 직면할 때가 있습니다.

그리고 얼마 후 서울 강북구 ㄱ아파트 경비 최희석씨가 한 입주민의 폭언. 폭행을 견디지 못하고 자살한 사건이 뉴스에 보도되었습니다. 뉴스를 통해 고 최희석씨의 죽음 소식을 접한 나는 남의 일이 아니란 생각에 분노가 치밀어 올라왔습니다. 얼마나 입주민의 폭언과 폭행이 참기 힘들었으면 죽음이라는 극단적인 선택을 했을까? 하는 생각이 들었습니다. 아울러 아무리 힘이 들더라도 죽을 용기로 법에 손을 내밀어 한 번 쯤 호소를 해보지 하는 안타까운 마음을 달랠 길이 없었습니다.

- 사우나에서 쫓겨난 술주정뱅이

제가 일하는 사우나에 오는 손님중에 k씨라는 술주정뱅이가 있습니다. 대부분의 술주정뱅이가 그렇듯이 K씨도 술을 먹지 않으면 아주 조용하고 순진합니다. 그러나 술만 입에 대면 갑자기 사람이 180도 변해 괜히 시비를 걸고 입에 담지 못할 욕을 하고 갑질이 이만저만이 아닙니다. 그런데 이 K씨는 술에 취해 사우나에 오면 유독 나에게만 눈을 부릅뜨고 시비를 걸어옵니다.

사우나에서 세신을 하는 제가 가장 만만하게 보이는 모양입니다.
하루는 일과를 모두 마치고 청소를 끝낸 후 모든 조명을 끄고 4층 얼음방으로 내려와 물에 젖은 몸을 수건으로 닦고 있었습니다. 그런데 갑자기 4층 출입구 자동문이 열리더니 술에 취한 주정뱅이가 몸을 비틀거리면서 들어왔습니다. 그런데 저를 보자마자 "야. 불켜"라고 고함을 질러댔습니다. 나는 오늘 영업이 모두 끝났으니 빨리 샤워나 하고 가라고 했습니다. 그런데 제 말이 끝나자 마자 저에게 하는 말이 "이 새끼가 불을 켜라면 켜지 뭔 말이 많아? 너 좀 맞을래."라고 하면서 눈을 부라리고 주먹을 불끈 쥐더니 주먹을 제 얼굴에다 갖다 댔습니다. 당장 한 대 후려갈길 기세였습니다. 저는 술주정뱅이의 심리를 어느 정도 알기 때문에 돈 많이 벌어 놓으셨어요? 그러면 한 대 치시라고 얼굴을 밀어댔습니다. 원래 똥개는 소리만 요란하게 짖어 댈 뿐 절대로 사람을 물지 못합니다. 술주정뱅이도 마찬가지입니다. 술을 먹지 않은 맨정신으로는 말도 제대로 못하는 주제에 술을 먹으면 술의 힘을 빌어 똥개처럼 소리만 요란하게 짖어댈 뿐입니다. 더구나 입에 담지도 못할 욕설을 퍼부어 대더니 정도를 넘어 돌아가신 부모님까지 들먹입니다. 내 생전에 들어보지도 못한 상스러운 욕설과 부모님까지 거론하니 저도 사람인지라 인내에 한계를 느낀 나머지 속에서 불끈 화와 분노가 치밀어 올라왔습니다. 정말 실컷 두들겨 패버리고 싶은 마음이 굴뚝같았습니다.

그리고 순간적 무서운 생각이 들었습니다. 이래서 순간적으로 폭발하는 감정을 억제하지 못하면 폭행을 하게 되고 이성을 잃으면 사람도 죽일 수 있겠구나? 하는 생각에 소름이 돋았습니다. 저는 저 자신도 모르게 몸을 부르르 떨고 더 이상 상종을 하지 않는 것이 상책이겠다 생각하고 사우나 밖으로 나와 버렸습니다. 10년이나 젊은 놈에게 무시를 당하고 입에 담지도 못할 폭언을 참자니 울화통이 터져 미쳐버릴 것만 같았습니다. 올라오는 화와 분노를 참으려고 하니 저도 모르게 눈물이 올라오고 말았습니다. 저는 캄캄한 밤에 어린이 놀이터 의자에 앉아서 그때서야 이 일을 하겠다고 했을 때 왜? 학원 원장님이나 세신을 가르쳐준 선생님께서 아무나 하는 일이 아니라는 말의 의미를 깨달았습니다. 아울러 어젠가 "매일매일 죽기 위해 산다."고 했던 도인의 말씀이 떠올랐습니다. "하루를 살다 보면 개도 만나고 돼지도 만나고 사람도 만나는 것이 인생이다."라고 하신 말씀의 의미를 되새겨 보았습니다. 그리고 몇 일 후 술주정뱅이는 자기보다 10년이나 연배인 매점 사장님에게 "애비 없는 xx새끼"라는 욕설을 하는 바람에 매점 사장에게 싸대리를 맞았다. 그리고 그 사건으로 술주정뱅이는 결국 사우나에서 쫓겨나고 말았습니다.

20

독서가 이끄는 삶

"독서는 나를 성장하게 하고 어떤 삶의 위기에도
넘어지지 않게 붙잡아 주는 가장 강력한 도구다."
≪독서는 절대 나를 배신하지 않는다≫ 사이토 다카시

독서의 힘

≪독서는 절대 나를 배신하지 않는다≫의 저자 사이토 다카시는 "만약 당신이 지금까지 살아왔던 대로 살기로 마음먹었다면 책을 읽지 않아도 괜찮다. 그러나 어제보다 조금이라도 나아진 모습으로 살고 싶다면, 단단한 내공을 쌓아 삶의 어떤 위기에도 흔들리고 싶지 않다면 반드시 책을 읽어야 한다. 책을 읽으며 배운 저자들의 생각과 지식, 삶이 내면에 켜켜이 쌓여 무슨 일이든 자신 있게 해낼 수 있는 토대가 되어주고 인생의 갈림길에서 갈팡질팡하지 않고 후회 없는 결정을 내릴 수 있도록 도와주기 때문이다.

그래서 책을 읽는 사람은 어떤 고비나 위기에도 좌절하거나 실패하지 않고 오히려 자신이 원하는 방향대로 인생을 꾸려 나간다." 라고 했습니다. 사이토 다카시가 한 이 말은 내가 1만 권의 독서라는 꿈을 갖고 독서를 시작한 후 나를 이끌어 주는 메시지가 되었습니다.

특히, 사이토 다카시의 이 말은 제가 인생 2막으로 세신사 일을 하면서 독서를 게을리 하거나 나태해지려는 나 자신이 게을리 할 수 없도록 저에게 채찍을 가했습니다. 뿐만 아니라, 때로는 힘과 용기를 북돋아 주었습니다. 그리고 독서는 저에게 지혜와 용기를 주어 세신사에서 작가로의 변화를 꿈꾸게 했습니다. 왜냐하면 저는 "독서는 절대 나를 배신하지 않는다"는 것을 믿기 때문입니다. "생각으로는 단 1그램의 먼지도 옮길 수 없듯이" 생각만으로는 아무런 변화도 일어나지 않습니다. 아무런 도전도 노력도 하지 않으면서 어떻게 잘 되겠지 하고 막연하게 생각만 하는 것은 거짓희망이라고 했습니다.

지금 즉시 실천하지 않는 사람은 내일이 되어도 행동하지 않습니다. 생각만하고 행동하지 않는 사람에게 변화는 절대 일어나지 않습니다.

김병완 작가는 그의 저서 《책수련》을 통해서 "미치도록 자신을 바꾸고 싶다면 책을 읽어야 한다. 입으로는 자신을 바꾸고 싶다고 버릇처럼 말하지만, 실제로는 단 한 권의 책도 읽지 않고 그저 남이 가는 길을 여기저기 기웃거리는 사람은 결코 자신을 바꿀 수 없다"고 말하면서 자신을 바꾸고 싶다면 독서가 정답이라고 말했습니다.
저도 뒤늦게 발견한 꿈이지만 1만 권의 독서를 통해 나 자신을 바꾸고 삶의 변화를 간절하게 바라는 마음에서 독서를 시작했습니다.

책을 읽은 후 자란 '독서의 힘'으로 부정적인 생각과 화와 분노, 수치심을 이겨냈습니다. 뿐만 아니라, 이해와 용서, 사랑이 온몸을 가득 채워지는 것을 경험했습니다. 그리고 '독서의 힘' 덕분에 용기를 내어 인생 2막으로 세신사에 도전하였습니다. 세신사를 하면서 때로는 힘들고 고통스러워도 참고 또 참았습니다. 아울러 화와 분노가 치밀어 올라올 때마다 책을 읽고, 필사를 하며 하루하루를 이겨낼 수 있는 것은 오직! '독서의 힘' 덕분이었습니다.

현재 나의 직업은 세신사입니다. 저는 58살의 나이에 과감하게 용기를 내어 도전하였습니다. 그리고 매일매일 쏟아지는 땀과 힘든 일상 속에서도 참고 이겨내며 나쁜 습관을 하나, 둘 버리면서 나에 대한 혁명을 계속해왔습니다. 이 책은 제가 인생 2막으로 세신사 일을 하면서 책을 읽고, 필사를 하면서 작가라는 새로운 꿈에 도전하고 있는 삶을 사실적으로 쓴 자기혁명기입니다. 뿐만 아니라 저는 1만 권의 독서라는 꿈을 발견한 후 지난 11년 동안 책을 읽고 깨달은 것을 삶에 적용하고 실천하면서 나를 혁명하였습니다.

따라서 독서를 통해 저 자신을 180° 확 바꾼 경험을 삶의 위기를 맞아 좌절감과 패배감에 빠져있는 많은 분들과 공유하고 싶습니다. 매일매일 꾸준하게 지속적으로 독서를 하면 내공이 켜켜이 쌓여 어지간한 일로는 마음이 흔들리지 않고 마음이 안정이 되고 평온한 상태를 유지하여 화와 분노가 사라집니다. 아울러 매사에 생각이 긍정적으로 바뀌게 되고 모든 어려움을 이겨내고 새로운 삶을 찾아 오뚝이처럼 일어나 행복한 삶을 살아갈 수 있다고 확신합니다. 이것이 제가 경험한 보이지 않는 독서의 힘이고 독서의 위력입니다. 책 속에 길이 있고 답도 있습니다.

삶이 힘들고 자꾸 인생이 꼬일 때 방황하지 말고 가던 길을 잠시 멈추고 나 자신을 진지하게 돌아본 뒤 책 속에서 답을 찾아보시기 바랍니다. 그러면 어느 순간 부정적인 생각들이 나도 모르게 긍정적인 생각으로 바뀌면서 새로운 세계가 내 앞에 나타날 것입니다.

독서가 이끄는 삶

나를 찾아 떠난 여행에서 책을 운명적으로 만나 1만 권의 독서를 꿈으로 간직하고 집으로 돌아온 저는 꿈을 이루기 위해서는 먼저 1년에 200권씩 읽어 10년 동안 2천 권의 독서를 1단계 목표로 정했습니다. 그렇게 해서 가시적인 성과를 내야 자신감도 생기고 보람도 느끼면서 다음 단계 목표를 향해 독서를 지속적으로 할 수 있겠다는 생각이 들었기 때문입니다. 그리고 책 속에서 발견한 소망을 이루기 위해 주경야독을 해서 서울교육대학교 평생교육원에서 실시하는 독서논술지도사 과정과 자기주도학습지도사 과정을 이수한 후 독서논술지도사 자격증과 자기주도학습지도사 자격증을 취득하였습니다. 그리고 2013년 3월부터 서울 소재 초등학교에서 방과 후 교실 독서논술 강의와 자기주도학습 강의를 하면서 독서삼매경에 푹 빠져 매일매일 행복한 나날을 보내고 있었습니다.

그런데 2013년 9월 27일 행운의 여신은 내 운명에 또다시 태클을 걸었습니다. 잘 나가던 회사가 또 갑자기 폐업을 선언하고 문을 닫아 버린 것입니다. 세상에 이런 일이 제 인생에 한 번도 아닌 두 번씩이나 일어났습니다. 저는 이런 나의 운명에 대해 분노가 치밀어 올라왔습니다. 퇴직에 대해 아무런 대책도 없이 어떻게 잘 되겠지 하는 막연한 희망만을 가지고 살아온 제 자신이 한없이 미웠습니다. 따라서 저는 나 자신을 180° 확 뜯어 고치고 싶었습니다. 그러나 예순 살을 목전에 두고 있는 마당에 새롭게 인생 2막을 창업한다는 것이 결코 쉬운 일이 아니었습니다.

따라서 저는 전략적으로 다른 사람들이 힘들어서 하기 싫어하거나 기피하는 일(3D 업종)에서 일을 찾아 나섰습니다. 그러던 어느 날 나는 동네 사우나에 갔다가 태어나서 처음으로 세신사에게 때를 밀었습니다. 그리고 바로 "유레카!"를 외쳤습니다. 세상에 지금까지 단 한 번도 경험해보지 못한 시원함과 신비스러운 매력에 홀딱 빠지고 말았습니다. 그리고 나는 세신사라는 일이야말로 한꺼번에 세 마리의 토끼를 잡을 수 있는 일거삼득(돈도 벌고, 뱃살도 빼고, 독서도 하는)의 일이라는 생각을 하였습니다.

따라서 당장 종로에 있는 학원(대정뷰티아카데미)으로 달려가서 속성 반으로 교육을 마쳤습니다. 마침내 2015년 9월 5일 58살의 나이에 의정부골드자수정사우나에서 세신사로 인생 2막을 창업하였습니다. 이렇게 저는 1만 권의 독서를 시작한 후 내 운명 앞에 불어닥친 모든 일을 회피하거나 머뭇거리지 않고 과감하게 정면으로 돌파하였습니다. 아울러 아무리 힘들고 고통스러워도 독서를 게을리하지 않았습니다. 그러자 독서는 저에게 세상을 바라보는 프레임과 관점을 바꿔주었습니다. 아울러 의식을 확장시켜 주었습니다.

그리고 삶의 지혜와 용기를 불어넣어 주었습니다. 그렇게 되자 매사에 부정적이던 제가 긍정적으로 바뀌었습니다. 또한 무엇이든 도전할 수 있는 자신감이 생겼습니다. 이것이 1만 권의 독서를 시작한 후 독서가 이끄는 삶입니다. 따라서 저는 인생 2막을 창업하면서도 1만 권의 독서라는 꿈을 이루기 위해 세신사를 직업으로 선택한 제 자신이 탁월한 선택을 했다고 생각했습니다. 그리고 세신사가 되어 땀 흘려 일을 하면서도 6년 동안 하루도 쉬지 않고 매일매일 계획대로 독서를 하였습니다. 그 결과 독서의 힘에 힘입어 책을 출판하게 되었습니다.

포기하고 싶은 마음을 포기하라

설날과 추석은 우리나라 2대 명절입니다. 사우나는 일 년 중 이때가 가장 바쁜 날입니다. 아울러 세신사들도 가장 바쁘고 힘든 때가 설날과 추석 명절입니다. 특히, 명절 전날에는 새벽부터 사우나 문을 닫을 때까지 하루 종일 전쟁을 한다는 각오로 일을 해야 합니다. 추석 전날 새벽 5시 정각이 되자 70세 정도 되어 보이는 손님이 지적 장애가 있는 아들 2명을 데리고 목욕탕 안으로 들어왔습니다.

그러더니 세신실로 걸어와 열쇠를 나란히 세 개를 걸어놓고 잠시 후에 때를 밀어달라는 사인을 보내고 온탕으로 들어가 뜨끈뜨끈한 물속에 몸을 담궜습니다. 때를 불린 후 두 아들의 때를 밀고 나니 서서히 땀이 나기 시작했습니다. 이어서 두 아들의 아버지 때를 밀고 있는데 건장한 손님께서 오더니 두 개의 옷장 열쇠를 걸어 놓고는 온탕 안으로 들어가 물 속에 몸을 담궜습니다.

뒤이어 또 덩치가 크고 배가 남산만 한 손님 두 명이 또 열쇠를 걸어놓고 온탕 안으로 들어갔습니다. 잠시 숨을 돌릴 겨를도 없이 계속해서 손님이 밀려왔습니다. 연달아 밀려드는 손님의 때를 밀고 나니 숨이 턱까지 차오르고 온몸은 땀으로 뒤범벅이 되었습니다. 그런데 엎친 데 덮친 격으로 허리가 끊어질 듯이 아프더니 팔목이 콕콕 쑤시고 시큰거렸습니다. 저는 쉬지 않고 계속해서 밀려드는 손님 때문에 겁이 덜컥 났습니다. 아직도 대기중인 손님들의 열쇠가 줄줄이인데 허리와 팔목이 마지막 손님까지 버텨줄지 알 수가 없었습니다. 다급한 나머지 저는 돌아가신 아버지를 찾았습니다. 그리고 아버지 이 못난 자식을 지켜주시고 일이 끝날 때까지 버틸 수 있도록 힘을 달라고 간절하게 빌었습니다. 얼마나 때를 밀었을까? 한참동안 정신없이 때를 밀었는데도 대기 손님이 아직 7명이나 남아 있었습니다. 그런데 또 3명의 손님이 오더니 대기 손님이 많이 밀려있느냐고 물었습니다. 저는 열쇠가 걸려 있는 곳을 가리키며 "대기하고 있는 손님이 많네요." 라고 말씀을 드렸습니다. 그랬더니 세 분의 손님께서는 자신들이 직접 밀겠다고 하면서 뒤돌아갔습니다. 그런데 얼마나 힘들었는지 저도 모르게 뒤돌아가는 손님을 향해 고맙다는 인사를 했습니다.

체력이 한계에 다다르니 정신이 혼미해지더니 판단력도 흐려졌습니다. 오로지 오늘 하루 일과가 빨리 끝나기를 간절히 바랄 뿐입니다. 그리고 오늘 하루 일과가 끝날 때까지 제발 몸이 버텨 주기만을 기도할 뿐입니다.

대기 중이던 손님들의 때를 밀고 나서 시계를 보니 오후 3시가 되었습니다. 이제는 목이 타들어가고 타들어 가고 허기가 져서 도저히 더 이상은 일을 할 수가 없었습니다. 배가 너무 고프니까 허리가 굽어지고 허리가 굽어지다보니 허리가 끊어지도록 아팠습니다. 뱃속에서는 연이어 꼬르륵 꼬르륵 소리가 요동을 칩니다. 무엇이라도 먹어야 일을 할 것 같아 잠시 손님이 없는 틈을 타서 잽싸게 탕 밖으로 나왔습니다. 밥을 먹을 수 없는 상황에 대비하여 아침에 삶아 놓은 계란을 4개를 맞바람에 게 눈 감추듯 먹어 치웠습니다. 그리고 간식으로 아껴놓은 초코파이를 집어 든 순간 안에서 "여기 때밀이 없어요?"라고 저를 부르는 소리가 들렸습니다. 나는 재빨리 초코파이를 한입에 밀어 넣고 생수병을 들어 물을 벌컥벌컥 들이켜 마시면서 다시 탕 안으로 들어갔습니다.

허기진 배를 달랜 저는 또다시 정신없이 밀려드는 손님들의 때를 쉴 새 없이 밀었습니다. 그런데 허리가 끊어질 듯이 아프고 손목이 쑤시고 아파서 더이상 버틸 힘이 없었습니다. 아! 이것이 나의 한계인가? 하는 생각이 들었습니다. 그리고 순간적으로 이렇게 힘이 들기 때문에 많은 사람들이 피하고 꺼려했던 것인가? 하는 생각이 저절로 났습니다. 동시에 모든 것을 포기하고 짐을 싸서 집으로 와버리고 싶은 마음이 간절했습니다. 그때 ≪포커스리딩≫의 박성후 저자가 한 말이 순간적으로 떠올랐습니다. 살다가 모든 것을 포기하고 싶은 순간이 오면 "포기하고 싶은 마음을 포기하라." 라고 했던 구절이 생각났습니다. 따라서 나는 잠시나마 "포기하고 싶은 마음을 포기했다." 그리고 다시 어금니를 깨어 물고 정신을 집중해서 기다리고 있는 마지막 손님의 때를 밀었습니다. 아~! 드디어 끝났구나, 하는 생각을 하면서 허리를 펴고 시계를 보니 어느새 저녁 8시가 넘었습니다. 후~우, 아! 끝났다. 폐부에 꽉 찬 뜨거운 숨을 토해 내고는 타들어가는 갈증을 해소하기 위해 밖으로 나와 냉장고에 넣어둔 생수를 한 병을 꺼내 입에 털어 넣었습니다. 아! 살았다. 드디어 전쟁이 끝났습니다.

혼자 있는 시간

그리고 어느 날 갑자기 저는 인간은 태어날 때 혼자였다는 생각이 문득 떠올랐습니다. 그런데 태어나 성장하고 살아가면서 사회의 일원이 되어 수많은 사람들을 만나고 관계를 맺고 살았습니다. 그렇게 살아오다 보니 혼자 있는 시간이 없게 되었고 혼자서 무엇인가를 오롯이 생각하는 삶을 잃어버리고 살아왔다는 것을 깨달았습니다. 따라서 저는 모든 것을 다 내려놓고 혼자 있는 이 시간을 오롯이 저를 성찰하는 기회로 삼아야겠다고 생각했습니다. 아울러 저를 성찰하는 방법으로 독서를 하면서 사색을 하고 글을 쓰고 필사를 하는 것이 최선의 방법이라고 생각했습니다.

≪읽는 만큼 나를 성장시키는 생존독서≫의 김은미 저자는 "우리는 스스로 자신이 누구이며, 무엇을 위해 이 땅에 태어났는지, 왜 이 시대를 택해 태어났는지, 왜 이와 같은 가족환경 속에 있는지, 왜 이렇게 생겼고, 왜 어떤 것은 잘하고 어떤 것은 못하는지, 무엇은 좋고 무엇은 싫은지 알아야 한다. 그래야 저 자신을 사랑할 수 있고 세상을 사랑할 수 있다. 세상의 다양한 지식을 배워 아는 것보다 중요한 것이 '자기를 아는 것'이다."라고 하면서 그래서 혼자 집중할 수 있는 시간이 필요하다고 했습니다. 김은미 작가의 말처럼 저는 매일 반복된 생활을 하면서 시간이 날 때마다 제 자신을 알기 위해 부단히 노력했습니다. 그리고 혼자 있는 시간을 헛되이 보내지 않기 위해 매일매일 일일계획을 짜서 하루하루를 낭비하지 않고 알차게 보냈습니다. 그렇게 6년이 넘게 생활하다 보니 모든 것이 습관화 되어 이제는 하루하루가 시스템에 의해 돌아가는 것처럼 자동적으로 돌아가고 있습니다.

아울러 ≪기대를 현실로 바꾸는 혼자 있는 시간의 힘≫의 저자 사이토 다카시는 그의 저서에서 "혼자 있는 시간에 무엇을 해야 할지 잘 알고 있다면 의미 있는 시간을 보낼 수 있지만, 어떻게 지내야 모른 채 혼자 있게 된다면 의미 없는 시간만 보낼 수 있다"고 했습니다. 아울러 "무리지어 다니면서 성공한 사람은 없다고 말하면서, 성공을 결정하는 가장 중요한 요소는 타고난 두뇌나 공부의 양이 아닌 '혼자 있는 시간에 집중할 수 있는 힘'이다." 라고 했습니다. 그러면서 "하지만 요즘 사람들은 혼자 있기를 두려워한다. 소속된 집단이나 가까운 친구가 없으면 자신을 낙오자로 여기며, 관계에 필요 이상으로 힘을 쏟는다. 외로움을 견디지 못하고 관계에 휘둘리는 사람은 평생 다른 사람의 기준에 끌려 다닐 뿐이다. 사람은 혼자일 때 성장하기 때문이다." 라고 하였습니다. 아울러 파스칼은 "인간이 불행해지는 이유는 방 안에 홀로 가만히 있을 줄 모르기 때문이다."라고 하면서 혼자 있는 시간의 소중함에 대해 강조했습니다.

그렇습니다. 56살에 절망의 늪으로 추락하여 길을 잃고 방황하다가 절대로 '이대로는 죽을 수 없다'는 절박한 심정에서 선택한 길이 세신사였습니다. 그리고 제 인생에 마지막 베이스캠프를 치고 다시 살아나기 위해 사투를 벌이고 있습니다. 이렇게 나는 혼자 있는 시간에 익숙해져 내 인생에 있어서 또 다른 황금기를 맞이하고 있습니다. 이것이 혼자 있는 시간의 힘입니다.

21

창살 없는 감옥

"열정만이 당신의 성공을 지켜줄 것이다. 열정을 잃었다면 아무것도 기대하지 마라.
열정을 잃은 작가의 글을 읽고 싶어 하는 독자는 없다.
열정을 잃은 발레리나에게 감동을 기대하는 관객은 없다. 몸은 따뜻한 방안에서
휴식을 취하고 잠에 취해 있어도 당신의 열정은 밖에서 떨게 하라."
《나는 내일을 기다리지 않는다》 강수진

얼음방 고시생!

저는 일을 할 때와 점심식사를 하러 갈때를 제외하고는 얼음방 한
쪽 구석에 사용하고 버린 세신대를 책상으로 삼아 독서를 하거나 필
사를 합니다. 그런데 새벽 5시 목욕탕 문을 열자마자 목욕을 하기
위해 오시는 손님들은 대부분 정기회원들입니다. 따라서 매일 새벽
에 서로 만나서 인사를 나누는 사이기 때문에 한 사람이라도 안
보이면 궁금합니다. 손님들께서도 라카룸에 들어오셨는데 제가 안보
이면 궁금해서 저를 찾습니다.

그렇다 보니 책에 빠져 있다 보면 뒤쪽에서 저를 부르는 소리가 요
란합니다. 형님, 아저씨, 사장님, 탕장님 그리고 매니저, 박사님까지

다양합니다. 그러다 내가 책에 빠져 대답을 미처 못 하고 있으면 얼음방까지 찾아 들어오면서 고시 볼려고? 물어오다가 어느 날부터 부르는 호칭이 얼음방 고시생이 되어 버렸습니다. 그런데 요즈음은 목사님께서 저를 '박사님'이라고 부르는 바람에 이제는 다른 사람들도 박사님이라고 부르기도 합니다. 동네 목욕탕에서 때를 미는 저를 박사님이라고 불러 주시니 그저 고맙고 황송할 뿐입니다.

2015년 9월 5일 인생 2막으로 의정부 골드 자수정 사우나에서 창업 첫날 손님들이 저를 부를 때 나라시, 때밀이, 세신, 어이, 야, 아저씨 등으로 불렀습니다. 그런데 차츰 차츰 시간이 지나면서 "아저씨, 사장님, 선생님, 얼음방 고시생, 박사님" 등으로 호칭이 바뀌는 것을 보면서 나 자신이 사람들에게 어떻게 보이느냐 하는 것은 직업이 중요한 것이 아니라 평소의 나의 언행이 나를 결정한다는 사실을 깨달았습니다.

아울러 손님께서 저를 부르는 호칭이 이렇게 바뀐 것은 순전히 독서의 힘 때문이라고 생각합니다. 손님이 벨을 눌러 호출을 하면 세신실로 가서 때를 밀고 손님이 없는 대기시간에는 얼음방 한 쪽 구석에서 책을 읽는 제 모습을 보고 많은 사람들이 매우 이상하게 생각했습니다. 왜냐하면, 내가 이곳에 오기 전에 근무했던 세신사는 손님이 없는 대기시간에는 대부분 잠을 잤다고 합니다. 그런데 저는 그 세신사가 잠을 잘 때 사용했던 헌 세신대를 책상으로 활용하여 얼음방에서 열정을 불태우면서 책을 읽고 있기 때문에 이상하게 생각했나 봅니다. 그래서 매일 사우나에 오시는 단골손님들이 얼음방에서 책을 읽고 있는 저를 보면 저에게 다가와 "그 나이에 도대체 무슨 공부를 하냐?"고 질문을 합니다.

그러면 저는 '인생 공부'를 한다고 하기도 하고, 때로는 '개똥철학'을 공부한다고 하기도 합니다. 그러더니 급기야 "도사님, 얼음방 고시생, 선생님, 박사님, 지배인"이라고 부르는 손님까지 등장했습니다. 세신사로서 손님들에게 이렇게 융숭한 대접을 받을 수 있는 것도 모두 독서의 힘이 아닌가 생각합니다. 저는 오늘도 오직 세 마리 토끼를 잡기 위해 창살 없는 감옥에서 제 자신과 치열한 싸움을 하고 있습니다.

창살 없는 감옥

제가 세신사로 인생 2막을 창업한 후 가장 힘든 일이 익숙한 일과 결별을 하고 새로운 일과 삶에 대해서 적응하는 것이었습니다.

그 중에 하나가 출, 퇴근을 하지 않고 사우나에서 먹고 자는 일이었습니다. 따라서 특별한 이유가 없으면 밖으로 나갈 일이 없습니다.

그렇다보니 어떤 때는 일주일 내내 사우나 밖으로 한 발짝도 나가지 않은 경우가 있었습니다. 그러다가 어느 날 밖으로 나가 햇볕을 쬐고 푸른 하늘의 두둥실 떠나가는 뭉게구름만 봐도 저도 모르게 아! 좋다 하는 감탄사가 저절로 나옵니다. 아울러 이름 없는 풀 한 포기 꽃 한 송이가 사랑스럽고 아름답습니다. 그렇다보니 창살 없는 감옥이나 다를 바 없습니다.

그런 가운데 나의 하루 일과는 매일 새벽 4시 20분 잠자리에서 일어나 온탕(37~39°)과 열탕(41~43°)에 뜨끈뜨끈한 물을 받는 일로 시작합니다. 그리고 온탕에 몸을 약 10~15분 정도 담그고 육신을 깨웁니다. 이어서 양치질을 하고 면도를 한 후 미지근하고 깨끗한 물로 머리에서 발끝까지 샤워를 합니다. 아울러 다시 얼음방으로 내려와 나만의 새벽기도문을 소리 내어 읽으면서 내가 이루고자 하는 꿈을 간절하게 뇌에 각인시킵니다. 그리고 약 30분~40분 동안 필사를 하면서 잠들었던 내 영혼을 깨운 뒤 아침 7시 30분까지 독서를 합니다. 이 때 사우나 얼음방은 창살 없는 감옥이 아니라 도서관이자 연구실로 변합니다.

그러면 그 누구에게도 방해받지 않고 도서관에서 책을 읽는 마음으로 집중해서 열독을 할 수 있습니다. 그리고 때로는 연구실에서 연구에 골몰하는 박사님처럼 독서에 몰입할 수 있습니다. 이 시간은 하루 중에 내가 가장 소중하게 생각하고 아끼는 행복한 시간입니다. 25년 넘는 세월 동안 회사 생활을 할 때는 전혀 경험해 보지 못한 집중력과 몰입으로 독서를 할 수 있고 나 자신을 성찰할 수 있는 시간입니다.

지난 6년 동안 매일 새벽 시간을 이렇게 지속적이고 반복적으로 생활하다 보니 이제는 완전히 습관이 되었습니다. 더구나 매일 계획했던 책을 읽은 후 하루 일을 시작하니 하루하루가 보람이 있고 즐

겹습니다. 내가 하는 일은 어떤 날은 아침부터 밤 늦게까지 하루 종일 때를 밀 때도 있지만 때로는 손님이 없어서 한가롭게 여유가 있는 날도 있습니다. 이렇게 제가 하는 일은 그날그날 오시는 손님에 따라서 상황이 다릅니다. 그렇지만 영업시간에는 항상 자리를 떠날 수가 없습니다. 나 혼자서 하는 일이기 때문에 언제든지 손님이 호출을 하면 즉시 일을 할 수 있도록 대기하고 있어야 합니다.

매일 이렇게 일을 하다가 저녁 8시 20분 정도가 되면 목욕탕 청소를 한 후 하루 일과가 끝납니다. 그러면 샤워를 한 후 다시 얼음방으로 내려와 저녁식사를 간단하게 때운 후 밤 10시 40분까지 책을 읽거나 독서노트를 쓰거나 손글씨로 베껴쓰기를 합니다. 이렇게 나의 꿈꾸는 얼음방은 때로는 도서관으로 또는 때로는 연구실로 새벽부터 밤늦게까지 꿈꾸는 열정으로 열기가 가득합니다.

그리고 3P 바인더를 펼쳐서 오늘 하루 일한 내용과 사용 시간을 기록합니다. 아울러 내일 해야 할 일을 체크하고 확인한 후 잠자리에 듭니다. 이렇게 사우나에서 먹고, 자고 일을 하다 보니 매일매일 다람쥐 쳇바퀴 돌리듯이 창살 없는 감옥 생활을 하는 것 같았습니다. 그러나 꿈꾸는 얼음방은 지난 6년 동안 뜨거운 열정으로 뜨거운 열기가 넘쳐 흐르는 연구실이 되었습니다. 그리고 그 열정에 힘입어 꿈이 이루어지기를 간절히 기원하고 있습니다. 아울러 때로는 창살 없는 감옥 생활로부터 오는 여러 가지 스트레스를 풀기 위해 나는 신영복 선생님께서 쓰신 ≪감옥으로부터의 사색≫과 정호승 시인이 쓰신 ≪내 인생에 힘이 되어준 한마디≫를 매일 한 꼭지씩 필사를 하면서 나 자신을 다스렸습니다.

다시 시작하자

저는 6년 전에 건강에 빨간불이 들어온 데다가 엎친 데 덮친 격으로 가정경제마저 파산 직전으로 내몰렸습니다. 이런 풍전등화의 위기 속에서 겁도 없이 세신사라는 직업으로 인생 2막을 창업하였습니다. 오로지 내가 믿는 것은 남이야 뭐라 하던 내 인생은 내가 산다는 각오와 일거삼득(일석삼조)이라는 확신이 있었기 때문입니다. 그리고 6년이라는 세월이 흐른 지금 돌이켜 보면 내가 인생 2막으로 세신사라는 직업을 선택한 것은 탁월한 선택이었다고 생각합니다. 그 이유는

첫째, 건강을 위해서는 유산소 운동과 근육 운동은 최소한의 건강을 위해서는 필수사항입니다.

그렇기 때문에 건강한 몸을 유지하기 위해서 헬스를 한 후 사우나에 오시는 손님들은 유료회원들입니다. 그런데 저는 무료로 유산소 운동을 하고 근육 운동을 합니다. 뿐만 아니라, 손님들에게 돈까지 받으니 한마디로 꿩 먹고 알도 먹는 격이죠. 더구나 뱃살까지 빼고 체중을 마음먹은 대로 조절하니 도랑치고 가제도 잡는 경우입니다.

둘째, 종자돈을 만들 수 있다.

사우나에 종사하는 사람들은 일반인과 반대로 삶을 살아야 합니다. 즉, 일반인들은 법정공휴일과 국경일 그리고 일요일이 쉬는 날입니다. 그런데 사우나에 종사하는 사람들은 이런 날이 가장 바쁜 날이다. 그리고 다른 사람들이 일하는 평일날 하루 이틀 쉽니다. 그러

니까 집안의 애경사가 아니면 친구들과 어울려서 소주 한 잔 나눌 시간이 없습니다. 따라서 적은 돈이지만 자동적으로 통장에 돈이 차곡차곡 모아집니다.

셋째, 혼자 있는 시간에 나 자신을 성찰할 수 있는 계기가 된다.

1라운드 인생은 모두가 먹고 살기 위해서 앞만 보고 살아왔습니다. 따라서 단 한 번도 나 자신을 성찰해보지 못했습니다. 그런데 남은 인생을 의미 있고 가치 있는 삶을 살기 위해서 나 자신을 성찰할 수 있는 좋은 기회를 만들 수 있습니다. 저는 건강도 되찾았고 파탄 직전의 가정 경제도 간신히 파탄을 막을 수 있었습니다. 더구나 무더운 사우나에서 세신사로 땀을 흘려 일을 하며 책을 읽고 책을 쓴다는 것이 쉽지 않았지만 이렇게 책을 써서 출간도 하게 되었으니 어찌 탁월한 선택이 아니라고 말할 수 있겠습니까?

따라서 퇴직을 했는데 돈도 없고 무엇을 해야 될지 걱정만 하고 망설이면서 절망 속에서 하루하루를 보내는 퇴직자 여러분! 그리고 코로나 팬데믹으로 인해 절망의 낭떠러지로 떨어져 삶의 의욕을 잃고 앞날이 캄캄해서 어떻게 살아야 할지 막막한 분들께서는 용기를 내어 세신사라는 직업에 도전해보시기를 바랍니다. 더 이상 절망 속에서 삶을 포기할까 말까 망설이면서 울지 마시고 용기를 내어 세신사에 도전해 보십시오. 그러면 5년 이내 종자돈을 모아 다시 무엇인가를 할 수 있는 길이 열릴 것입니다.

체온 1도가 내 몸을 살린다

　제가 일하고 있는 사우나는 영업을 시작한 지 25년이 되었습니다. 그런데 이 사우나가 문을 연 날부터 지금까지 거의 매일 빠지지 않고 사우나를 다니는 단골 손님들이 있습니다. 그중에는 매일 아침 새벽 5시 사우나 문을 열자마자 1등으로 목욕탕에 들어오시는 금년 84세 배정학어르신이 계십니다. 그런데 어르신께서는 자신이 1등을 포기하는 날 자신이 죽는 날이라고 말씀을 하십니다. 새벽 4시 30분에 잠자리에서 일어나 목욕을 하기 위해 매일 새벽 5시에 사우나에 오는 일이 어르신이 건강을 지키는 비결이라고 말씀을 하셨습니다.

　뿐만 아니라, 56살에 군대를 제대한 후 22년 동안 목욕만 하셨다는 최 회장님을 비롯한 많은 분들께서도 이구동성으로 하시는 말씀이 방송에서 의사들은 목욕을 자주하면 안 좋다고 하는 데 내 건강의 비결은 사우나라고 말씀을 하십니다. 이 분들은 모두 정기 회원이 되어 병원에 입원하거나 특별한 사유가 없는 한 매일 사우나에 와서 한 두 시간씩 사우나를 즐기는 마니아들입니다. 그런데 저는 이 좋은 시설을 6년 넘도록 공짜로 이용하고 있습니다. 더구나 매일 새벽 4시30분에 맑고, 깨끗하고, 뜨끈뜨끈한 물을 마수걸이 하고 있습니다. 6년 넘도록 매일 새벽 목욕을 직접 체험한 저는 오랫동안 목욕탕을 열심히 다니시며 건강을 지켜온 사우나 마니아들의 말씀에 100% 공감합니다. 제가 지난 6년 넘는 세월 동안 몸으로 직접 경험한 결과를 토대로 매일 뜨끈뜨끈한 목욕탕에서 목욕을 하면 좋은 이유를 말씀드리면 이렇습니다.

첫째, 몸이 깨끗하고 청결하여 위생관리에 최고입니다. 특히 남자들이 나이를 먹어가면서 나는 홀아비냄새라는 역겨운 냄새가 사라져 손주나 며느리와 가족들로부터 따돌림을 받지 않습니다.

둘째, 혈액 순환에 탁월합니다. 매일 몸을 따끈따끈한 물(39°)에 15분 내지 20분 정도 담금으로써 혈액순환이 원활해져 건강관리에 탁월합니다. 셋째, 근면하고 성실한 습관이 몸에 배여 하루하루 삶을 의미있고 가치있게 살아갈 수 있습니다. 따라서 나이를 먹으면서는 게을러지지 않기 위해서라도 매일 목욕을 하는 습관은 좋은 습관입니다. 넷째, 특히 새벽에 목욕을 하면 하루의 시작을 깨끗한 몸과 마음으로 시작할 수 있어 하루 종일 기분이 상쾌해서 업무의 효율이 배가 됩니다.

특히, ≪체온 1도가 내 몸을 살린다≫의 저자 사이토 마사시는 나이 들지 않고 병들지 않는 '체온 업 건강법'중 하나로 목욕을 강추하고 있습니다. 따뜻한 물에 몸을 담가 체온을 높이면 면역력이 향상된다고 하면서 감기인가 싶으면 욕조 목욕을 하라고 강력하게 권하고 있습니다. 아울러 우리 몸의 체온이 1도가 떨어지면 면역력은 30퍼센트 떨어지고, 반대로 체온이 1도 올라가면 면역력은 500~600퍼센트나 올라간다고 말합니다.

그러므로 하루에 한 번 체온을 1도 올리는 방법으로 욕조 목욕하기, 따뜻한 물 마시기, 아침 걷기 등을 권하고 있습니다.

22
—
절망 속에서 피는 꽃

"모든 운이 따라 주며, 인생의 신호등이 동시에 파란불이 되는 때란 없다.
우주가 당신을 훼방하려고 음모를 꾸미지는 않지만 그렇다고 발 벗고 나서서
도와주지도 않는다. 모든 것이 완벽하게 맞아 떨어지는 상황은 없다.
'언젠가' 타령만 하다가는 당신의 꿈은 당신과 함께 무덤에 묻히고 말 것이다."
-《4시간》 티모시 페리스-

내 인생의 베이스캠프

저는 퇴직을 눈앞에 두고 있는 나이에도 불구하고 퇴직에 대한 준
비가 전혀 되어있지 않았습니다. 이런 상황에서 나는 갑자기 회사가
문을 닫아 버리는 바람에 절망의 늪으로 추락해버렸습니다. 결국 저
의 인생은 풍전등화의 위기에 직면하고 말았습니다. 더구나 지푸라
기라도 잡고 싶은 절박한 심정으로 도전했던 보험설계사 일도 녹록
하지 않았습니다. 천만다행으로 전시전문업체에 재취업이 되었으나
기쁨도 잠시, 입사 후 9개월 만에 권고사직을 당하고 보니 그동안
버티고 있던 마지막 자존감마저 와르르 무너지고 말았습니다. 따라
서 저는 25년 넘게 내 젊음과 청춘을 받친 정들었던 전시업계와 모
든 인연을 단절하고 새로운 길을 가기로 제 자신과 약속을 했습니

다. 이렇게 나는 25년 동안 잘 살아온 나의 인생이 마지막 순간에 이르러 풍지박살나고 말았습니다.

그런데 ≪왓칭≫의 저자 김상운 작가는 "실패는 더 배우라는 우주의 신호다. 아울러 모든 실패에는 어김없이 교훈이 들어 있다. 교훈을 잘 배우면 실패 수업은 곧 끝나지만, 교훈을 못 배우면 실패 수업을 자꾸만 되풀이다."고 했습니다. 그렇습니다. 저는 인생 1막의 실패를 인정하고 실패의 원인을 파악한 후 인생 2막에서는 우주의 신호를 알아차리고 교훈을 잘 배워서 실패한 인생을 만회해야만 했습니다.

그런데 내가 가지고 있는 것은 오직 맨 몸뚱어리 밖에 없었습니다. 맨 몸뚱어리로 때울 수 있는 일을 찾는 수밖에 없었습니다. 저에게는 이것이 유일한 방법이었습니다.

이와 같은 절박한 위기 속에서 하루속히 건강을 되찾고 돈도 벌고 책도 중단하지 않고 계속 읽을 수 있는 일이 무엇일까? 고민 끝에 동네 사우나에 갔다가 발견한 것이 세신사였습니다. 그리고 인생 2막을 창업하면서 나 혼자서 일을 할 수 있는 사우나에서 숙식이 가능한 곳을 물색했습니다. 왜냐하면 절망의 늪으로 빠진 절박한 상황에서 인생 2막을 시작하면서 인생에 베이스캠프를 치고 마지막 승부를 걸어야 했기 때문입니다. 아울러 그 누구의 지배 간섭도 도움도 받지 않고 오롯이 나 혼자 힘으로 현장에서 숙식을 해결하면서 고립무원의 상태에서 새롭게 시작하고 싶었기 때문입니다.

따라서 저는 의도적으로 출. 퇴근이 불가능한 거리에 있는 사우나에 내 인생에 마지막 베이스캠프를 쳤습니다. 아울러 조금 불편하더라도 사우나에서 먹고 자는 것이 시간을 절약하고 효율적으로 사용할 수 있겠다는 생각을 하였습니다. 그리고 출, 퇴근하는 데 낭비되는 시간을 책을 읽는 데 사용하는 것이 시간을 벌 수 있는 최선의 방법이라고 생각했습니다. 왜냐하면 지금 이 때를 내 인생의 마지막 터닝 포인트로 만들어야 했기 때문입니다. 따라서 저는 세신사 일을 처음 시작한 지난 2015년 9월 5일부터 지금까지 한 달에 한번 쉬는 날 집에 다녀올 때를 제외하고는 혼자서 생활을 하고 있습니다. 극도의 절제된 생활로 오로지 일과 독서와 필사와 책쓰기에만 집중하고 있습니다.

미쳐야 이룰 수 있다

불광불급(不狂不及)은 "어떤 일을 하는 데 있어서 미치광이 처럼 그 일에 미쳐야 목표에 도달할 수 있다는 말"로 어떠한 목표를 이루기 위해서는 모든 열정을 쏟아 미친듯이 집중해야 이룰 수 있다는 말입니다. 저는 2017년 11월 14일까지 의정부골드자수정사우나에서 일을 하다가 사우나가 매각되는 바람에 더 이상 일을 할 수가 없었습니다. 따라서 2017년 11월 15일 짐을 싸서 집으로 돌아왔습니다.

그리고 다음날 소개소에 연락하여 경기도 양평에 새로 문을 여는 사우나를 소개 받았습니다. 저는 주인과 여러 가지 조건에 대해서 협의를 한 후 11월 25일부터 일을 하기로 계약을 하였습니다. 11월 25일 새벽 5시 화곡동 집에서 출발하여 오전 7시 30분에 사우나에 도착해서 짐을 풀고 일을 시작하였습니다.

이제 막 문을 연 불한증막사우나이기 때문에 때를 밀기 위해 오는 손님은 많지 않았습니다. 저는 독서하기에 다시없는 기회라 생각하고 독서에 몰입하였습니다. 그런데 12월 30일 아침밥을 먹으면서 젓가락으로 맛김을 집으려고 하는 데 우측 손 손가락에 힘이 전달되지 않아 젓가락을 사용할 수 없었습니다. 저는 겁이 덜컥 났습니다.

먹던 밥상을 대충 치운 후 즉시 차를 몰아 양평읍에 있는 정형외과로 달려갔다. 엑스레이를 촬영해서 본 원장님께서는 "어깨를 너무 많이 사용하여 어깨가 망가졌다"고 하였습니다. 그리고 일단 주사를 맞고 3일분 약을 처방해 줄 테니 먹어보고 3일 후에 다시 내원을 하라고 하였습니다. 저는 일단 주사를 맞은 후 약국에서 3일 분의 약을 타서 사우나로 돌아왔습니다. 그리고 대기실에서 대기하고 있는데 때를 밀어 달라는 손님의 벨이 울렸습니다.

그런데 아뿔싸! 수건을 잡을 수가 없었다. 나는 손님에게 자초지종을 설명한 후 양해를 구했습니다. 아울러 주인에게도 병원에 다녀온 상황을 설명하고 짐을 싸서 집으로 돌아오고 말았습니다. 그리고 이튿날 집 근처 정형외과에 가서 다시 정밀검사를 받았습니다.

그런데 정밀검사결과 어깨가 나간 것이 아니라 목디스크였습니다. 원장님 말씀은 독서를 할 때 밥상을 펴고 바닥에 앉아서 책을 읽은 것이 거북목의 결정적인 원인 이라고 했습니다.

≪미쳐야 미친다≫의 저자 정민 선생은 "불광불급"을 이야기 하면서 "무엇인가를 이루기 위해서는 미치지 않고서는 이룰 수 없다고 했다." 저는 저 자신도 모르는 사이에 독서에 미쳐 있었는지도 모르겠습니다. 한 달 정도 치료를 해도 차도가 없던 팔이 두 달째 접어들면서 조금씩 호전되기 시작하였습니다. 따라서 저는 2월 24일 다시 소개소에 연락을 하여 일할 곳을 부탁하였습니다. 그리고 서울시 도봉구 도봉동에 소재한 광동헬스사우나를 소개받았습니다. 저는 차를 몰아 즉시 광동헬스사우나를 찾아가 사우나를 둘러본 후 2월 25일부터 일을 하기로 계약을 하였습니다. 따라서 저는 2월 25일부터 광동헬스사우나에 내 인생에 세 번째 베이스캠프를 쳤습니다.

그리고 광동헬스사우나에서 일을 시작한 후 6개월 정도 지난 어느 날 좌측 눈이 침침해지면서 안개가 낀 것처럼 뿌옇게 흐려졌습니다. 안과 전문병원에 갔더니 백내장이라고 했습니다. 따라서 저는 약 1년 정도 약물로 치료를 하다가 한계에 직면해 백내장 수술을 하였습니다. 그런데 수술을 하기 전에 의사 선생님께서 하시는 말씀이 "가까운 것을 잘 보이게 해드릴까요? 먼 것을 잘 보이게 해드릴까요?"하고 물었습니다. 나는 가까운 것이 잘 보이게 해달라고 했습니다. 왜냐하면 책을 읽을 때 돋보기를 쓰고 보는 것 보다는 안 쓰고 보는 것이 편하고 좋겠다는 생각이 들었기 때문입니다. 의사선생님도 내 말에 충분히 공감을 했고 그렇게 맞추어서 수술을 했습니다.

그리고 다음날 병원에 가서 눈을 가리고 있던 붕대를 풀었습니다. 그런데 아뿔싸! 앞에 보이는 상황이 어찌 된 영문이지 수술을 하기 전 보다 잘 보여야 하는 데 수술을 하기 전보다 훨씬 더 흐리고 안보였습니다. 저는 일단 아직 상처가 아물지 않아서 그런가 보다 생각하고 집으로 돌아왔습니다. 그리고 이틀 후 다시 병원을 방문했다. 수술한 눈을 살펴보던 의사는 "수술이 아주 잘 되었다"고 말했습니다. 그러나 저는 의사에게 "지금 내 눈에 보이는 상태는 수술을 하기 전 보다 오히려 더 안 보입니다. 어떻게 된 것이냐?" 하고 따졌습니다. 그랬더니 의사가 하는 말이 "안경을 쓰면 잘 보일 것이다"라고 했습니다. 나는 순간적으로 가까운 것을 잘 보이도록 수술을 해달라고 한 것이 결국 독서만을 생각한 실수라는 생각이 떠올랐습니다.

의사는 가까운 것을 잘 보이게 해달라는 내 요구에 맞추다 보니 수술하기 전 1.0의 시력을 0.1로 다운을 시켜버린 바람에 책을 볼 정도의 아주 가까운 것은 잘 보이지만 중거리에 있는 것은 시야가 흐려서 안경을 안 쓰고는 잘 보이지 않게 수술이 된 것입니다. 저는 의사선생님과 한바탕 신경전을 하고 돌아서 나오면서 내가 독서에 미쳐도 단단히 미쳤구나하는 생각을 하였습니다.

내 인생의 터닝 포인트

저는 58살의 나이에도 불구하고 일거삼득(일석삼조)의 희망을 안고 세신사라는 직업에 겁 없이 도전하였습니다. 그리고 이것이 제 인생의 마지막 베이스캠프라고 생각하고 사우나에서 일하고, 먹고, 자고, 생활하면서 창살 없는 감옥 생활을 시작 하였습니다. 따라서 저는 일은 물론 모든 것을 저 혼자서 해결하고 관리하고 유지하고 지탱해 나가야 하기 때문에 일 외에 다른 곳에 일체 신경을 쓸 수가 없었습니다. 그리고 매일 비지땀을 흘리면서 일을 해야 하기 때문에 체력과 컨디션 조절에 많은 신경을 써야합니다. 이와 같이 창살 없는 감옥과 같은 생활을 해야 하기 때문에 극도로 절제되고 단절된 생활을 하고 있습니다. 따라서 저에게는 오로지 책만이 나의 스승이자 친구이자 애인이 입니다.

새벽 4시 20분에 잠자리에서 일어나 밤 11시까지 일하고 밥 먹는 일을 제외하고는 오로지 책을 읽고 독서노트를 쓰고 필사를 하면서 나를 성찰하고 생각하고 또 생각하면서 사고력을 향상시킬 수 있었습니다. 특히, 필사로 모든 잡념으로부터 벗어나 내 마음과 영혼을 다스릴 수 있었고 몰입을 할 수 있었습니다. 그렇다 보니 집중력도 좋아지고 몰입도 잘되어 혼자만이 있는 시간이 더욱 소중하게 생각되었습니다. 따라서 오롯이 혼자 있는 시간을 의미 있고 가치 있게 활용하다 보니 하루하루를 더욱 알차게 살아갈 수 있었습니다. 그러던 어느 날 통혁당 사건으로 무기징역형을 받고 감옥에서 20년 20일이라는 인고의 세월을 보낸 신영복선생의 ≪감옥으로부터의 사색≫이 생각났습니다. 따라서 나도 창살없는 감옥생활을 하는 처지에서 신영복선생을 생각하며 《감옥으로부터의 사색》을 매일 한 꼭지씩 필사를 하였습니다.

그렇게 필사를 하던 중 사이토 다카시가 지은 《기대를 현실로 바꾸는 혼자 있는 시간의 힘》를 만나게 되었습니다. 저는 순간적으로 지금이 나에게는 위기를 기회로 만들 수 있는 마지막 기회일 수 있다는 생각이 들었습니다. 그리고 이 절망의 늪에서 살아 나갈 수 있는 길이 무엇일까? 에 대해 생각했습니다. 아울러 김은미 작가의 《생존독서》를 통해 나 자신을 다시 한 번 성찰해 보았습니다.

김은미 작가는 자신의 저서를 통해 "우리는 스스로 자신이 누구이며, 무엇을 위해 이 땅에 태어났는지, 왜 이 시대를 택해 태어났는지, 왜 이와 같은 가족환경 속에 있는지, 무엇은 좋고 무엇은 싫은지 알아야 한다. 세상의 다양한 지식을 배워 아는 것보다 중요한 것이 '자기를 아는 것이다.'라고 했습니다. 그래서 혼자 집중할 수 있는 시간이 필요하다고 강조했습니다. 여러 가지 세상의 관계 속에서 기능하고 있는 나를 잠깐 멈추고, 오롯이 나 혼자만의 시간을 가져야 한다"고 말했습니다. 김은미 작가의 말처럼 나는 내가 누구이며, 무엇을 위해 이 땅에 태어났는지, 그리고 현재 나는 왜 이곳에 있는지? 나 자신을 알기 위해 나를 성찰하기 위해 끊임없이 노력하였습니다.

뿐만 아니라, 혼자 있는 시간을 헛되이 보내지 않고 나 자신이 환골탈태할 수 있는 기회로 살기 위해 순간순간 최선을 다하였습니다. 그러던 어느 날 내 인생을 되돌아보다 회갑이 되던 해 자서전을 써서 내 인생을 총정리하고 지나온 나의 발자취를 뒤돌아보고 남은 인생에 대한 청사진을 그리고 싶었습니다. 그래서 1년 동안에 걸쳐 A4 용지 200쪽 분량의 자서전을 썼습니다. 졸저지만 60년 동안의 내 인생을 되돌아보고 총정리를 한다는 것에 의미를 두었습니다. 옹색하지만 정성껏 편집을 하고 교정을 한 후 출판 직전 수준으로 정리를 하여 사랑하는 아내와 아들과 딸에게 주었습니다.

절망 속에서 피는 꽃

자서전을 쓰고 난 후 책쓰기에 자신감이 생긴 저는 책 쓰기에 도전하였습니다. 따라서 책쓰기와 관련된 도서 30~40권을 구입해서 읽었습니다. 그리고 읽은 책 중에서 핵심적인 사항들을 뽑아서 독서노트에 정리하였습니다. 저는 간절한 마음으로 독서노트를 다시 한번 훑어 보았습니다.

그리고 고민에 빠졌습니다. 나만의 참신하고 차별화된 콘텐츠가 무엇일까? 생각하고 또 생각했습니다. 일하면서도 생각하고 식사를 하면서도 생각하고 잠을 자면서도 생각했습니다. 아울러 콘텐츠가 떠오를 때마다 메모지에 메모를 하였습니다. 그리고 메모지를 얼음방 벽면에 부착했습니다. 매일 새벽에 샤워를 하고 내려와 벽면에 부착해 놓은 메모지를 보면서 하나, 둘 지워 나갔습니다. 일주일 후 살아 남은 콘텐츠가 자기혁명, 꿈, 독서, 꿈 전도사, 독서의 힘, 자기주도인생, 의식, 필사였습니다. 그리고 또 다시 생각에 빠졌습니다. 이 콘텐츠가 독자들에게 어떤 도움을 줄 수 있는지 생각했습니다.

아울러 정기휴무일에는 광화문에 있는 교보문고로 달려 갔습니다. 베스트셀러를 훑어보았습니다. 그리고 자기계발서 매대에서 경쟁도서가 될 만한 책을 낱낱이 검토하고 분석을 했습니다. 목차를 잡기 위해 얼음방 세신대 앞에 앉았습니다. 그리고 노트북을 켰습니다.

그런데 도저히 목차를 잡을 수가 없었습니다. 나는 다시 노트북을 덮었습니다. 잠시 후 또다시 노트북을 켰습니다. 내가 왜 이 책을 쓰는지 그 이유를 적었습니다. 그리고 이 책이 독자에게 어떤 도움을 줄 수 있는지 적어 보았습니다. 아울러 여섯 챕터로 나누어 각 챕터 스토리라인을 적었습니다. 그러자 신기하게도 전체 줄거리가 머릿속에 그려졌습니다. 이어서 자료조사에 들어갔습니다. 일차적으로 그동안 내가 책을 읽고 정리해둔 독서노트와 책을 기본적인 자료로 체크했습니다.

아울러 제가 미처 읽지 못한 도서를 체크해 구입해서 읽었습니다. 그리고 각 챕터별 꼭지 목차를 잡기 시작했습니다. 그런데 도저히 목차가 잡혀지지 않았습니다. 다시 생각에 잠겼습니다. 내가 괜히 능력도 없으면서 책을 쓰겠다고 도전장을 내밀었나? 괜히 사서 고생을 하는 것 아닌가? 하는 오만 생각이 밀려왔습니다. 더구나 사우나에서 일을 하면서 주인 눈치 보랴! 손님들 눈치 보랴! 그만 포기하고 싶은 생각이 간절했습니다. 책은 아무나 쓰나? 더구나 책상도 없고 인터넷도 설치되어 있지 않은 열악한 상황에서는 책쓰기에 도전하는 자체가 무리한 도전이었습니다. 그러나 하루 종일 생각해봐도 여건 이야 어찌 되었든 책쓰기를 포기하면 평생을 두고 후회할 것만 같았 습니다. 여건이나 상황이 문제가 아니라, 부족한 용기와 내 의지력의 문제였습니다. 아무리 열악한 조건에서도 책을 써서 작가가 된 수많 은 사람들이 있습니다. 다시 한번 마음을 바로잡은 나는 다시 책 쓰 기를 시작하였습니다. 인터넷은 포켓파이를 구입해서 사용했습니다. 아울러 참고도서 자료는 그동안 독서 후 썼던 독서노트를 활용하고 더욱더 세부적인 자료는 읽었던 책을 적극 활용하였습니다.

그리고 한 달에 하루 쉬는 정기휴무일에는 집에서 책 목차를 프린 트해서 사우나로 가지고 왔습니다. 프린트를 한 목차를 옆에 두고 수집한 자료와 독서노트 및 읽었던 책에서 관련된 내용 페이지를 목 차 옆 공간에 기록하였습니다. 그런 다음 목차를 다시 훑어보고 대 목차와 중간목차, 소목차의 연계성을 수정, 조정한 후 다시 스토리 라인을 발췌하여 자료로 삼았습니다. 이렇게 책쓰기에 모든 정신이 빠져 있을 때 손님들의 입을 통해 코로나19 팬데믹 관련 이야기를 들었습니다. 그런데 대부분은 이구동성으로 독감처럼 잠시 유행했 다가 한두 달 지나면 없어지겠지? 라고들 하였습니다.

그러나 한두 달이 지나면 코로나19가 사라질 것이라는 손님들의 예측은 여지없이 빗나갔습니다. 더구나 반대로 마른 들판에 들불 번 지듯이 전염병이 전 세계로 확산되고 있어 모든 나라가 코로나19와 전쟁을 치루고 있습니다. 따라서 인류 역사상 단 한 번도 경험해보 지 못한 코로나19로 인해 모든 삶이 엉망이 되어버렸습니다. 그렇다 보니 사우나에 오는 모든 손님들의 관심은 코로나19 이야기밖에 없습니다. 엎친데 덮친 격으로 몇 몇 사우나에서 코로나19 양성 환자가 발생하였습니다. 결국 방역당국에서 다중이용시설에 대한 방역이 강화되면서 사우나 이용을 자제해 달라고까지 하였습니다. 그러자 사우나를 이용하는 손님이 절반으로 확 줄어들었습니다.

뿐만 아니라 때를 미는 내 손님도 절반으로 줄었습니다. 또다시 삶에 위기가 찾아왔습니다. 그러나 코로나19 팬데믹의 위기를 잘 활용하면 다시 한번 위기를 기회로 만들 수 있겠구나 하는 생각이 들었습니다. 따라서 나는 일을 하는 시간 외에 남은 시간을 책쓰기에 집중하였습니다. 그리고 책을 쓰기 시작한 지 3년 만에 졸저의 원고를 탈고하고 출판사에 투고를 하였습니다. 나는 다시 한 번 깨달았습니다. 아무리 고난과 역경이 닥치더라도 절대로 포기하거나 좌절하지 않으면 꿈은 꼭 이루어 진다는 사실을.

저 또한 이 졸저가 출간되는 날 책날개를 활짝 펴고 다시 한번 푸르른 창공을 향해 비상할 것입니다. 그리고 인생 3막으로 자기혁명가이자 웰라이프 전도사가 되어 자기혁명을 꿈꾸는 분들에게 도움을 줄 수 있었으면 좋겠습니다. 특히, 퇴직 후 노후대책이 전혀 없는 상황에서 하루아침에 직장을 잃고 앞날이 막막한 분들이나 막연하게 어떻게 잘 되겠지 하는 희망을 가지고 살다가 퇴직을 당한 베이비 붐 세대 여러분들에게 저의 경험이 조금이라도 도움이 될 수 있는 기회가 왔으면 좋겠습니다.

끝맺는 말

"때로 그렇듯이 일이 잘못될 때
터벅터벅 걷는 길마다 오르막으로 보일 때
돈은 덜어지고 빚만 쌓여갈 때
그리고 웃고 싶어도 한숨만 나올 때
근심이 당신을 짓누를 때
쉬어야 한다면 쉬더라도, 포기하지는 말라
우리 모두가 때때로 터득하듯
삶이란 얽히고 설킨 참으로 묘한 것
그리고 손만 뻗으면 잡을 것 같아도 실패할 때가 많은 법
너무 느린 듯 보여도 포기하지는 말라
어느 날 갑자기 성공할 수도 있으리니
성공은 실패 속에서 나타나는 것
의심의 구름에서 퍼져나오는 은빛
그리고 가까이 있어도 알 수가 없으니
아득한 듯 보여도 곧 다가갈 수 있으리니
아무리 힘들어도 끝까지 싸워나가라
아무리 일이 잘못되어 사는 듯 보여도 포기하지는 말라"

《목표 그 성취의 기술》 브라이언 트레이시

심장이 멈추는 순간까지
도전은 계속됩니다!

> "행복은 당신의 생각, 말, 행동이
> 조화를 이룰 때 찾아온다."
>
> –마하트마 간디–

흔히들 말하기를 한 치 앞을 모르는 것이 인생이라고 합니다. 저야말로 한 치 앞을 모르고 살았습니다. 제가 퇴직 후 예순 살이 넘은 나이에 세신사가 되어 노후를 살아갈 줄은 꿈에도 생각하지 않았습니다. 그러나 퇴직 후에 대한 아무런 대책도 없이 어떻게 잘 되겠지 하는 막연한 희망만을 가지고 살아온 '인생방관죄'로 창살 없는 감옥에서 죄의 대가를 혹독하게 치렀습니다. 천만다행으로 나를 찾아 떠난 여행에서 '1만 권의 독서'라는 꿈을 발견한 후 독서를 시작한 것은 하늘이 나에게 준 마지막 선물이 있었습니다. 따라서 모든 것을 잃을 뻔한 심각한 상태의 건강과 파탄 직전의 가정 경제의 위기에서도 꿈과 독서의 힘으로 용기를 내어 세신사에 과감하게 도전하였습니다. 그리고 6년이 넘는 기간 동안 창살 없는 감옥에서 제 자신과 싸웠습니다.

그리고 마침내 나를 혁명하여 건강을 되찾았고 파탄 직전의 가정경제도 회복하였습니다. 따라서 이제는 절망을 이겨내고 아름다운 꽃을 피우기 위해 독서를 통해서 몸에 좋은 자양분을 축적하고 있습니다. 개화기가 되는 날 나는 이 절망의 늪에서 벗어나 가장 아름답고 향기로운 꽃으로 다시 피어날 것입니다. 이 모든 것이 1만 권의 독서라는 꿈과 독서의 힘 덕분입니다. 이렇게 꿈과 독서의 힘은 어떠한 고난과 역경이 불어 닥치더라도 어려운 난관을 극복하고 꿈을 이룰 수 있는 힘이 되었습니다. 이렇게 나에게는 1만 권의 독서라는 꿈이 있었기 때문에 천당에서 지옥으로, 지옥에서 천당으로 가는 인생의 청룡열차를 타는 삶을 살면서도 모든 고난과 역경을 이겨냈습니다. 그리고 독서의 힘과 필사의 힘 덕분에 자존감을 회복하고 꿈의 날개를 펴고 다시 한 번 자유로운 영혼이 되어 푸르른 창공으로 날아오를 날을 손꼽아 기다리고 있습니다.

"백문(百聞)이 불여일견(不如一見)"이라고 했습니다. 저는 53살이라는 늦은 나이에 '1만 권의 독서'를 꿈꾸고 꿈을 이루기 위해 주경야독을 하면서 지난 10년 동안 온몸으로 체험을 하였습니다. 더구나 6년이 넘는 세월 동안 사우나에서 세신사로 삶의 가장 낮은 곳에서 비지땀을 흘리면서 생사를 넘나들며 치열하게 생존독서를 하였습니다. 그리고 내 생에 마지막 꿈인 1만 권의 독서는 내제 심장이 뛰는 한 도전은 계속될 것입니다. 따라서 인생 3막은 자기혁명가이자 웰라이프 메신저로서 자기혁명을 꿈꾸는 분들과 건강과 행복한 삶을 소망하는 분들에게 꿈과 건강과 행복을 전달하며 살아갈 것입니다. 아울러 살아가면서 어떠한 고난과 역경이 닥치더라도 절대로 포기하지 않을 것입니다. 이 책은 퇴직을 앞두고 있는 나이에 아무런 대책도 없이 그냥 막연하게 어떻게 잘 되겠지 하는 희망만을 가지고 살아가는 40, 50대 분이나, 베이비 붐 세대로서 퇴직 후 인생 2막을 의미 있고 가치 있게 살아보고 싶은 분들에게 일독을 권합니다. 아울러 이 책은 53살이라는 늦은 나이에 '1만 권의 독서'라는 꿈을 발견하고 꿈을 이루기 위해 주경야독을 하면서 지난 10년 동안 2천 권의 책을 읽고 쓴 삶의 투쟁기이자 자기혁명기입니다.

끝으로 1만 권의 독서라는 나의 꿈을 이룰 수 있도록 이끌어 주시고 3P 바인더라는 컨트롤시스템을 만들어주신 ≪성과를 지배하는 바인더의 힘≫ ≪대한민국 독서혁명≫의 저자이자 나의 멘토 강규형 대표님께 진심으로 감사드립니다. 또한 스타트 경영 캠퍼스 대표이자 1인기업 국민 멘토이며 ≪삶을 바꾸는 10분 가지 경영≫ 저자 김형환 교수님께 감사드립니다. 아울러 ≪행복한 논어 읽기≫와 ≪일생에 한 권 책을 써라≫의 저자 양병무 박사님과 ≪인생을 바꾸는 바인더 독서법&글쓰기≫의 저자 유성환 작가님께 진심으로 감사드립니다. 아울러 대기하는 시간에 책을 읽고, 책을 쓸 수 있도록 넓은 마음으로 이해해주시고 배려하여 주신 광동헬스사우나 이정현 회장님께 진심으로 감사드립니다. 한편으로 졸저가 옥고가 되도록 최선의 노력을 다해주신 행복에너지 출판사 권선복 대표님과 박현민 팀장님과 편집실 모든 분들께 진심으로 감사드립니다.

광동헬스사우나 얼음방에서
한상선

인생 2막을 준비하며 독서의 가치가 빛난다

| 권선복
도서출판 행복에너지 대표이사

『꿈꾸는 얼음방』의 저자는 포기하지 않는 불굴의 정신을 가진 분이십니다.

느지막한 나이에 갑작스러운 실직을 맞이해 저자는 누구나 그렇듯이 깊은 우울감과 절망에 빠져들었습니다.

'내게 왜 이런 일이?' 뜻하지 않은 불행을 마주했을 때 사람들은 그렇게 중얼거리며 인생을 되돌아보게 됩니다.

여기서 사람을 둘로 가르는 건 닥쳐온 고난을 이겨내고 앞으로 나아갈지 그대로 주저앉아 인생을 낭비할지 결정하는 것에서 시작될 것입니다. 저자는 한동안 절망하였지만 이윽고 힘을 내어 다시 일어서기로 마음먹습니다. 그리고 독서를 통해 인생의 목표를 새롭게 정립하고 자신의 내면을 채우기로 결심합니다.

저자가 목표로 한 1만 권의 독서! 말처럼 쉬운 일이 아닙니다. 하지만 저자는 이를 버킷리스트로 정하고 고군분투하며 꿈을 이루기 위해 앞으로 나아갑니다. 독서는 저자를 절망의 구렁텅이에서 건지고 삶의 목표를 가져다준 희망의 빛이었습니다.

바쁜 요즘 시대에 독서를 멀리하는 인구가 점점 많아지고 있습니다. 사람들은 먹고살기도 바쁜데 책을 읽을 시간이 없다고 투덜댑니다.

하지만 이는 핑계에 불과할지 모릅니다. 진심으로 열정을 가지고 임한다면 하루에 두세 시간 정도의 독서는 가능할 것입니다.

저자는 책을 통하여 새로운 가능성을 발견합니다. 잊고 살았던 삶의 열정에 불이 지펴졌으며 새로운 인생의 목표를 찾았습니다. 독자 여러분도 그런 삶을 살고 싶지 않으신가요?

수많은 위인들이 독서의 중요성을 이야기합니다. 책을 통하여 우리는 몰랐던 지식을 배우고 삶의 지혜를 획득하며 미래에 대한 꿈을 품을 수 있게 됩니다.

저자는 새롭게 세신사의 길을 걷기로 합니다. 사회적으로 큰 인정을 받지 못하는 직업이지만 열정을 가지고 임하여 건강도 회복하고 지금은 새로운 하루하루에 감사하며 살아갈 수 있게 되었습니다.

비록 그전에 다니던 회사만큼 인정은 받지 못할지라도 늘 독서를 통하여 꾸준히 내면을 갈고 닦는 저자는 보통 세신사가 아닌 것입니다.

다른 사람의 몸을 닦으며 독서를 통해 자신의 마음을 닦는 저자의 하루하루가 아름답게 느껴집니다.

1만 권의 독서를 꿈꾸는 저자의 열정에 박수를 보냅니다. 독자 여러분도 본서를 통하여 독서의 중요성을 깨닫고 독서가 삶에 주는 긍정적인 영향력을 이해할 수 있었으면 좋겠습니다.

차가운 겨울이지만 뜨끈한 욕탕에서 몸을 데우고 책을 펼쳐보는 건 어떨까요?

모두의 마음에 행복한 에너지가 팡팡 터지기를 기대해 봅니다.

좋은 책을 펴내며 기쁜 마음으로 여러분의 삶 역시 새로운 기대로 채워질 수 있기를 기원하겠습니다. 감사합니다.

MEMO

MEMO

'행복에너지'의 해피 대한민국 프로젝트!

〈모교 책 보내기 운동〉

　대한민국의 뿌리, 대한민국의 미래 청소년·청년들에게 책을 보내주세요.

　많은 학교의 도서관이 가난해지고 있습니다. 그만큼 많은 학생들의 마음 또한 가난해지고 있습니다. 학교 도서관에는 색이 바래고 찢어진 책들이 나뒹굽니다. 더럽고 먼지만 앉은 책을 과연 누가 읽고 싶어 할까요?
　게임과 스마트폰에 중독된 초·중고생들. 입시의 문턱 앞에서 문제집에만 매달리는 고등학생들. 험난한 취업 준비에 책 읽을 시간조차 없는 대학생들. 아무런 꿈도 없이 정해진 길을 따라서만 가는 젊은이들이 과연 대한민국을 이끌 수 있을까요?

　한 권의 책은 한 사람의 인생을 바꾸는 힘을 가지고 있습니다. 한 사람의 인생이 바뀌면 한 나라의 국운이 바뀝니다. 저희 행복에너지에서는 베스트셀러와 각종 기관에서 우수도서로 선정된 도서를 중심으로 〈모교 책 보내기 운동〉을 펼치고 있습니다. 대한민국의 미래, 젊은이들에게 좋은 책을 보내주십시오. 독자 여러분의 자랑스러운 모교에 보내진 한 권의 책은 더 크게 성장할 대한민국의 발판이 될 것입니다.

　도서출판 행복에너지를 성원해주시는 독자 여러분의 많은 관심과 참여 부탁드리겠습니다.